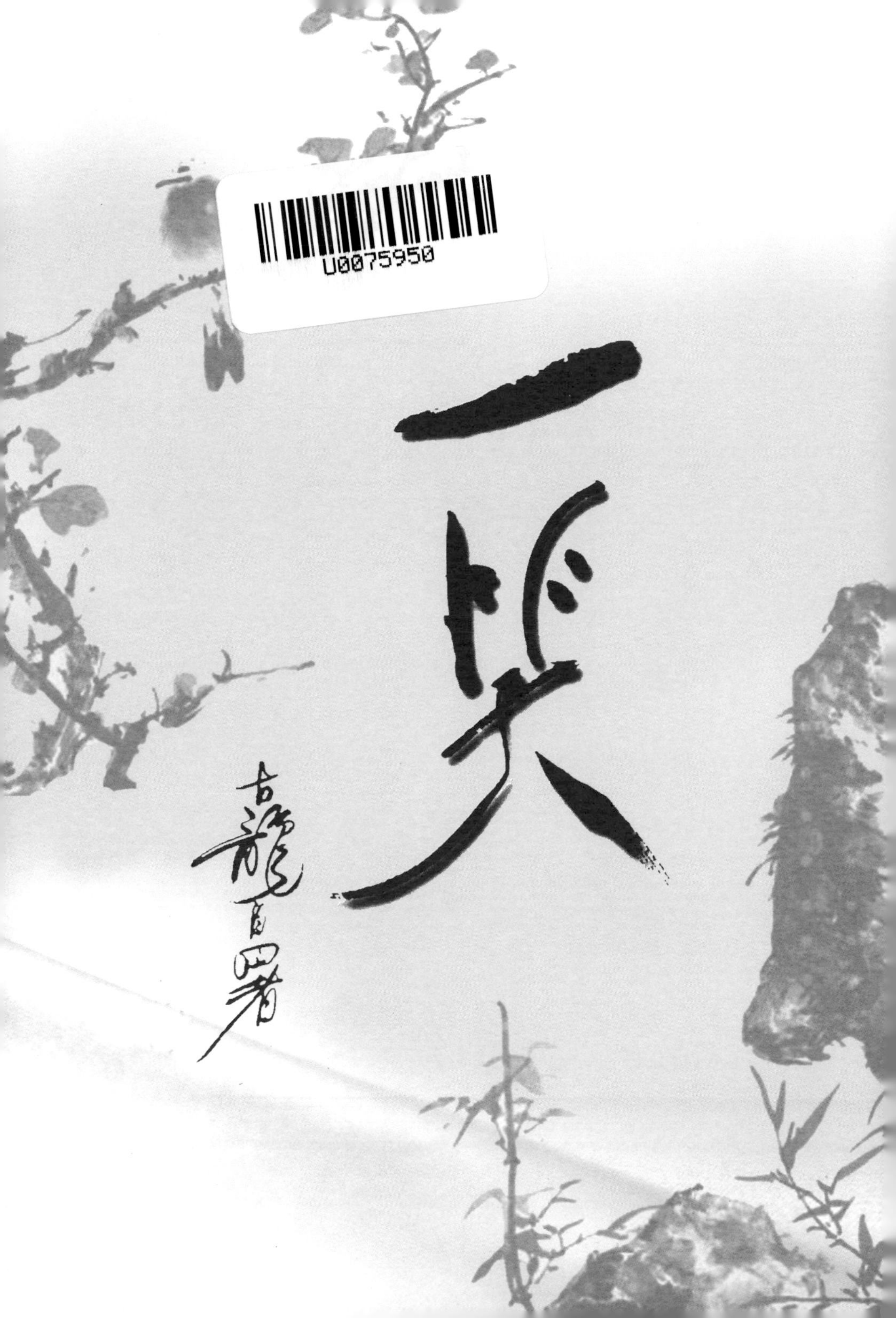

全盛期之風貌

俠壇三劍客諸葛青雲 作品歷久不衰

諸葛青雲是台灣新派武俠創作小說大家，為早期最有號召力的武俠巨擘之一。與臥龍生、司馬翎並稱台灣俠壇「三劍客」。諸葛青雲的創作師承還珠樓主，詠物、敘事、寫景，奇禽怪蛇及玄功秘錄等，均與還珠樓主創作酷似，其作品熔技擊俠義和才子佳人於一爐，遣詞用句典雅。《紫電青霜》為諸葛青雲的成名代表作，內容繁浩，情節動人，氣勢恢宏，在當時即膾炙人口，且歷久不衰，對於台灣武俠創作的總體發展表現、趨向影響甚大。

《紫電青霜》一書文筆清絕，格局壯闊。該書成於1959年，內容主要以少俠葛龍驤和柏青青、魏無雙、冉冰玉三女之間的愛情糾葛為經，以「武林十三奇」的正邪排名之爭為緯，交叉敘述老少兩輩英雄兒女如何冒險犯難、掃蕩妖氛的傳奇故事，名動一時。

諸葛青雲全盛時期，坊間冠以「諸葛青雲」之名，出版的武俠小說多達七八十部，其中參雜不少由他人代筆或託名偽冒之作，幾乎與臥龍生的情形如出一轍，由此可見他當時的高人氣。

與

台港武俠文學

武俠巨擘

諸葛青雲

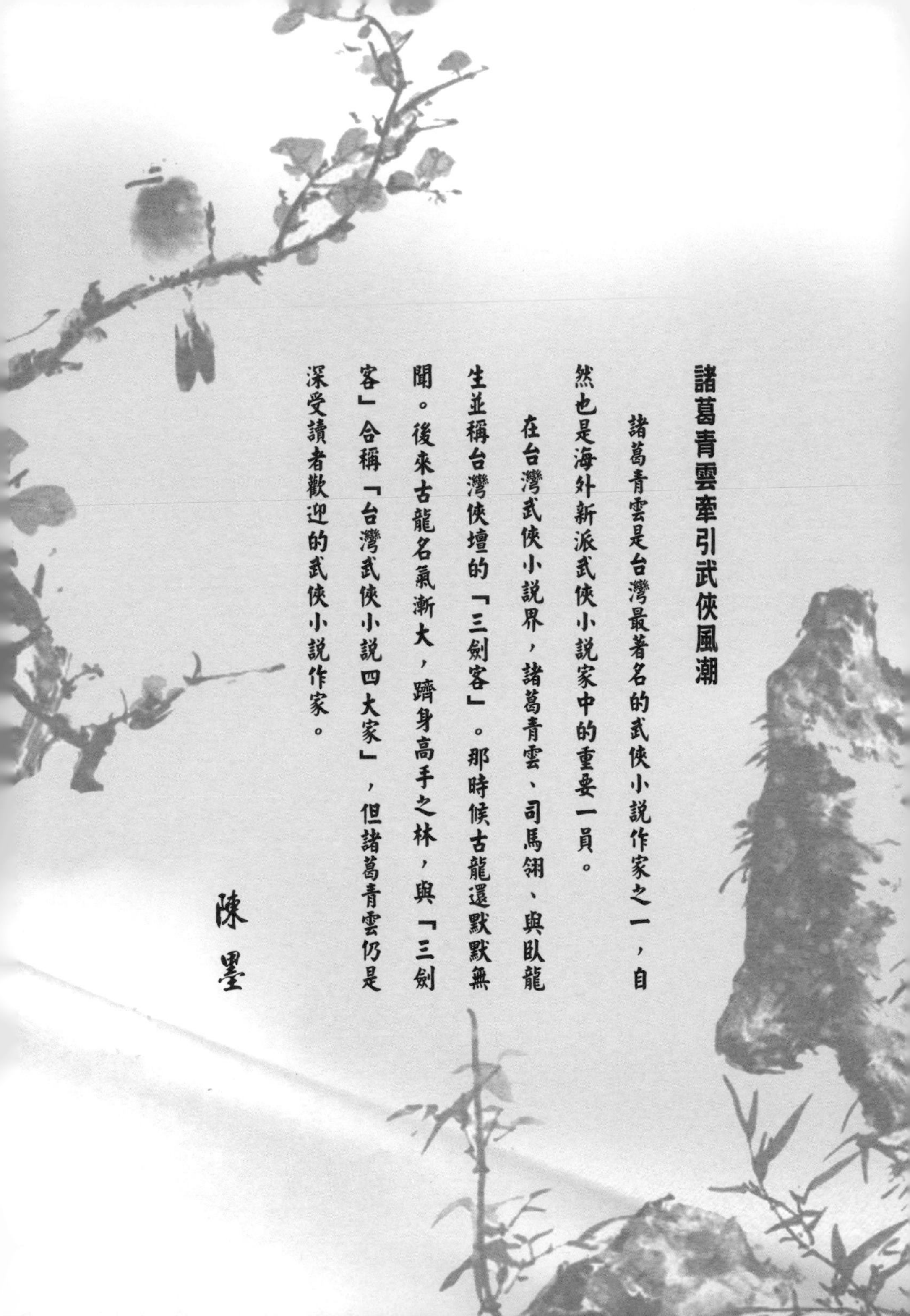

諸葛青雲牽引武俠風潮

諸葛青雲是台灣最著名的武俠小說作家之一，自然也是海外新派武俠小說家中的重要一員。

在台灣武俠小說界，諸葛青雲、司馬翎、與臥龍生並稱台灣俠壇的「三劍客」。那時候古龍還默默無聞。後來古龍名氣漸大，躋身高手之林，與「三劍客」合稱「台灣武俠小說四大家」，但諸葛青雲仍是深受讀者歡迎的武俠小說作家。

陳墨

一劍光寒十四州（中）

諸葛青雲精品集 05

諸葛青雲 精品集05

一劍光寒十四州(中)

目錄

廿三 群魔亂舞

呂崇文聽他把話說完，青虹龜甲劍精芒微掣，一劍攔頭橫掃，把惡道一頂九梁道冠，和滿頭頭髮一齊削落正色叱道：

「從你這樣一朝投靠四靈寨，便對結盟十餘年的師兄驟下毒手的狠毒心腸看來，委實罪不容誅！但我想你再壞，也壞不過八年以前的『千毒人魔』西門豹，像他那樣惡人，一旦回頭頓悟，居然變成仙佛一般，使我不得不留你一線生機，削髮代首，以觀後效！茫茫孽海，務望你及早回頭，倘若二次再犯在我的劍下，要想活命，除非是日從西起！」

話完，任憑一塵惡道捧著重傷左手，蹣跚入林，回頭便與慕容剛一同入觀。

慕容剛聽呂崇文向一塵惡道所說之言，心頭頓生無窮感慨，暗想：誰說是人力難挽天心？自己師伯無憂頭陀與靜寧真人，均認為呂崇文是天生群魔剋星，一身殺孽，其重無比！但經過楓嶺積翠峰腰的石室以內，與「千毒人魔」西門豹化身的南天義一席深談之下，不僅似海深仇坦然盡解，今日並能以西門豹為鏡，告誡放走這個連自己均厭惡已極的一塵道人！可見得無論何等惡人，只要能夠確實徹底回頭，其受人尊敬程度，及影響世道人心之深，絕不因其昔日所為有所差異，甚至為難能可貴，更有超越常人之處！

這時一清道人傷勢雖然尚須十天半月調養，才得痊癒，但呂崇文所贈靜寧真人妙藥，靈效非常，已可隨意說話，聽二人談到放走一塵經過，龍眉雙皺，沉思說道：

「呂小俠宅心仁厚，留他一條自新之路，自是光風霽月的俠士襟懷，令人敬佩！但

『天香玉鳳』嚴女俠所受『柔骨迷煙』，只有我這不成材的師弟才有解藥，不然縱然將人救出，因那迷香一經嗅入，藥力歷久不退，卻是怎生區處呢？」

慕容剛叔侄聞言，也不禁瞠目相視！

但人已放走，無法再追，慕容剛苦笑一聲，向一清道人說道：

「嚴俠女功力盡失，身在虎口，加以援救不容須臾延緩，只有先行把人救出，再作道理！戴雲山絕頂龍潭之側，是何所在？道長如知，請加指點，我叔侄一刻難留，馬上就要動身前往！」

一清道人答道：「戴雲山又稱佛嶺，就與這洞宮山脈連接，主峰盤結在大田、德化二縣之間，絕頂有池，名曰『龍潭』，據說深不可測！龍潭之旁有一古刹，住持僧人似是武林人物，嚴俠女失陷之處，可能就在這座古刹之內！

「不過這一路之上，因賢叔侄心急赴援，必然不肯繞走官塘大路，則重山峻嶺，斷崖絕壁，跨下駿馬雖均千里龍駒，到底不太方便！何況以賢叔侄武功造詣，入聖超凡，棄馬步行，只快不慢，並反會減去不少地形方面顧慮！

「故依貧道之見，不如把三匹駿馬寄存我這小觀之中，由此照著正南、略略偏西的方向走去，貧道估量賢叔侄腳程，約莫明日黃昏，當可翻過大素山，再往正南，所見的一座刺天高峰，便是戴雲山的主峰佛嶺！」

慕容剛知道一清道人所說有理，心上人身中「柔骨迷煙」，顧名思義，必然骨軟筋柔，功力全失，又在「毒心玉麟」傅君平存心輕薄的虎視眈眈之下，萬一白璧玷瑕，便盡傾五湖四海之水，也難洗此恨！匆匆把黑、白、紅三匹駿馬，交代觀內道僮，便與呂崇文起立告辭，照著一清道人所指示的方向途徑，施展輕功，電奔而去！

一清道人所言，半點不差，一路所經全都是千尋絕澗，萬仞孤峰，有些奇險之處，不要說是駿馬難行，即連猿猱之屬，也幾乎無法飛渡！

叔侄二人盡力狂馳，晝夜未息，果然在次日黃昏之際，翻過大素山頭，遙見遠遠一座孤峰，獨秀群山，刺天兀起！

慕容剛略一盤算，向呂崇文說道：「峰頂龍潭古剎，既係四靈寨黨羽，則根據我們一路見聞，極可能設有什麼地道機關之類，賊人此際必然想不到我們會來，就算一塵道人趕來報信，他那武功腳程，相差甚遠，這一晝夜狂奔，把他甩下定不在近！所以此番入寺，只宜暗探，不宜明攻，但能設法竊聽寺中的背後之言，『天香玉鳳』嚴俠女究竟被困何處，便可拚力下手援救！最忌的是顯露形跡，打草驚蛇，他們一有警覺，定必守口如瓶，那時我們縱把整座廟宇翻轉過來，恐也難以尋找嚴俠女的被困所在！」

呂崇文也覺得慕容叔叔所慮甚是，點頭稱是。

慕容剛又道：「所以我們且到孤峰之下，覓一隱僻之處，略爲休息，待夜色深籠，再行上峰探聽！」

叔侄二人計議既定，遂在那孤峰之下，找了一個小小洞穴，略爲憩息。

可憐慕容剛此時真不啻度刻如年，腦海之中，時時幻想出心上人，遭受「毒心玉麟」傅君平輕薄凌辱的可怖景象，好不容易等到天垂夜幕，月現斜空，才一同施展絕頂輕功，極端隱秘，草木不驚地向峰頭攀援而上！

峰頂果然是占地不小的一泓潭水，水旁建有一座古剎，匾額橫題「龍潭禪寺」。

慕容剛叔侄躡足潛蹤，窮搜半夜，根本就未曾聽見這廟中的任何一人，提說過「天香玉鳳」四字！但從住持方丈法元大師口中，卻隱約聽出明日晚間，由四靈寨中極高人物主持，要在此處開一秘密緊急會議，一干小僧也在連夜打掃那座大雄寶殿，似是準備用做會議之所！

慕容剛心中暗忖，自己叔侄二人業已把這龍潭禪寺的所有房舍全部勘查，「天香玉鳳」之事，卻依然毫無蹤影！但明夜在此主持秘密會議的四靈寨中極高人物，分明就是那玉麟令主「毒心玉麟」傅君平無疑，只要能夠綴定，或擒獲此人，心上人蹤跡定然不索自得！

萬般無奈，只得再忍一宵，退回峰下以後，告誡呂崇文四靈寨龜龍麟鳳，威鎮江湖，

絕非一路上所遇的二、三流腳色可比！千萬不可恃藝驕人，心懷傲念，趁此一日半夜光陰，彼此好好靜坐調元，加強本身功力，就是明夜上峰，主要目的，也不在戰鬥，而在暗中竊聽「天香玉鳳」被困之處，與四靈寨何以要在這佛嶺龍潭的古刹之內，召開什麼秘密會議？

所以不到萬不得已，絕不出手，就是出手，也要爲另一人掩護，不使全露痕跡，才可在敵方以爲完全機密之下，得探驪珠，而定統盤應對之策！

呂崇文見慕容叔叔在心上人陷於賊手，白璧懸危的那等緊急情況之下，猶能強制激動情懷，權衡利害，不由欽佩已極，唯唯應命！

半夜而後，繼之一日，當中除了略進乾糧、山泉之外，全在靜坐凝神，固元調氣！

次日天一黃昏，二人便自猱升絕峰，因昨夜已把形勢看好，到達龍潭寺後，立即避開寺僧耳目，雙雙縱身藏入那打掃潔淨，用做會議場所的大雄寶殿的匾額之後！

此處居高臨下，雖然看不見殿內情形，但以他們叔侄二人功力，略爲靜心凝神，殿中所有言語，均可聽得清清楚楚！

入匾以後，慕容剛又用極低聲音，向呂崇文附耳悄語說道：

「四靈寨四靈令主，能使那多草澤龍蛇甘心受其駕馭，身手絕非凡俗！所以我們如用穴窗偷窺之法，必被發覺，難以探悉他們的真實算計！如今這匾後藏身，只聽不看，雖然

較爲穩妥，但仍應預防萬一！你輕功較好，倘賊子發現匾後藏人，可即現身下峰，在昨夜居留的洞中相候。我則依舊蜷伏不動，他們絕想不到匾中另有一人，一切機密，便可瞭若指掌！不過千萬不可好勝纏戰，貽誤大事！」

呂崇文方一點頭，忽然靈機一動，也自附耳低聲說道：「叔叔！把你身邊所藏那瓶西門豹所贈的易容丹，給我一粒！」

慕容剛被他提醒，覺得變易容貌，豈不更好？遂各取一粒易容丹，用唾液化開，塗在臉上，借著初升皓月的反映微光，相互一看，那西門豹無怪又稱「千毒人魔」，所煉易容丹，委實妙極！呂崇文業已成爲一個黃瘦枯乾的中年面相，慕容剛卻變作一張青臉，上面還有不少紫黑瘢痕，異常醜怪！

二人方在相顧暗笑，耳邊履聲橐橐，已有多人入殿！本來靜悄悄的大雄寶殿之中，立時笑語喧嘩，亂成一片，但少頃過後，「噹噹噹」的三聲鐘鳴，殿中立時恢復一片靜寂！

慕容剛、呂崇文屏息靜聽，鐘鳴之後，又有兩人緩步入殿，殿中先來諸人，一齊「刷」地一響，似是起立迎接！

隨聞移動坐椅之聲，一個口音怪異，宛若梟鳴之人說道：

「法元大師，此會關係甚大，不但絕不容有外人擅自闖入，即我本寨弟子，如無我特發令符，一樣不准妄登此峰！你四周警戒之人，派得可夠！」

慕容剛心目之中，以爲「毒心玉麟」傅君平既然在這附近，則此會必係由他主持！哪知大謬不然，這發言之人，口音甚生，但聽先後入殿的共是兩人，則另外一人，必是傅君平無疑！

傾耳再聽，一個宏亮口音，想是這龍潭寺的住持法元大師應聲答道：

「回覆令主，法元已派門下四大弟子，往峰下警戒！」

這一聲「令主」，把慕容剛嚇了一跳，心想四靈寨龜龍麟鳳四位令主，自己已見其三，這人口音陌生，也是令主，難道竟是四靈寨首腦，號稱武功最強的「玄龜羽士」宋三清？如果真是此人，則這次秘密會議的意義，必然重大無比！

方自向呂崇文用手示意，叫他小心靜聽，勿露形跡，那宛如梟鳴的口音又已說道：

「你門下弟子，擔任警戒之責，恐怕太軟！還是你本人與太行四傑辛苦一趟！」

立有數人應聲而起，走出殿外。

那人稍停又道：「我四靈寨創設以來，聲威極盛，各派懾服！但自玄龜堂首席香主『單掌開碑』胡震武與『梅花劍』呂懷民結怨，蘭州尋仇，『鐵膽書生』慕容剛救走呂懷民獨子呂崇文，練藝八年之後，居然敢闖我翠竹山莊，訂約決戰！並直到括蒼山摩雲嶺分壇被破，『飛天火燕』紅綃歸報經過，才知道對方藝出無憂頭陀和靜寧真人門下，連太湖三怪那等功力，括蒼一戰，也掃數傷亡，故對明春之會，不得不妥加籌劃！但這叔侄二

人，武功雖好、來頭雖大，仍不足對本寨構成嚴重威脅，今夜在座之人，都是我宋三清多年心腹，你們可知我所說的本寨之中的莫大危機何在？」

慕容剛一聽果然不出所料，這聲如梟鳴之人，正是「玄龜羽士」宋三清，越發凝神傾耳，只聽並無一人應聲，宋三清一陣陰森乾笑，又自說道：

「我料眾位不是看不出危機所在，只是礙於權位，不便直言，這種態度，足以毀滅本寨，今後務宜深戒，宋三清坦率直言，若以本寨目前實力而論，確已凌駕武林各派，何懼慕容剛、呂崇文區區二人？就是他們師長無憂頭陀與靜寧真人，宋三清也可搬請我兩位恩師出面應敵！所以本寨危機，在內而不在外，當初合手締造本寨的四靈令主，如今居然離德離心，這種情勢，若不趕緊設法消除，才是我四靈寨的致命打擊！胡震武香主，你隨我多年，對此可有體會？」

一個蒼勁口音答道：「令主所慮極是，不過……」

言猶未了，宋三清突然沉聲問道：「殿外何人？」

原來呂崇文聽得那一聲「胡震武香主」，知道深仇在座，想起當年母親臥病，黑夜飛頭的椎心慘痛，由不得的一挫鋼牙！

哪知道「玄龜羽士」宋三清，果然不愧四靈之首，這些微的挫牙之音，竟被聽出！

呂崇文知道無法再藏，只得照先前所約行事，一陣震天長笑，自匾後縱身落在階前，

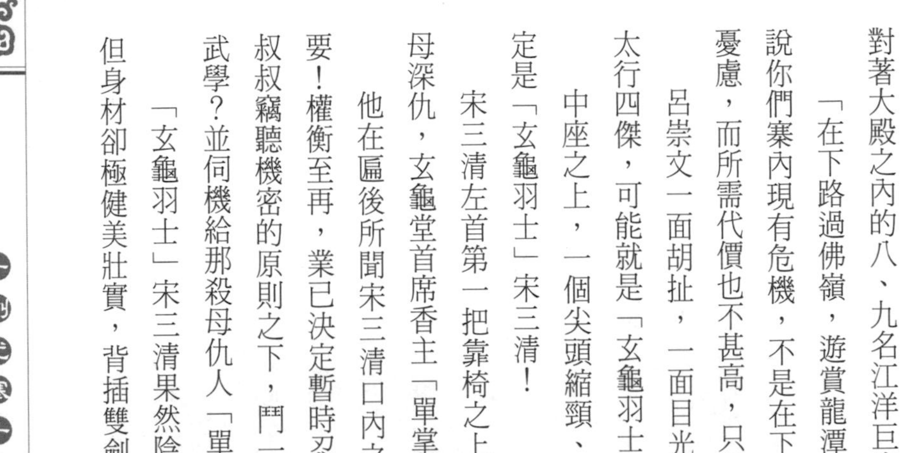

對著大殿之內的八、九名江洋巨寇岸然說道：

「在下路過佛嶺，遊賞龍潭之勝，不想偶然遇上名震江湖的四靈寨在此集會！方才聽說你們寨內現有危機，不是在下自詡，憑我胸中智計以及掌上神功，足可為你們解除一切憂慮，而所需代價也不甚高，只要把四靈令主之位讓我一席即可！」

呂崇文一面胡扯，一面目光電掃，業已看清殿中共只九人，默計連先前所派走的甚麼太行四傑，可能就是「玄龜羽士」宋三清，與他玄龜堂下的十二家香主！

中座之上，一個尖頭縮頸、五短身材而微胖的道裝之人，天生一副龜形，不問可知，定是「玄龜羽士」宋三清！

宋三清左首第一把靠椅之上，坐著一個豹頭鷹目、五十來歲的老者，可能就是自己殺母深仇，玄龜堂首席香主「單掌開碑」胡震武！

他在匾後所聞宋三清口內之言，知道這場會議內容，關係四靈寨內訌，果然極其重要！權衡至再，業已決定暫時忍耐，並不願就在此時拚死殲仇，但卻想在不影響掩護慕容叔叔竊聽機密的原則之下，鬥一鬥「玄龜羽士」宋三清，看看這四靈寨之首，到底有多高武學？並伺機給那殺母仇人「單掌開碑」胡震武多少吃點苦頭，以洩八年積忿！

「玄龜羽士」宋三清果然陰沉，看見從殿外橫匾之中，縱下這麼一個面容黃瘦枯乾，但身材卻極健美壯實，背插雙劍的中年人岸然卓立，滿口胡謅，好似根本就未把殿內諸人

看在眼中的那種神情，不由眉頭一皺，微向「單掌開碑」胡震武示意，自己卻瞪著那一對又圓又小，但神光懾人的黃色眼珠四外亂掃，並暗以「天耳通」的絕頂內功，靜聽來人另外可有同黨隱伏？

「單掌開碑」胡震武見宋三清示意自己答話，遂起身離座，走到殿口，距呂崇文七、八尺遠站定，再三打量來人，冷笑說道：

「朋友，你真是吃了熊心豹膽，居然敢到這龍潭寺中，在四靈寨玄龜令主座前賣這一手？既然自稱人物，則光棍眼內不揉沙子，你到底來意如何？不要藏頭露尾，先與你家胡香主報個字號！」

呂崇文一見是他答話，正中下懷，一口玄門罡氣提聚右臂，面上仍裝作毫不在意，大邁邁地說道：

「又不是生意商賈，哪裏來的甚麼字號？我已然告訴你們四靈寨危機四伏，要不了多久，必然瓦解冰消，非我不能解救，怎的還不相信？大概你們這些江洋巨寇講究現實，不顯露幾手真正功夫，以爲我是信口開河，說的假話！來來來，你外號叫『單掌開碑』，掌上料然總有幾分功力，儘管施爲，我接你一掌試試！」

「玄龜羽士」宋三清靜聽這久，聽不出絲毫動靜，以爲再無別人隱伏，一對凶眼遂專注呂崇文，心中暗暗驚訝，來人面對這多高手，神色如此鎭定，尙是生平罕見，憑自己江湖上閱歷經驗，真還看不出此人來歷，年貌也與心目中的那個對頭相差甚遠！

但聽呂崇文要接胡震武一掌，心想只要你一動手，何愁看不出武功家數，遂自鼻中微哼一聲，低低說道：「此人不可輕視，胡香主盡力施爲，讓他見識見識你的開碑掌力！」

「單掌開碑」胡震武看不慣呂崇文那種神氣，早已惱怒待發，聽宋三清這一招呼，知道善者不來，竟把真力提到九成以上，一聲喝道：

「哪裏來的狂妄匹夫？你便真是一座石碑，胡震武也要教你化成碎粉！」

右臂橫掄，一招「怒海翻瀾」，呼的一陣奇勁掌風，直向呂崇文攔腰擊去！

呂崇文哈哈一笑，揮掌相迎，他雖然用的是玄門罡氣，但外表卻以少林絕學十八羅漢掌中的「大摔碑手」掩護，鋼牙猛咬，用的也是九成功力，以爲胡震武身形必被震飛，一條右臂即使不斷，也要腫痛上一月半月！

哪知雙掌交接之下，頗出意外，胡震武雖然被玄門罡氣震得飛出五、六尺遠，心頭猛跳，髮若飛蓬，一隻右掌疼痛欲折！但呂崇文同樣拿樁不住，退出兩步，氣血也是一陣翻湧！

原來胡震武自昔年在呂梁山設伏，攔截慕容剛不成，便知此事是個不了之局！八年以來，不但臥薪嚐膽，旦夕之間對本身武功掌力痛加苦練，又因他深得「玄龜羽士」宋三清寵愛，擢升玄龜堂首席香主，並帶他幾度前往高黎貢山，朝見「玄龜羽士」宋三清與「毒

心玉麟」傅君平之師，天南雙怪！

天南雙怪竟也對他投緣，胡震武因此得了不少傳授！所以八年一別，他同樣武功大進，迥非昔日吳下阿蒙，如以掌力而論，也不過僅弱於「玄龜羽士」宋三清一籌半籌而已！

呂崇文先前真未把他看在眼內，雙掌交接之下，居然被對方震得移步換樁，血氣翻動，由不得的大吃一驚！暗想幸虧自己存心想給胡震武吃些苦頭，用了九成真力，若不然豈非上來就受小挫？

經這一來，呂崇文深知四靈寨果然臥虎藏龍，高手雲集，趕緊寧神一志，把傲氣盡除，在階前卓立如山，雙眼精光炯炯，注定那位風聞武功極高的四靈魁首，群寇班頭「玄龜羽士」宋三清，防備他突起發難！

呂崇文這裏試掌知戒，胡震武那邊卻驚懼傷痛交併，不過驚懼之心過於傷痛！

因他雖然真氣震盪，右掌痠疼，略爲調元，便可無礙！但自己這八年以來，茹苦含辛，三更燈火五更雞地苦練之下，武功已有大成，尤其是掌力一道，更自信足與心中的大敵慕容剛叔侄，或任何武林一流名手相互頡頏！怎的卻在這佛嶺絕頂的龍潭寺中，被這個人不出眾、貌不驚人的黃瘦中年漢子隨意揮掌，用了一招「大摔碑手」便受挫折？少林門下，真想不出有哪位成名人物，功力能到這般地步！

驚懼稍定，心中實在不服，但又怕二次遞掌再遭挫敗，豈不更難得下台？

正左右爲難，躊躇之際，「玄龜羽士」宋三清微微擺手，命他歸座，自己卻把一雙本來就像二粒小豆似的龜目，瞇成一線，但神光儼如電閃，更足懾人，對立在殿前階下，神態從容的呂崇文，用一種極爲怪異的語音說道：

「大摔碑手練到通天，也接不住胡香主暗含五陰重手的開碑掌力，閣下就憑這第一招，便鎮住了宋三清玄龜堂下的當家香主，定然大有來頭，何不把姓氏門戶公開？這樣小家子氣地遮遮掩掩，豈不令識者齒冷！說甚麼把令主之位讓你一席，四靈寨向來禮賢下士，廣納群英，閣下只要能推誠相見，宋三清便虛位以待，有何不可？」

「玄龜羽士」宋三清說這幾句話之時，嘴皮不動，全自丹田發音，殿內諸人，只覺得語音極爲怪異，略嫌含混不清，不似平常說話！但殿外階下的呂崇文，和橫匾中蜷伏著的慕容剛，卻驚心悸耳，魂魄欲飛！

慕容剛知道這是一種內功不到爐火純青境界，無法習練的旁門厲害功力，「蕩魄魔音」！對方只要內功稍弱，或定力不堅，三五句話之間，便神迷魄蕩，真氣難聚，功力自然而然的大大減弱，甚至任人宰割。

以呂崇文一身所學，自然不會被這「蕩魄魔音」所乘，但由這一點看來，「玄龜羽士」宋三清功力確是驚人，絕不在自己叔侄二人以下！倘呂崇文傲性又發，不肯照先前定

計，見隙抽身，退下峰頭，萬一有險時，少不得只好放棄竊聽機密之念，也自出頭接應！

廿四 玄龜羽士

「玄龜羽士」宋三清那「蕩魄魔音」，一半專對呂崇文，一半也同時藉以搜索這大殿四周十丈以內，可另有外人潛伏？

話完以後，不但聽不到四外有絲毫被「魔音」影響的任何動靜聲音，連呂崇文那一對大眼之中的湛湛神光，依舊澄如秋水，看出絲毫未爲「魔音」所乘！心中也是一懍，知道來人確屬罕見高手，只可以本身武功相敵，不必再弄玄虛。

果然，呂崇文等他說完，也自氣發丹田，哈哈笑道：

「身爲四靈之首，原來就會弄這種『蕩魄魔音』等鬼蜮伎倆！你不是要問我姓名麼，我姓鍾名馗，專門整治三山五嶽及江湖上的魑魅魍魎，狼嚎鬼叫，聽來徒自令人作嘔，能奈我何？真要來這一套，我隨意咳唾，便均能聲聞九天，足使你們這干狐鼠之輩，魂飛膽落！」

話完，一聲咳嗽，果如舌綻春雷，震得那大的一座大雄寶殿，樑間的塵土簌簌直往下落！

殿中諸人，除「玄龜羽士」宋三清與「單掌開碑」胡震武之外，也真有些魂魄搖搖，心神悸悸！

「玄龜羽士」宋三清見自己的「蕩魄魔音」換來了對方的「獅子吼」，不禁把那兩根又粗又短的掃帚眉，往當中一蹙，緩緩站起身來，走向殿門，在離呂崇文一丈左右之處，

便即站定，單掌胸前問訊說道：「閣下實在是高人，宋三清接你入殿細敘！」翻掌一推，一股陰柔勁氣，劈空擊至！

呂崇文因先前與胡震武對掌，所用的那一招少林十八羅漢掌中的「大摔碑手」，業已引人生疑，恐怕再用玄門罡氣，來歷易被看出，遂改用無憂頭陀的禪門絕學般禪掌力，「蓮台拜佛」，往外一迎！

但他在這般禪掌上造詣，卻遠不如「玄門罡氣」精純，而「玄龜羽士」宋三清，自然高過「單掌開碑」胡震武，所以這次宋三清不過道袍微拂，身形略晃，呂崇文卻被震得退出三步，劍眉一剔，伸手便拔肩頭長劍！

但轉念一想，毒心玉麟未見，「天香玉鳳」蹤跡毫無，慕容叔叔蜷伏匾額之中，一心想要打探他心上人的確實消息和四靈寨內部的重大機密，自己怎的這等好勝？連暫時的一口惡氣都忍不住！

利害一明，盛氣立平，把那業已握到青虹龜甲劍柄之上的一隻右手，緩緩撤回，向「玄龜羽士」宋三清抱拳含笑說道：

「四靈之首，果然名不虛傳！貴寨在此集會相商大事，外人不便打攪，來日在下再到王屋山翠竹山莊，貴寨總壇之中，拜望令主！」語音才落，人已鷹隼一般，拔空疾起！

宋三清哪肯讓他就此走脫，飛身急追，半空中冷笑一聲說道：「這龍潭古刹，縱非

『龍潭』，也是『虎穴』，閣下要來便來，要走便走，豈非過分瞧不起本寨人物？且請慢行，宋三清還要留你片刻！」

屈指成鉤，爪隨聲出，照呂崇文後背，帶著絲絲勁風，便自抓去。

呂崇文往起一拔之時，料到「玄龜羽士」宋三清勢所必追，故把玄門罡氣凝練成一片無形韌幕，密佈周身，護住百穴，所以玄龜羽士指風襲到，裝作不覺，直待爪尖即欲沾衣之際，微打千斤墜「鶴降寒塘」，讓玄龜羽士十拿九穩的一爪從自己頭上抓空，然後雙足自踹，相互借力，一個「金鵰射日」之勢，斜刺裏縱出三丈以外！

他這一大展師門絕妙輕功「七禽身法」，玄龜羽士真出意外，稍一怔神，呂崇文身影已到寺牆之上！

好個玄龜羽士，果然功蓋四靈，超凡拔俗，一聲微叱，人如長虹電射，一縱便是六、七丈遠，追向呂崇文而去！

二人身形消失以後，殿中立刻一陣紛紛議論，「單掌開碑」胡震武嘆聲說道：

「天下之大，真有能人，四靈寨委實不能以目前力量自滿，這前來攪鬧之人，身形相貌，均屬陌生，並不像武林中的成名人物，卻有那好一身功力，尤其輕功方面，更為驚人！方才淩空一降一升的七禽身法，有目共睹，確實生平罕見，玄龜令主雖然親自動手，但是否截得回此人，尚說不定呢？」

胡震武話畢，立時有人說是玄龜令主功參造化，先前不過小覷此人，後來含怒一縱就是六、七丈遠，哪會截不住此人？有人則說來人身法過於靈妙，倘不戰圖逃，玄龜令主便不一定準能得手！議論紛紛，各持己見！

匾中潛伏的慕容剛，此時卻心頭大放，知道呂崇文果然竟能抑制八年深仇積忿，暫時不對胡震武去報仇，而著重於掩護自己，刺探有關大局，及「天香玉鳳」蒙難之事等重大秘密！

但心頭才放，忽然又微覺懸心，想起呂崇文誘得玄龜羽士追出寺外，不要到了無人之處，傲性又發，拚鬥起來，萬一功力不敵，如何是好？

想到這一點，慕容剛幾乎改變初衷，欲加隨後接應，再一轉念，呂崇文以一身所學力敵玄龜羽士，就算不勝，全身而退，總可有餘！而自己好不容易造就這好機會，可以盡悉敵方秘密，以及「天香玉鳳」……

念頭還未想完，殿中一片肅靜，玄龜羽士面帶秋霜，越牆而返！

回到殿中，一舉手中的半截絲縧，冷冷說道：

「我把來人追到峰腰，他居然停步迎敵，也不行招開式，就用內家劈空掌力，彼此硬接三掌！這時我因看出對方身手極高，不敢怠忽，三掌均出全力，也不過只是略略勝他半籌！而此人太已知機，一見無法討好，又復仗著他那身超卓輕功，遁往峰下，憑我用盡八

步登空、凌空虛渡等絕頂神功，也不過揪斷他這半截絲縧，終於毫髮無傷地逃入樹林之內！

此人一身功力，我實在愛惜，從今以後，你們隨時隨地密切訪查他的來歷，若是敵人一路，或明或暗，准許用盡各種手段將其除去，以杜後患！否則，宋三清不辭萬計千機，也要延聘此人加盟本寨，以增實力！」

略頓又道：「我有極機密大事安排，絕不能再容外人闖入此寺，有所洩漏！各位香主，除胡震武與關中雙鳥李氏兄弟留此，我有任務分派以外，其餘均請偏勞，加強四外守護！不見我九龍旗花飛起半空，不准任何一人妄撤崗位！」

眾人暴喏一聲，紛紛散去，「玄龜羽士」宋三清等人走完，親自又在殿前殿後搜索一遍！

但憑他如何狡猾多謀，也想不到殿外的匾額之中藏有兩人，現身走了一個以後，居然還有一個更難纏的蜷伏在內！

四外察看完畢，宋三清再入殿就座，略啜香茗，向胡震武及關中雙鳥兄弟緩緩說道：「我自高黎貢山朝師歸來，得知『鐵膽書生』慕容剛與呂崇文二人，訂約明春拜山，雖然他們藝出宇內雙奇，須加妥善準備，但還不及得另外兩件事來得難加處理。第一件是金龍令主的族弟，『九現雲龍』裴叔儻父女，在我翠竹山莊小住以後，遊俠江蘇，爲一件不平

之事，竟然連挑我寨中四處分壇！消息傳到總壇，玉麟令主震怒之下，瞞著金龍令主，親率七名高手趕到江蘇，智勇兼施，把裴叔儻父女擒回翠竹山莊，軟禁在玄龜堂後的正逆五行九宮竹陣之內！金龍令主平昔爲人，就與我及玉麟令主稍有異趣，如今玉麟令主一時衝動，把他族弟父女擒來，真叫我殺也爲難，放也爲難，還得嚴斥參與諸人謹守機密，萬一洩入金龍令主耳中，可能本寨之中，立刻便是滔天巨變！」

慕容剛常與呂崇文研討，王屋山分袂之時，裴叔儻父女曾說即將南遊，領略江淮文物之盛，前途可相晤，怎的一路上毫無音訊？此時聞得玄龜羽士口中之言，方始恍然，一來自己與呂崇文馬快，二來可能在安徽全路，自己與呂崇文南遊入浙，裴叔儻父女卻東行入蘇，遇事任俠，致被「毒心玉麟」傅君平率眾逞兇，困在玄龜堂後的什麼「正逆五行九宮竹陣」之內！

慕容剛與「九現雲龍」裴叔儻氣味相投，甚爲契合，而呂崇文與那裴玉霜，更是一對極好的金童玉女，得悉他父女遭禍，起初真極懸心，但聽到玄龜羽士顧忌金龍令主裴伯羽，殺也爲難、放也爲難之語，知道裴叔儻不但不致有所危險，此事並且極可能便是導致四靈寨內訌的一條重要火線！

胡震武與關中雙鳥李氏兄弟聽完，一齊覺得此事難處，閉口無言！

「玄龜羽士」宋三清陰森一笑又道：

「你們不要以為此事難辦，我所說的第二件事，比此事更會難上十倍！不然我怎會在翠竹山莊，佯做派遣你們其他任務，而密令齊集此間，加以研討呢？」

宋三清此語一出，不但胡震武與關中雙鳥李氏兄弟警覺事態嚴重，連殿外匾中的慕容剛，也防玄龜羽士萬一耳音太靈，有所聽覺，而改用內家龜息之法呼吸，靜靜地把全身功力鬆懈，專注雙耳，潛心竊聽！

玄龜羽士的雙眉皺得幾乎連在一起，飲完杯內餘茶，搖頭說道：

「我這位師弟，玉麟堂傳令主，小事極端聰明，但大事卻不知怎的糊塗已極，他對天鳳令主傾心多年，偏偏天鳳令主冷豔無雙，始終不肯對他過分假以辭色！本來玉麟令主是想用水滴石穿之理，慢慢求鳳，但『鐵膽書生』慕容剛再出江湖到我翠竹山莊之後，玉麟令主因從暗在天鳳堂下他所安置的心腹人口中，得悉天鳳令主竟對鐵膽書生的印象極佳，知道此人若與天鳳令主見面，自己定更無望！那時我恰好率同胡震武遠赴高黎貢山，朝師未返，玉麟令主無人商議之下，一時情急，竟自獨斷專行，一面傳玉麟符令，懸以重賞，命天下所有本寨分壇，有力使力，無力使智，劫殺鐵膽書生叔侄，一面卻親身兼程急趕，尾隨南海朝香的天鳳令主，想在暗中加以算計，先奪了她的清白貞操，然後再好言賠罪，盡量體貼溫存，以為若能這樣一來，憑玉麟令主的武學人才，便不怕天鳳令主不屈就既成事實！」

玄龜羽士說至此處微停，舉杯啜了一口香茗，但殿外匾內的慕容剛，卻聽他已然講入正文忽然停止，不由急煞！一顆心騰騰的幾乎跳出腔子外來，腦海之中，更不時幻出一幅極可怖的景色，真恨不得玄龜羽士一身是口，把所有機密片刻講完，好讓自己探出「天香玉鳳」嚴凝素究竟陷身何處？趕緊往救！

玄龜羽士喝完一杯香茶，愁眉仍自深鎖，緩緩又道：

「我回寨以後，聽說此情，便知立刻有了不了之局，才假做分派你們任務，而密令聚集此間，我自己則一路追蹤玉麟令主，要想阻止他胡作非行，但因他行蹤隱秘，竟未發現。直到抵此之前方獲密報，玉麟令主業已令人用柔骨迷煙，暗算天鳳令主，此時二人同在浙南南雁蕩山的一處秘密洞穴之內！」

慕容剛聽至此處，才曉得自己上了一塵道人惡當，心上人身陷浙南，卻拚命似地趕來福建佛嶺！

地點既得，方待退身下峰，與呂崇文趕往救援，但轉念一想，玄龜羽士那等功力，自己一動立被知覺，不但纏戰起來難以脫身，所聽機密也便作廢，無法善加運用！何況南雁蕩山萬壑千峰，到哪裏去找那中藏「天香玉鳳」與毒心玉麟的秘密洞穴？利害一明，只得強忍情懷，凝神再聽！

廿五 幽谷奇僧

玄龜羽士見胡震武與李氏兄弟始終靜聽不發一言，知道像這種事，他們也委實無法參與意見，微微一嘆又道：

「我獲此密報以後，本應立時趕去阻止玉麟令主，但忽然想起得報之時，距天鳳令主身中柔骨迷煙之時已有數日，天鳳令主功力盡失，無法抵拒之下，玉麟令主必然已償心願！而此間之會，還要分派你們重要任務，遂決定索性讓玉麟令主的十載相思稍得補償，多享受幾天溫柔滋味，等此間事了，再趕去找他們了斷這段難分難解之事！胡香主，依你之見，玉麟令主以爲只要能把生米煮成熟飯，天鳳令主便可委屈相從的想法可對？」

玄龜羽士那幾句「十載相思，稍得補償，多享受幾天溫柔滋味！」字字均如銳利鋼針一般，直刺入慕容剛心窩，說不出來是一種甚麼滋味！

胡震武略爲沉吟，皺眉答道：「照天鳳令主平日性情看來，斷無如此橫加強暴，即行降心相從之理，只怕藥力一過，立刻便與玉麟令主拚死一戰！」

玄龜羽士點頭說道：「你與我所慮相同，我再問你，照這種情形，大禍已闖之下，應該怎樣處理？」

胡震武濃眉一豎，豹眼一睜，獰聲說道：「令主既然問到，依胡震武之見，無毒不丈夫，既然闖禍，就索性闖它到底！」

玄龜羽士點頭說道：「英雄所見略同，你再往下說，這場大禍，怎麼闖到底法？」

胡震武方想開口，囁嚅又止！

玄龜羽士突然一陣令人驚心動魄的陰森微笑，笑聲連綿不斷，足有盞茶光景，足見中氣之足！笑完說道：

「我知道你想得出，不過有所疑難，不便出口而已！大丈夫做事，必須拿得起、放得下，如同毒蛇嚙手，壯士斷腕一般，稍一遲疑，必然噬臍無及！以天鳳令主那等性情，此事根本無法能了，女孩兒家，視清白貞操不亞第二生命，故而休看十年同盟兄妹，一朝反目，立成不世深仇！嚴凝素本身那幾手靈蛇劍法，除我以外，幾已無人能勝，何況她師父南海妙法神尼，性情怪僻已極，武功又與無憂頭陀、靜寧真人，合稱宇內三奇。徒兒受此奇辱，豈肯干休？這一來，豈不成了四靈寨對抗宇內三奇，敵方聲勢太隆，非驚動我那兩位久已不履塵世的恩師出手壓陣不可！」

慕容剛這時方知「天香玉鳳」嚴凝素的那一柄奇形軟劍，和超卓武學來歷，果如無憂師伯所料，藝出南海妙法神尼！心想：倒要聽聽你們這幾個魔頭定出甚麼惡計？了斷此事！

關中雙鳥李氏兄弟聽至此處，插口問道：「照令主說來，此事豈非左右爲難，無法善了麼？」

「玄龜羽士」宋三清「哼」的一聲冷笑說道：「誰說是左右爲難，無法善了？你們武

功雖然不弱，在這種心機算計之上，就遠不如胡震武！」

轉而對胡震武說道：「我授你一切大權，說話不必顧忌，把你心中所料說將出來，看看可如我意中所料？」

「單掌開碑」胡震武獰笑說道：「令主如此說法，胡震武只得遵命直言！在我認為，處理此事的上上之策，莫如令主把利害向玉麟令主分析清楚，索性在目的已達，雙棲無望之下，除掉嚴凝素，並故佈疑陣，嫁禍鐵膽書生，使那極為怪僻剛傲的妙法妖尼暴跳如雷，去向無憂、靜寧兩個老鬼算帳！這樣本寨豈非坐觀虎鬥，穩收漁人之利？在妙法等三個老鬼相互惡拚有所傷損之後，再請令主的兩位恩師出手，便可盡除隱患，永霸江湖！不知胡震武這粗淺之見，可與令主的高明妙計，略有所合？」

胡震武的這一席話，直聽得慕容剛膽戰心寒，全身起慄！暗想到底人算不如天算，他們這種極為惡毒陰謀，居然被自己探悉，可以預加防止，若真任他們照計而行，真不知要在武林之中，攪出多大禍變？

「玄龜羽士」宋三清聽胡震武講完，竟自樂了個哈哈大笑說道：

「這幾句話，豈但略有所合？簡直就似出於宋三清之口！不僅此事如此處理，就連那軟禁在正逆五行九宮竹陣之中的裴叔儻父女，我也已決定寧殺不放！金龍令主只一反目相向，便照嚴凝素之例，一併除去，四靈寨從此也可澄清內部，隨意擴張，永為武林霸

主！」

到此略頓，伸手懷中，取出三封書信，向「單掌開碑」胡震武及關中雙鳥李氏兄弟說道：「這樣一來，四靈之中的龍鳳二靈不能虛位，而本寨之中也亟須補充實力，方足應付『鐵膽書生』叔侄的明春拜山之約！這三封書信，均是分請三位多年不履江湖的絕頂高人加盟入寨，尤其是其中隱居在離此比較近的仙霞嶺一元谷中的『璇璣居士』歐陽智，此人不但武功頗高，更極富機智，我對他心儀已久，如肯入寨，助益極大！此人之處，可請胡香主持信，代我一行！二位李香主，請一位走趟岳陽，邀請『君山釣叟』常天健，一位則請遠奔勾漏山，邀請『天慾仙子』鮑三春，務望勉力完成使命，並將三處如何答覆，速報我知！」

「單掌開碑」胡震武與關中雙鳥李氏兄弟一齊恭身領命。

玄龜羽士笑道：「今夜所言，均係絕大機密，千萬不可稍有洩漏！我要先行離此，趕往浙南，胡香主可放起九龍旗花，命他們收哨歸來，你們也趕快分頭行事，我在翠竹山莊候報！」

說完起座行到殿外，胡震武等人恭身相送，宋三清含笑擺手，身形微晃，便自不見！

慕容剛乘胡震武放起九龍旗花，群寇撤哨歸來的一亂之間，閃身出匾，趕往峰下約定

之處，找著呂崇文，一語不發，便立即向浙南急趕！

在狂奔之中，才把所聞機密告知呂崇文，呂崇文聽說裴叔儻父女被禁翠竹山莊，玄龜羽士已決心相害，也自急煞！

叔侄二人均恨不得一步跨到南雁蕩山，救出嚴凝素之後，立即再往王屋赴援裴氏父女！

但「玄龜羽士」宋三清何等腳程？慕容剛一找呂崇文的這段耽擱，便已失去蹤跡！星夜飛馳之下，好不容易才到地點，但千峰盤曲，萬壑淒迷，卻到哪裏去找「天香玉鳳」嚴凝素的陷身之地？

二人再好武功，連日不停疾趕，也自頗覺勞累。呂崇文說道：

「慕容叔叔！看這山嶺連綿，我們一時無法找出他們藏身之處，何況就算找到之時，又必然是一場生死惡鬥！佛嶺峰腰，我曾硬接玄龜羽士三掌，此人武功果然極高，再加上個毒心玉麟，他們是以逸待勞，我們恐怕別說救人，連自己都未必能保？反正事已至此，徒急無益，叔叔素來沉穩，仍請勿令急怒障蔽靈明，我們還是用心坐功，調元益氣，把這連日狂馳的疲勞消除以後，再作計較！」

慕容剛知道呂崇文說得有理，苦笑點頭，叔侄二人因欲便於瞭望，遂猿上一株參天古木，在那枝椏之間靜坐行功，培元固本！

內家真傳，果然奧妙！十二重樓遊遍，龍虎玄關一通，氣納丹田，神歸紫府，不但連日晝夜奔馳的疲勞已復，四肢百骸均覺舒暢異常！

慕容剛雙目一開，喟然微嘆說道：

「怪不得無憂師伯與靜寧真人他們，一意靈山養性，不肯輕履塵寰，果然如能摒絕俗擾，內家真訣，吐納自然之氣，溝通天氣之橋，縱或不能入聖超凡，成仙悟道，但延年益壽，比囿於名利的世俗之人，多活上個百年光陰，總無……」

話猶未了，二人同時傾耳靜聽，他們因坐功方畢，耳音特聰，聽出風木蕭蕭之中，遠處似有異響！

待未多時，一條黃影突現前峰，默察所行方向，似是撲往二人所處峰頭左側的一條幽谷！

黃影身法捷如閃電，輕功極佳，稍一移動，便是六、七丈遠！等慕容剛看出那黃影是個身著杏黃道袍的矮胖道人，呂崇文已向他附耳低聲說道：

「這就是四靈之首『玄龜羽士』宋三清！我正疑詫宋三清絕不會像我們一樣晝夜不停急趕，憑他再快腳程，有這兩夜疾馳也必趕上！原來彼此所行途徑不同，我們仍然先到！如今只須不動聲色，暗中尾隨，便可尋得那位『天香玉鳳』嚴姑姑的被困所在了！」

慕容剛聞言，不禁又愁又喜！喜的是連夜苦趕，未曾白費氣力，如今只須暗綴「玄龜

羽士」宋三清狠拚一場，料想當可將心上人救出！愁的則是嚴凝素身中「柔骨迷煙」，落於毒心玉麟手中足有數日，在武功全失無力抗拒之下，怎能保得住玉潔冰清？倘萬一白璧有玷，不但情天抱恨，而嚴凝素那種高傲性格，也必然設法自盡，不肯偷生，那時卻教自己如何勸解？

思念未畢，「玄龜羽士」宋三清的身形，已由前峰馳至谷口！慕容剛趕緊雜念全收，與呂崇文二人，躡足輕身，遙遙跟綴！

「玄龜羽士」宋三清到谷口以後，毫不遲疑地縱下深谷！慕容剛叔侄則因對方武功太高，稍有聲息立被發覺，以致不敢距離過近，始終保持三十丈左右，宋三清人到谷底，二人猶在峭壁半腰的松藤之間遙為注目！

這樣追蹤本來極難，幸而兩個轉折便到地頭，蒼崖翠壁之間有一大洞！

慕容剛此時心頭騰騰狂跳，無法控制，知道這種情形最是武家大忌！龜麟二靈，勁敵當前，竭盡全神應付，尚不知鹿死誰手？再若雜念分神，靈台不淨，真氣立即駁而不純，可能真如呂崇文所言，不但救人不成，連自己叔侄也一齊埋骨幽谷！

幸喜離那大洞十丈左右之處，有一堆嶙峋怪石，足以藏身，慕容剛就地盤膝一坐，抓起一塊小石，用內家極難功力，無風出手，拋起約有六、七丈高，在峭壁之上，「登」的

一撞，便即落向二人藏身之處相反方向的草樹之內！

在石塊出手的同時，並向呂崇文用目示意，隨即借這刹那光陰，攝念凝氣！

呂崇文懂得慕容叔叔一來過分懸念洞中情事，靈台生障，需要攝念澄神，二來目前情勢，不宜久戰，必須在極短數招之內克敵制勝！所以在這樣緊要關頭，仍需靜坐刹那，以便提足混元罡氣，破釜沉舟地拚死一戰！

這種盡提真氣，將聚未聚的一刹那間，最忌人擾，倘有真正行家，在此情形之下，只須向「氣海」穴上輕輕一點，對方立時岔氣，武功全失，猶如廢人一般！遂點頭表示會意，手握青虹龜甲劍柄，在石後凝神監視玄龜羽士動靜！但他也深知利害，極端小心，只用耳聽，不用眼看！

「玄龜羽士」宋三清在離那大洞洞口尚有兩、三丈處，聽得頭上峭壁忽然作響，跟著便是「刷」的一聲，不由倏然止步，又小又圓的龜眼微翻，業已看見四、五丈外的草樹之間微微一動！

玄龜羽士賦性陰沉，一聲不響，輕飄飄地暗運功勁，人起半空，掉頭撲下，右掌胸前微提，目光罩住那叢草樹，準備對方一現蹤跡，辣手立發！

但草樹之間，靜悄悄的哪有人跡？直等玄龜羽士身形落地，才現一條灰影，電疾而出！玄龜羽士大吃一驚，右掌揮處，把那條灰影震得一聲慘嗥，幾個翻轉，原來是隻絕大

山狐。

牠本來就爲慕容剛拋石所驚，但狐性多詐，不知人在何處，蜷伏不動，直等辨明人來，才電疾遁出，死在玄龜羽士掌下！這一來無巧不巧地替慕容剛叔侄遮掩過去。

玄龜羽士暗笑自己故作緊張，竟然把隻山狐當做了強仇大敵，微哂回身，才往那大洞洞口一落，突然怒吼起處，一股勁急無倫的劈空掌風，「呼」的一聲，宛如海嘯山崩，從洞中電捲而出，向「玄龜羽士」宋三清迎頭擊去！

玄龜羽士驟出不意之下，大吃一驚，並因那股掌風威勢太強，無法閃避，故雖聽出是自己同門師弟「毒心玉麟」傅君平的吼聲，也不能不強提真氣，硬接一掌，口中也自喝道：「傅師弟出了麼事？愚兄宋三清在此！」

掌風交接之下，洞中一聲悶哼，腳步踉蹌地搶出了四靈寨的那位玉麟令主傅君平，但目布紅絲，髮若飛蓬，一張俊臉完全成了慘白顏色，眉梢額角及臉頰之上，也帶有好幾塊青紫！

傅君平看見「玄龜羽士」宋三清，搖頭慘笑一聲，伸手扶住岩壁，微一凝神，張嘴噴出一口淤血！

「玄龜羽士」宋三清見狀，便自猜出傅君平不知遇上什麼強敵，身受內傷，再把自己誤認對頭，又挨了一掌反震，看此情形，傷勢甚重，遂趕緊餵他幾粒丹藥，並扶著傅君平在大石之上盤膝坐好，掌貼他後心「三焦俞」穴，沉聲說道：

「師弟內傷不淺，暫勿多言，我以本身真氣助你療治，切莫妄自恃強不服，趕緊摒除雜念，舒氣散功，使全身百穴及經脈之間，不存絲毫抗力，我包你在半個時辰之內，復元大半！」

傅君平雖然驕傲無比，但自知肺腑之間傷勢非輕，不然師兄也絕不會把師門珍貴靈藥，連自己都未蒙賜的「百轉金丹」一餵三粒，並用極耗真氣的「隔體療傷」功力為自己療治！

生死關頭，哪裏還敢再發那種驕矜暴戾之氣？如言雙睛一閉，百慮全消，返照空明，把一切均歸諸無人無我之境！

在那大堆嵯峨怪石之後隱身靜聽的慕容剛叔侄，此時心頭上的一塊大石，業已放下不少！尤其是關懷最切的「鐵膽書生」慕容剛，聽得「毒心玉麟」傅君平身受重傷，知道「天香玉鳳」嚴凝素遇人相救，可能白璧無玷，並已脫險！

話說他們叔侄若乘此良機拔劍而出，合手攻敵，則玄龜羽士縱或能逃，「毒心玉麟」傅君平絕可授首，毫無疑問！但二人均是一樣的英俠襟懷，不肯乘人於危，連呂崇文兩度對掌不敵玄龜羽士，早想覓機用精妙劍術，再與宋三清一較高下，此時也僅靜坐凝神，竊

聽究竟！

半個時辰，轉眼即到，「玄龜羽士」宋三清腦門子上一陣熱氣蒸騰，輕輕撤下緊貼在傅君平「三焦俞」穴上的那隻右掌，吁了一口長氣說道：

「恭喜師弟死裏逃生！你到底遇上何等能人？把你肺腑之間震傷這重！難道是那『鐵膽書生』慕容剛？嚴凝素是否已被救走？你那十載相思，可曾了卻？」

「毒心玉麟」傅君平微一運功，覺得身上傷痛雖癒，真氣依然微弱！不由慘笑一聲，向玄龜羽士說道：「小弟不才，羞見師兄！此事經過，說來話長，師兄請坐，容小弟慢慢稟報！」

玄龜羽士在石上坐下，含笑慰道：「我們師兄弟，做事從不後悔！師弟肺腑受震頗鉅，慢慢講話，勿再動怒傷肝，任何事均有愚兄做主！」

「毒心玉麟」傅君平面帶愧色說道：「小弟因對四妹相思太苦，探悉她對那『鐵膽書生』慕容剛竟似有情，生怕她得悉慕容剛重出江湖之訊以後，更多變故，竟自起了一個下流想法，想要把生米煮成熟飯，則不但女子素重名節，四妹只得從一而終，或者還可以因此而改變她平日與我們落落難合的態度，同心向外，遂乘她南海朝師途中，暗遣新近加入本寨的昔年八閩巨盜一塵道人，暗用柔骨迷煙將四妹迷倒，擄來此處！」

「玄龜羽士」宋三清插口問道：「照此情形，四妹身中柔骨迷煙，還不任你擺佈，了

卻這場相思孽債，怎會突生禍變？」

毒心玉麟嘆了一口氣道：「四妹雖已身中迷香，難以轉動，但心智未失！她那副急憤冷峻神情，竟使小弟未敢立即加以侵犯！躊躇難決一日一夜以後，想通事已做到這般地步，即算就此罷手，四妹也必不肯相諒，不如仍照原計，先略享溫柔滋味，使十載相思有了著落之後，再見機行事！主意方定，哪知好事多磨，洞外突然傳來一聲『阿彌陀佛』！」

玄龜羽士「哦」了一聲，說道：「西域一派，多年閉關自守，中原佛門弟子好手不多，師弟難道就傷在這和尚手內？」

毒心玉麟搖頭說道：「那聲佛號聚而不散，宛若沉雷，入耳便知是內家高手所發的『獅子吼』一類神功！何況此谷僻處深山，罕有人跡，小弟知道來人不善，顧不得輕薄四妹，方到洞口，便見黑忽忽的飛來一物，接到手中一看，卻是一枚頗爲沉重的黑色木丸！」

玄龜羽士皺眉問道：「是鐵木令？」

石後傾聽的慕容剛，想起當初攔呂崇文投奔北獄恆山，無憂師伯不肯收錄之時，澄空師兄曾經贈過一粒黑色木丸，說是他好友信物，可解途中危難，不想在這南雁蕩山的幽谷之中，又現此物！

毒心玉麟接口說道：「木丸入手，我便知道是武林尊仰的鐵木大師信物！但鐵木大師在江湖中名望雖大，見過之人，卻是極少！這樣緊要關頭，跑來打攪，小弟怎不恨他入骨？閃眼看處，是個中年清癯僧人，遂冷笑一聲說道：『和尚！出家人跳出三界外，不在五行中，何苦跑來多事？你以爲就憑一枚鐵木令和一聲獅子吼，便能鎮得住我『毒心玉麟』傅君平麼？

「那和尚合掌低眉，緩緩答道：『出家人立願濟世，普度眾生，施主資質不凡，出家人要勸你放下屠刀，回頭向善！』

「我心中蓄恨甚深，哪裏耐煩與他多費口舌？遂藉話提氣，慢慢說道：『和尚且莫度人，我先度你早登極樂！』話音方落，掌力已發！我因知此僧名頭頗大，毫未加以輕視，一開招便是『陰陽雙煞』！右掌陽剛、左掌陰柔，兩種不同勁力，同時並發！

「哪知此人功力之高，不可思議，依舊合掌低眉，不閃不避，我雙掌擊中他前胸的刹那之間，突然有一種無形韌勁，把我所發陰柔掌力化解無形，陽剛掌力更被反震回頭，臟腑之中立覺血氣翻動！」

玄龜羽士冷笑一聲說道：「這也算不得什麼了不起的神功，不過把真氣凝聚，何機反擊，故示神奇挫你銳氣而已！但師弟功力，我料他未必安然無事，可是他趁你驚疑未定，隨手進擊，把握先機，占住勝面了麼？」

毒心玉麟點頭說道：「師兄料得不差，我雖被他無形罡氣所震，看出他也已面色微變，移步換樁，但跟著連發兩掌，排山倒海，卻仍威勢無比！我滿懷忿怒之下，自然不服，揮掌硬接，誰知那禿驢功力，居然確實高我一籌，兩掌硬拚，我便自覺臟腑之間，受傷不淺！

「更可恨的是，那禿驢太過刁惡，第三招合掌當胸，式做『蓮台拜佛』，足下暗合子午，巧踩連環，似要全力拚命進擊！我正強忍傷痛，凝神待敵，那禿驢卻哈哈縱聲一笑，雙掌翻出，竟往我面前地下的一堆碎石發力！

「這一來，強勁掌風過處，滿天石雨星飛，我驟不及防之下，臉面之間受傷不少，尤其在提氣縱躲，覺得胸腹以內，脹痛頗劇，暫時已難動手應敵！只得眼看著禿驢把那骨軟如綿、四肢無力的四妹救走，並留下狂言，說是要把四妹送往南海，請她師尊妙法神尼，來找我弟兄算帳！

「我真想不到鐵木禿驢竟有這等厲害，技差一著，身受重傷，只得緊咬牙關，自在洞中用功療治！師兄到此之時，我以為此洞幽秘，別無人來，定是那禿驢去而復返，恰好功力略為恢復，雄心又起，意欲一拚，誰知厄運當頭，竟又挨了師兄一掌，傷上加傷，才被震得嗆出那口淤血！」

「玄龜羽士」宋三清聽「毒心玉麟」傅君平講完，濃眉緊皺，「咳」了一聲說道：

「不是我在師弟受傷吃虧之後，還來說你，你怎的如此色令智昏？平時那麼聰明的人，竟會懵懂至此！四妹之事，羊肉未吃成，卻惹上了這一身膻氣，妙法老尼功力絕世，怪僻無倫，倘若一怒之下，毀卻昔年不履中原誓言，親到翠竹山莊，憑你我弟兄所學，真恐未必抵擋得住！何況你把裴叔儻父女，索性在江蘇殺卻也好，偏偏帶回王屋，軟禁在正逆五行九宮竹陣之內，無疑的又是自己替自己埋下了一個莫大禍胎！你二哥若知此事，極可能怒絕金蘭，反目相向！

「這一連串的嚴重錯誤，絕非佳兆，倘『鐵膽書生』慕容剛叔侄得悉內幕，邀集武林好手，不守訂約日期，提前拜山，真叫我有些安排為難、補救不及，辛苦經營的多年基業，極可能一旦便即瓦解冰消！我因洞悉此項危機，業已秘密遣人，對本寨內部有所佈置，所以目前大患，就在妙法老尼方面，你傷勢已然無疑，暫時不必回轉總壇，可遠行高黎貢山，參拜兩位恩師，據實陳明四妹之事，請求恩師加以指點，據我看來，兩位恩師與宇內三奇，正式對面清算舊債之期，恐怕也不在遠了！」

「毒心玉麟」傅君平當時色欲蒙心，靈明受蔽，此時也自深知把禍闖得不小，滿面愧色，向玄龜羽士說道：

「小弟委實做事魯莽，師兄所責甚是！我便走趟高黎貢山，但那鐵木禿驢三掌之仇，小弟銜恨入骨，誓所必報！師兄務必傳令各地分壇，嚴密注意這禿驢行蹤，我此次朝師，

定將恩師的『毒龍子母梭』要來，以對付『鐵膽書生』慕容剛叔侄，與這鐵木賊禿！」

玄龜羽士笑道：「師弟近年來，怎的性情大變？你不要忘了你的外號，叫做『毒心玉麟』！要『毒』就須『毒』在心裏，口頭上說些狠話作甚？我雖未與慕容剛叔侄過手，但憑太湖三怪與小四靈一戰全數傷亡的情形看來，對方武功確實有驚人之處！『毒龍子母梭』縱然極爲霸道，但對方無疑均會內家罡氣，倘事先有備，並不一定便能傷敵！恩師如肯親自下山，對付妙法老尼，當然百事無慮！不然，你若把那『淬毒魚腸』與專破內家罡氣的『飛雷鏨』求來，或許比『毒龍子母梭』的用途更大！」

「毒心玉麟」傅君平一陣獰笑說道：「師兄望安，我這趟高黎貢山，仗著恩師寵愛，定將天南三寶『毒龍子母梭』、『淬毒魚腸』和『飛雷鏨』一齊求來，索性大大開場殺戒，把武林之中，攪它一個天翻地覆！」

玄龜羽士搖頭說道：「師弟，我再說一句，你無名之火太旺，絕非佳兆！高黎貢山之行事關重要，務必速去速回，須防妙法老尼萬一立時問罪，我一人勢力太薄，在未回翠竹山莊之前，我不准你私行生事！」

「玄龜羽士」宋三清這幾句話是正色所發，語音沉著，不怒生威！傅君平那等桀傲人物，居然也有點畏懼師兄，低頭領命，分別離去！

慕容剛、呂崇文等龜麟二人去遠，進洞一看，果然杳然無人，慕容剛搖頭嘆道：

「文侄！你看江湖之中，人心多麼險惡？那一塵道人，不念我們不殺之恩，明知傅君平擄劫『天香玉鳳』，藏在這南雁蕩山的幽谷之內，卻使我們跑趟八閩佛嶺！哪知禍邪福善，天道不爽，佛嶺之行，既探得了四靈寨內部的那大機密，而『天香玉鳳』嚴女俠又爲鐵木大師所救，送回南海！不過這位鐵木大師，是何門派？三掌便能震傷『毒心玉麟』傅君平，若換我們，還未必辦得到呢！」

呂崇文說道：「這位大師既與四靈寨做對，將來必有相會之日，此時來研究他的門派做什？眼前我們應做之事，煞費躊躇，是先往南海探望我那位『天香玉鳳』嚴姑姑？還是先赴翠竹山莊，援救『九現雲龍』裴大俠父女？或是先往仙霞嶺一元谷、洞庭君山及勾漏山等處，阻止『單掌開碑』胡震武及關中雙鳥李氏兄弟，邀請那『璇璣居士』歐陽智、『君山釣叟』常天健、『天慾仙子』鮑三春等人加盟四靈寨，以免對方增強實力？」

慕容剛點頭讚道：「文侄在見識方面，業已大有進步，所慮極爲重要，世事如棋，往往一步走錯，可能導致滿盤皆輸，且讓我仔細思索一下！」

沉吟良久以後，一按胸前貼身所藏的那塊雕鳳玉珮，斷然答道：

「『天香玉鳳』嚴俠女既脫險境，由鐵木大師送往南海，應可安然無慮！我們時間匆迫，不能妄以私情延誤大事！至於『玄龜羽士』宋三清命胡震武等分請的三人，我昔年均耳聞其名，『璇璣居士』歐陽智介乎正邪之間，武功機智絕倫，若被四靈寨請去，確實平

添一個勁敵！但仙霞嶺一元谷，離佛嶺甚近，胡震武書信必然早經遞到，我們此時趕去，業已不及！『君山釣叟』常天健性情孤傲，是一位隱跡高人，料憑宋三清一封書信，未必請得他動？『天慾仙子』鮑三春，則是一個有名的蕩婦，滿身罪惡！這種人倒真望她應邀前往王屋加入四靈寨，等明春一併殲除，好為江湖中消滅一個大害！

「所以如此權衡之下，當前急務，還是先赴翠竹山莊，救援『九現雲龍』裴大俠父女是為要途！更因我在佛嶺，聽『玄龜羽士』宋三清說是裴大俠父女，可殺而不可放，縱然『雙首神龍』裴伯羽因此與他們斷義絕交，也要藉機下手一併除去，以杜後患！故宋三清未回翠竹山莊以前，自然可保無事，如今他既已趕回翠竹山莊，不但裴大俠父女，恐怕連他那位族兄金龍令主也立有莫大危險！我們趕去非僅救人，也是挑撥四靈寨內訌的極大良機！但須謹記，儘量不必現身，能在暗中下手，使敵方莫測高深，收效才大！」

呂崇文與慕容剛相依為命，知道這位世叔天生情種，他與「天香玉鳳」嚴凝素的那種惺惺相惜的感情，高雅深摯無比！呂梁一面，八載相思，胸前所藏嚴凝素相贈的那方雕鳳玉珮，旦夕之間，也不知摩挲了幾千萬遍？但如今居然竟能先顧公義，暫撇私情，不由欽佩已極！

他自己則因年歲尚小，只知道與那位裴玉霜姑娘頗覺投緣，聽他父女有難，懸念已極！卻不知道當初萍水相逢之下，男女自然相悅的愛情幼苗，即已在兩顆純潔心靈之中，

暗暗滋生茁長！

計議既定，連馬匹都不及再返洞宮山清塵觀中取回，便即追蹤「玄龜羽士」宋三清，往王屋山四靈寨總壇翠竹山莊急趕！

哪知世間事往往萬密一疏，慕容剛叔侄均以爲算無遺策，哪知偏偏把椿最重要的「毒心玉麟」傅君平遠行高黎貢山，參拜天南雙怪，求取什麼「天南三寶」之事，輕輕放過，以致後文書中，這位鐵膽書生，幾乎在「毒心玉麟」傅君平專破內家罡氣的師門異寶「飛雷鏨」之下，粉身碎骨！

慕容剛、呂崇文叔侄方面，暫時不提，且說那位四靈之首，「玄龜羽士」宋三清與「毒心玉麟」傅君平分手之後，趕回翠竹山莊之事。

「玄龜羽士」宋三清邊行邊想，那「九現雲龍」裴叔儻武功頗高，雖然傅君平親率七名好手馳往江蘇，但若非設法先擒住他女兒裴玉霜，威脅裴叔儻束手就縛，還真無法把他們擄回翠竹山莊，軟禁在正逆五行九宮竹陣以內！

幸喜自己趕回及時，處理得當，嚴囑手下把「雙首神龍」裴伯羽瞞在鼓中，經一再盤算，若能把這父女二人，在二弟裴伯羽毫不知情之下殺卻，反而可能消弭一場莫大禍變！

但這種舉措，必須絕對機密，並應先行佈置，萬一裴伯羽知道，反目相向之時，索性

一網打盡的陰毒手段！因爲四靈之中，鳳已成仇，龍令能留最佳，否則寧可辣手屠龍，也不能再聽任他龍歸滄海，變化風雲，倒戈相向，與自己師兄弟處在敵對地位！

廿六 神龍反目

玄龜羽士人甚聰明，知道內亂之危，甚於外敵！尤其是裴叔儻父女之事，隱禍肘腋，極爲危殆！不當時加以處理之故，是因爲「天香玉鳳」嚴凝素身後的妙法神尼太不好惹，權衡輕重，才先追毒心玉麟，如今這面既然可以挽回，自然心懸翠竹山莊，竟像慕容剛叔侄趕赴南雁蕩山之時一樣地晝夜兼程，急行遄返！

由浙入皖，經豫奔晉，過卻析城山區，已抵王屋！就在離翠竹山莊尚有數里之遙，恰好是個昏黃月夜！

「玄龜羽士」宋三清正行之間，忽地凝神止步，傾耳聽見翠竹山莊方向，似有嘈雜之聲隱隱傳送，心中方自一驚，一條高大人影，已由西北方宛如電疾風飄一般，往自己身前十數丈外馳過！

因身法太已熟悉，玄龜羽士知道不妙，心頭機伶伶的一個寒顫，先行功提雙掌，氣聚丹田，然後出聲叫道：

「二弟，愚兄宋三清在此！你深夜急馳，山莊之內，出了何事？」

高大黑影聞言也似出於意料，冷笑一聲，轉身走過，此時浮雲已散，素月流光，正是那位在四靈寨中排名第二的金龍令主，「雙首神龍」裴伯羽！

但雙眼精光迸射，銀鬚飄拂，滿面暴怒之色，身著長衫之上，並有不少鮮紅血跡！

在宋三清十步以外，裴伯羽即已駐足停步，面罩寒霜，冷冷問道：

「玄龜令主！你是明知，還是故問？翠竹山莊之事，不爲裴伯羽留半點餘情，我們這金蘭之好，要它何用？」

說罷一撩長衫，駢指一劃，截下半截下襬，反手一甩，功力真見驚人，那輕的一片軟布，竟自帶著勁急的破空之聲，向玄龜羽士迎面擲到！

宋三清微伸左手二指，夾住長衫下襬，知道裴伯羽既已割袍示意，怒絕金蘭，則機密定然盡洩，此人一去，無疑縱虎歸山，必成大患！

鋼牙暗咬，毒念已生，一陣哈哈長笑，把原已提聚雙掌的功力加到十成，貫注右臂，口中卻仍和聲說道：「二弟不要誤會，十載金蘭，無殊手足，何事不可解釋？真有甚事對不住二弟之時，愚兄願叫傅三弟向你賠罪，並聽憑責罰就是……」

一面和顏悅色說話，一面卻拈著那半截長衫下襬，滿臉歉疚神情，慢慢向「雙首神龍」裴伯羽身前走近！

宋三清才走兩步，裴伯羽足下微滑，業已後退丈許，到了一片密林林口，冷笑一聲說道：「宋三清！憑你裝出怎樣一副和善外貌，但卻掩不住惡毒內心！你功行右臂，暗聚七煞陰掌，意欲何爲？難道你以爲憑你一人，真就留得住裴伯羽麼？」

「麼」字剛剛出口，忽然微哼一聲，手攏左肘，目中暴現神光，好似受了什麼傷損！

「玄龜羽士」宋三清見裴伯羽識透奸謀，正在考慮是否下手硬拚？但知以裴伯羽功力

雖然略遜自己，卻也相去不遠，除非出其不意暗算，否則一時真還無法將其置於死地。此時見他無端受傷，也不禁大出意外！

裴伯羽一面注意防範玄龜羽士乘隙進襲，一面怒聲喝道：「林內是哪個無恥鼠輩？……」

話猶未了，他右側林內已有一個清朗口音，冷冷答道：

「裴伯羽休要猖狂，你已中了我九絕神針，越動怒氣，死得越快！四靈寨冠冕各派，豈能輕易背叛？玄龜令主威震江湖，更不容冒犯衝撞！我念你曾經身爲金龍令主，不爲已甚，所發九絕神針，並非當時致命的一種！以你功力，只要不妄動無明，足可支持十日，趕到九華絕頂，尋找一種朱蕊香蘭解去針毒！你僅此一線生機，還不快去？再若延遲，無非徒自找死！」

裴伯羽聞言，想是知道厲害，強壓盛怒，沉聲問道：「三針之賜，裴伯羽只要不死，終有後報！朋友留個名姓何如？」

林內人又是一陣輕微哂笑說道：「虧你曾爲金龍令主，連九絕神針是何人所用暗器，均不知道，實在令人不屑與言！若想報這三針之仇，四靈寨翠竹山莊之內，隨時均可找我！」

裴伯羽見對方不肯報名，知道自己武功本就稍遜玄龜羽士，左肘再受針傷，委實無法討好，鋼牙一咬，便自從林中埋伏之人的相反方向隱入林內！

「玄龜羽士」宋三清也不知道那九絕神針來歷，但聽林內人口氣，竟似是自己寨中人物，語音卻又絕對陌生，正待出聲招呼，業已自林內暗影之中，走出一個身材瘦削微矮，身著淡葛布長衫的五旬左右老者！

玄龜羽士不識此人，但知是友非敵，抱拳含笑問道：「閣下上姓高名，請恕宋三清眼拙！」

老者微笑還禮答道：「在下歐陽智，遁跡仙霞嶺一元谷中，已有十五年未出江湖，難怪令主不識！」

玄龜羽士一聽，此人竟是自己命「單掌開碑」胡震武專函相邀的「璇璣居士」歐陽智，寨內正在需人之際，不禁喜出望外，含笑說道：

「歐陽兄妙策神功，宋三清景慕已久，因心懸寨中要事，無法分身親往仙霞嶺一元谷拜望，僅命玄龜堂首席香主胡震武持函代謁，正恐歐陽兄嫌我簡慢，不肯屈駕，不想居然惠然肯來，實乃四靈寨中大幸！歐陽兄趕得這巧，可是此時才到麼？」

歐陽智笑道：「令主休得過譽，歐陽智能與令主這等人物執鞭隨鐙，榮幸已極！我昨夜隨胡香主同抵翠竹山莊，今日晚間即生劇變，裴伯羽因他族弟之事，怒劈三雄，我因看出此人武功太高，這一反目相向，必爲本寨大患，遂乘胡香主率人勉力應敵之時，悄悄來

此，埋伏林內，欲在暗中下手，將其除卻……」

「玄龜羽士」宋三清心中正有疑團，聽他說到此處，忍不住插口問道：

「此人既與我怒絕金蘭，確實足爲本寨大患，歐陽兄洞燭機先，高明已極！但既已用九絕神針得手，怎不讓宋三清當時將其誅卻，而又告知其能解針毒的靈藥所在作甚？」

歐陽智一陣長笑道說：「歐陽智遁跡仙霞一十五年，與令主且素未相識，僅憑一封書信，便立即隨同胡香主投效翠竹山莊之故，就在於久欽令主神功絕世，欲以我區區心力，輔佐令主永爲武林霸主，冠冕群流！所以才不欲令主親手殺那裴伯羽，而蒙受一個十載金蘭，一旦反目便即立下辣手的不義之名，其實九華絕頂，只是一隻獨臂凶猩巢穴，哪裏有甚朱蕊香蘭可以解我的九絕神針所蘊奇毒！這樣讓那裴伯羽或是針毒發作，死於途中，或是葬身在那獨臂凶猩口內，不比令主親自動手強得多麼？」

玄龜羽士聽得連連點頭，心中得意已極，一陣放聲長笑，輕拍歐陽智肩頭說道：

「歐陽兄！宋三清雙眼無差，早已欽佩你這璇璣居士智計絕倫！不是我賣句狂言，除卻我兩位恩師，與那號稱宇內三奇的幾個老怪物以外，宋三清敢說放眼武林，罕有敵手！如今得你來歸，無殊如虎添翼！且在我翠竹山莊之內，略爲顯露才能，服眾以後，我要安排你繼任金龍令主之位，從此以你智計輔我武功，再加上四靈寨內的無數奇材異能之輩，哪怕不如你方才所言，冠冕群流，永爲武林霸主？」

兩位蓋世魔頭，氣味相投，交契恨晚，手攜手地回轉翠竹山莊。

玄龜羽士查問出事經過，才由身帶輕傷的「單掌開碑」胡震武報告一切！

原來「單掌開碑」胡震武在佛嶺絕巔龍潭禪寺之內，奉了「玄龜羽士」宋三清密令，攜同宋三清親筆書信，去往仙霞嶺一元谷，敦聘隱居該地多年的「璇璣居士」歐陽智加盟入寨，因知玄龜羽士把此人看得極重，所以才特選自己投書，不過人家多年隱跡，倘若不肯出山，此行任務難成，豈不被玄龜羽士責怪？

一路思索，也想不出什麼良好說詞，只得拿定主意：隨機應變！

廿七 如虎添翼

那一元谷，是在仙霞嶺最深奧處，萬峰叢簇的一條幽壑之中，本來極爲難找！尙幸四靈寨在仙霞嶺設有分壇，胡震武向之查問路徑，分壇主持人見玄龜堂首席香主到來，當然親自繪圖指點，但向胡震武說明，歐陽智的一元谷內，向不容外人走進，何況一入谷口，便是他所設的「璇璣迷徑」，無人指點，一輩子也休想走到他所居之處！

胡震武按圖索驥，自然不致有誤，翻越了不少山崗峰嶺，才找到那條幽壑，入壑以後，又穿越兩處秘洞，看見一片高可接天的排雲峭壁，正如圖上所畫，知道已到地頭。

一元谷的入谷之處，是這片排雲峭壁離地三十餘丈的一個小小缺口，除此以外，別無他途！胡震武見這峭壁，綠油油的滿布苔蘚，連藤樹之屬均極少有，雖然尙難不住自己，但輕功不到火候之人，根本連這峭壁都上不去！

「璇璣居士」歐陽智選擇這種地形隱居，只怕早已摒絕名利之念，自己這趟冤枉路，可能業已跑定！

他雖自覺歐陽智甚難接受聘請，但奉命老遠來此，總得把書投到，遂雙掌拊壁，提氣輕身，施展「遊龍術」慢慢揉升，費了不少功夫，才到得那小小缺口！

因知他這谷口之中設有「璇璣迷徑」，自己雖然略懂五行生剋及奇門變化之理，但也不敢貿然進入，方一逡巡，谷中已自有人說道：

「谷口是哪位高朋？歐陽智這一元谷中，向不接待外客，請恕簡慢！」

胡震武聽那語言，又近似在眼前，又似遠在數里之外，飄忽已極，向所未聞，趕緊提足中氣應聲答道：「在下胡震武，奉四靈寨玄龜令主之命，來此投書，尚祈歐陽隱士容我拜謁！」

谷中沉寂良久，未見回音，胡震武不明對方心意，只得耗性等候！

候有甚久，胡震武方覺歐陽智不管願見與否，均不應把自己如此冷淡，要想再度發話之時，谷口人影一閃，現出一個身材略矮，瘦削異常的五旬上下青衫老人，向胡震武含笑抱拳說道：

「胡香主職司貴寨玄龜堂首席，遠來投書，請恕我慢待貴客！這一元谷中徑狹難行，歐陽智敬爲胡香主引路！」說罷恭身揖客，並先行前導。

胡震武邊行邊自留神，覺得他這所謂「璇璣迷徑」，只是依山石草樹等自然形勢所闢，不過略有曲折，並不見有何八卦、九宮等生剋佈置，但走完曲徑，到達三間草屋之時，胡震武才愕然大驚，默計所行足有十里開外，而方向亦似是始終往前，未見折回，但這三間草屋，卻就是依著排雲峭壁所建，與那入谷缺口之間，不過隔著一片奇松茂竹，倘以輕身功力，由樹杪飛行，展眼便可到達，不知何必費那大事繞路則甚，難道是要炫耀他這「璇璣迷徑」？

「璇璣居士」歐陽智看出胡震武心中所疑，一面請客入室，一面含笑說道：

「胡香主是否以爲我這草屋與谷口相距甚近，可由樹杪飛行，無須繞那遠路麼？」

胡震武見室內所有陳設，均是以竹根樹椿等物，依其自然形狀所製，古雅已極，連手中茶杯也是一個紫竹圓筒，正在覺得有趣，忽聽心事又被歐陽智猜透，暗驚此人心計果然靈敏，遂自懷中取出玄龜羽士親筆書信，雙手捧過，笑聲問道：

「歐陽智先生世外高人，這一元谷各種措施，想來均有玄妙，絕非胡震武草莽俗士所能揣摸！聞聽江湖傳言，歐陽先生隱居此間，已有十餘載未問世事，怎的初面便知胡震武位爲香主，並司玄龜堂首席之職呢？」

「璇璣居士」歐陽智把書信拆閱過後，向胡震武笑道：「昔年諸葛武侯，若不在高臥隆中之時，即已把天下形勢瞭若指掌，怎會肯應後漢劉玄德的茅廬三顧之聘？歐陽智幽居索莫，出岫有心，對勢凌各派的四靈寨中主要人物，怎會不熟而有所聞呢？」

「單掌開碑」胡震武聞言，不禁大喜過望說道：「聽歐陽先生之言，已允加盟敝寨，可否將啓程日期賜告胡震武，以便歸報玄龜令主？」

歐陽智大笑說道：

「常言道：『士爲知己者死』，玄龜令主特具慧眼，識我於十餘年幽谷潛居無人存問之中，歐陽智哪得不感激知遇，有以圖報！我輩中人，講究的是千金一諾，何必麻煩香主歸報什麼啓程日期，我當隨你就走！好在自那谷口到我這茅屋之間的樹杪之上，均布有天絲黏網與毒弩窩弓，任憑是一等一的輕功也無法飛越！至於那條璇璣迷徑，則不是歐陽智自詡，委實煞費苦心，內含天星躔度與古今陣法，看來雖屬平淡無奇，但若無歐陽智親身引路，只怕走上十天半月，人已出了仙霞界，仍然看不見我這茅屋的半點形跡！有此兩種險阻，無虞人擾，待我略為收拾簡單應用之物，及關照一聲我那守谷靈猿，便可隨胡香主去了！」

「單掌開碑」胡震武也是一個大大梟雄，他在四靈寨中權位，不過僅次於龜龍麟鳳四靈令主，但卻覺得這位「璇璣居士」歐陽智別具一種丰儀氣質，令人一見生敬！想不到這樣一位高人隱士，竟會毫不令自己費事地慨然應允，並立即起身，心中頗為高興！

片刻以後，歐陽智業已收拾好一個小小行囊，伸手壁間，取出一個尾端嵌在牆內可以伸縮的圓形鐵筒，對著筒口說道：

「我此去應聘投效四靈寨，定要大大地做出一番事業，功成以後，必然再度歸隱此間，永不出世，你好好等我便了！」

胡震武越聽越覺得這一元谷內，事事玄奇莫測，歐陽智的這幾句話，簡直是對老友敘別，哪裏像是對一隻守谷靈猿說話？不由心中暗佩玄龜令主的確高明，居然想到了這樣一位鬼神莫測的高人，而且一請即來，毫無阻礙，想是四靈寨寨運正隆，等關中雙鳥李氏兄弟再把君山釣叟與天慾仙子邀來，寨中頓時實力大增，「鐵膽書生」慕容剛叔侄尋仇一

事，也就無足爲慮了！

走到那璇璣迷徑以內，胡震武方才聽得那等玄妙，自然加以留神，但看來看去，仍然是些竹石草樹之類，毫無異狀。

「璇璣居士」歐陽智真是怪人，胡震武心神略動，竟似又已猜透，微笑說道：

「胡香主何妨試一試歐陽智的雕蟲小技？你自己單獨走走這條看來平淡無奇的小路，但萬一走入『死門』，無法應付之時，只要發一長嘯，我立即趕來接應！」

胡震武聽他越說越玄，這小小一條山徑，居然有甚「死門」？還會把自己困得無法應付！心中何嘗不想一試？但他已爲歐陽智的氣質所懾，搖頭笑道：

「歐陽先生既允加盟入寨，從此便算是一家人，胡震武不怕你笑話，說句狂言，要是動手過招，無論兵刃拳腳，均還自信不弱，但對這些奇門遁甲之術，卻是一竅不通，歐陽先生何必要我在你這璇璣迷徑之中丟人現眼呢？」

二人相與大笑。

但出得一元谷後，胡震武暗想考較歐陽智的真實功力，有意無意地足下加快，而且盡挑那些斷壁危岩等險峭之處行走，歐陽智微微含笑，青衫飄飄，任憑胡震武端盡所學，大展輕功，只是也不先也不後的，與他保持一個並肩齊步！

奔馳約有五十里遠近，胡震武心服口服，在一座危崖半腰駐足，方對著歐陽智把右手

大拇指一挑，歐陽智又知他心意，搶先說道：

「胡香主且莫謬讚，歐陽智十數年山居，終日砍樵、採藥度澗登峰，腳程自然不會太慢，至於真實武學方面，那就比胡香主的開碑掌力差得遠了！」

胡震武一聲長嘆說道：

「歐陽先生你不必再事謙虛，胡震武生平不大服人，但在你面前，事事均成三尺村童模樣，委實高明，從此心服！據我看來，你與玄龜令主，真是天造地設的一對蓋代奇人，四靈寨從此必將永雄武林，光芒萬丈！」

歐陽智稍露機鋒，便自懾服了個「單掌開碑」胡震武，心中也不禁得意的暗暗好笑！

一路上，胡震武知道憑歐陽智這等人物，與「玄龜羽士」宋三清一見之下，必然會被宋三清畀以高位，倚爲智囊，寵信之深，極可能超過自己，故而安心結好，把寨中各事一一告知，奇怪的是，大半數以上，歐陽智均已有了相當瞭解！

胡震武驚奇之下，索性把玄龜羽士佛嶺密議內容也說出來，這次歐陽智果然毫無所知，僅僅極度讚譽玄龜令主「毒蛇囓手，壯士斷腕」的毅然措施，高明已極！

他一到了王屋翠竹山莊，「玄龜羽士」宋三清與「毒心玉麟」傅君平二人未返，胡震武不願使歐陽智先生見金龍令主，就把他暫時安頓在玄龜堂內自己的臥室之側！

當夜無事，次日胡震武陪同歐陽智流覽一番翠竹山莊內外的各處風光，但晚飯過後，這翠竹山莊之中，突然發生了一場滔天禍變！

那位金龍令主「雙首神龍」裴伯羽，昔年與「天香玉鳳」嚴凝素及「玄龜羽士」宋三清、「毒心玉麟」傅君平等師兄弟偶然相聚，彼此欽佩各有一身絕藝神功，以為若能合此四人之力，定能在武林之中創出一番莫大事業，遂撮土為香，一盟在地！

但自四靈寨創建以來，聲威雖然日益隆大，但性質也日益蛻變，而且大權全落在狼狽為奸的「玄龜羽士」宋三清與「毒心玉麟」傅君平師兄弟之手，金龍天鳳兩堂，幾乎形同虛設！

「天香玉鳳」嚴凝素性情剛傲，嫉惡如仇，時常匹馬巡行，為四靈寨中整頓掉了不少萬惡之徒，並時常與宋三清、傅君平爭執吵鬧！「雙首神龍」裴伯羽則較為和平，更因不常出山，並不知四靈寨在江湖之中聲名極壞，幾乎成為眾矢之的！

但多年不見的族弟「九現雲龍」裴叔儻父女來訪，小住翠竹山莊十日之下，朝夕婉言規勸裴伯羽及早抽身，裴伯羽知道話有因由，仔細盤問，才聽到了不少四靈寨惡跡的實際狀況！

遂答應裴叔儻此時不能不辭而別，應俟玄龜羽士回寨，力勸他把辛苦肇建的四靈寨好好整頓，自己並竭力輔助，等汰蕪存菁，一切就緒以後，再行高蹈自遠，才是大丈夫全始

全終本色！

裴叔儻聞言，頗爲佩服族兄胸襟，率女含笑爲別，過約十日，玄龜羽士也自高黎貢山回寨，但只匆匆逗留一夜，把他玄龜堂下的所有香主掃數派出，自己也已飄然而去！

裴伯羽覺得宋三清近來行事越發詭秘，並似處處有意避忌自己，心中好不煩悶。

這夜，晚飯過後，正獨坐房中，翻閱一冊拳經，忽然聽得院中有極其輕微的一點聲息，不由置書問道：「院內何人？」

話才出口，一縷勁風業已貫窗而入！

裴伯羽事出意外，不知那是何種暗器？未敢隨意接取，微一閃身，雙掌護住胸前，業已穿門而出。

他名列四靈，身法自然快捷無倫，但院中空庭寂寂，哪有人影？裴伯羽好生疑詫，自己所居金龍堂，乃是翠竹山莊重地，這是何等人物，居然能夠如此深入，而外圍竟無絲毫警兆？

來人既能在刹那之間隱跡不見，如此輕功，追亦無益，想看看貫窗而入的，究竟是何種暗器？但入室一看，不覺微愕，插在北牆壁上的並非鏢箭之屬，只是一枝朱竹。

翠竹山莊顧名思義，自然種竹甚多，但這類異種朱竹，卻爲數不過十來根，且除玄龜堂的正逆五行九宮竹陣之中，別處絕對沒有！所以裴伯羽一見來人所發是枝朱竹，心中越

發疑詫，伸手拔下一看，只見朱竹之上，刻著一行細細字跡：

「『九現雲龍』裴叔儻父女被困此間！」

裴伯羽不禁拈竹沉吟，暗想裴叔儻父女臨行之時，自己曾送出翠竹山莊十里以外，怎會又被困在此間？但這枝朱竹，倒確是玄龜堂後專門用來囚禁高手的正逆五行九宮竹陣，陣眼之中的竹屋外側所生長者，絲毫無誤！難道「毒心玉麟」傅君平真就不顧金蘭之義，對自己族弟父女無故暗下辣手？

想來想去，總覺這折枝傳訊之人絕無惡意，不管是真是假，只要到那九宮竹陣之內一看便知，遂帶著滿腹狐疑，往玄龜堂後緩步走去！

走到玄龜堂前不遠，卻忽然從堂中閃出玉麟堂下的三家香主，鄭氏三雄！這是兄弟三人，鄭華明、鄭華亮、鄭華國。手底下有名的陰損狠辣，向為「毒心玉麟」傅君平心腹得力人物，老大「笑面勾魂」鄭華明，且是玉麟堂下的首席香主！

裴伯羽一見這三人夜間在此，眉頭略皺，心中方自一動，「笑面勾魂」鄭華明已向裴伯羽行了寨中大禮，陪笑說道：「金龍令主可是來看玄龜令主？宋令主與傅令主因趕辦要事，均還尙未回山呢！」

裴伯羽微笑著說道：「三位鄭香主少禮，我不是來看玄龜令主，只因今夜雖嫌有雲，月色依然甚好，想到九宮竹陣之中散步，三位怎的也在此間？」

「笑面勾魂」鄭華明一聽裘伯羽要到九宮竹陣之中散步，兄弟三人一齊臉色大變，還是鄭華明勉強鎮靜，陪笑說道：

「玄龜堂下的十二家香主，全被玄龜令主差遣在外，臨時調我兄弟三人暫司守護之責，並親傳玄龜令，說是堂後九宮竹陣之中，藏有極機密之物，任何人不得擅自進入……」

裘伯羽何等人物？他兄弟臉上神色早已看在眼中，再聽如此答話，不由把心頭之事證實了七成以上，未等鄭華明話完，冷笑一聲說道：

「鄭香主，你此話何意，莫非你們竟敢阻止本令主進入這九宮竹陣？」

「笑面勾魂」鄭華明見裘伯羽抬出金龍令主身分，趕緊恭身低頭答道：

「鄭華明兄弟天膽也不敢攔阻令主大駕，但我等係奉令行事，而玄龜堂首席香主胡香主昨夜方回，令主可否暫留尊步？待鄭華明去請胡香主，陪令主一齊進那九宮竹陣！」

裘伯羽生性淡泊，雖然無意爭權，但眼看宋三清、傅君平師兄弟，把大家共同創設的四靈寨的一切大權總攬在手，也終難免微有不滿，此時心中本已有事，再聽鄭華明把個「單掌開碑」胡震武幾乎看得比自己這金龍令主還重，由不得的面罩寒霜，眉蘊殺氣說道：「這翠竹山莊，是我們龜龍麟鳳四靈共同創設，想不到今夜居然有人不准裘伯羽自在遊覽，胡震武是什麼東西？鄭香主！你們兄弟眼中，還有沒有我這個金龍令主？」

「笑面勾魂」鄭華明看出裴伯羽神色不對，趕緊見風轉舵，陪笑說道：

「令主如此說法，鄭華明卻無法擔待得起，二弟在此仍司守護之責，三弟與我，陪侍金龍令主進入九宮竹陣一遊！」

裴伯羽明明知道，他是把鄭華亮留在此間，好與「單掌開碑」胡震武通風報信，此時業已十拿九穩，折枝傳訊之人通報不訛，族弟裴叔儻父女，果然是被困在這九宮竹陣之內，心中好不憤恨，近五、六年來，「玄龜羽士」宋三清師兄弟簡直把自己與嚴凝素當做外人，事事專權不說，如今居然不替自己保留絲毫情面，無緣無故地暗中囚禁裴叔儻父女，這樣有名無實的金龍令主，做它則甚？這樣假情假義的金蘭之好，也大可不必延續！

越想越恨，「嘿」然不語，依舊緩緩前行，打算救出族弟父女之後，一等宋三清、傅君平回山，便即當面義絕金蘭，從此歸隱，不問江湖之事！

鄭華亮等大哥、三弟陪金龍令主裴伯羽去遠，趕緊跑到胡震武所居院內，但胡震武偏偏不在室中，正與「璇璣居士」歐陽智在後山漫步賞月！

好不容易地找到以後，胡震武不禁大驚，他此時對「璇璣居士」歐陽智業已佩服得五體投地，趕緊求救問計。

歐陽智微一沉思，毅然說道：

「事既至此，只有效法玄龜令主佛嶺絕巔對胡兄等訓示的『毒蛇囓手，壯士斷腕』之舉！金龍令主若見他族弟被囚，臉上太掛不住，倘反目而去，從此成仇，以他那身功力，必爲本寨無窮隱患！俗語云：『量小非君子，無毒不丈夫！』胡兄與鄭香主趕緊去往玄龜堂後相機行事，我因與金龍令主尚未見面，可在暗中埋伏，事發以後，金龍令主能忍便罷，不然大家合力，將他從權處置，方是目前上策！」

胡震武連連點頭，帶著鄭華亮施展輕身功力，趕回玄龜堂，但還差十來丈未曾到達之時，便已聞那九宮竹陣之中一片斷竹之聲，竹枝竹葉滿天飛舞，金龍令主裴伯羽滿身血跡，帶著一臉暴怒之色，從陣中揮拳折竹，如飛闖出！

原來「笑面勾魂」鄭華明人也陰毒異常，他隨「毒心玉麟」傅君平往江蘇算計裴叔儻父女之時，知道休說「九現雲龍」裴叔儻的那一身內家絕藝，便是裴玉霜姑娘的一支玉簫，也非尋常人物所能應付，若容他們互相見面以後，萬一金龍令主暴怒傷人，則憑「單掌開碑」胡震武與自己兄弟三人，恐怕無法抵敵！

他平日從「毒心玉麟」傅君平口中，得知龜麟二靈立意排除異己，早有設法逼走金龍，強娶天鳳之意，遂乘裴伯羽走在前面，偷向三弟鄭華國一使眼色，雙雙暗把獨門暗器，見血封喉的「餵毒散花針」準備停當，竟想在裴伯羽、裴叔儻兄弟見面之時，索性一齊下手除掉！

裴伯羽何等人物？從鄭氏兄弟神情、話語之間，業已看出他們心懷叵測！這位雙首神龍竟未小覷蜂蠆之毒，暗暗提足混元真氣，佈滿周身，雖然緩步前行，其實雙耳凝神，特別注意身後的鄭氏兄弟動靜！

進得九宮竹陣，按著八卦五行方位，曲折迂迴，但到了原來囚禁裴叔儻父女的陣眼竹室之中，卻四壁空空，哪有人在？

廿八 幕後風雲

這一來，不單鄭氏兄弟大大暗吃一驚，連裴伯羽也覺得事出意料之外！看「玄龜羽士」宋三清的傳令佈置情形及鄭華明兄弟神態，分明折枝傳訊之人所說不虛，怎的這陣眼竹屋之中空空無人？難道族弟父女已遭不測？

想到這一點上，不由怦然心驚，但轉眼瞥見室外一株朱竹的竹枝之間，掛著一條素帕，帕上並似燒竹為筆，畫了幾行黑字！

裴伯羽才把素帕取到手中，「笑面勾魂」鄭華明眼快，業已偷眼瞥見那最後的「叔儻留上」幾個草字！知道萬不能等金龍令主把帖上留書看完，毒念一生，突然一指東方，喝道：

「竹內何人，怎的遮遮掩掩作甚？」

裴伯羽向鄭華明手指之處方一偏頭，兄弟二人鋼牙暗挫，悶聲不響，手揚處，四蓬散花毒針宛如光雨流天，無聲驟至，齊襲現在尚身為四靈寨金龍令主的「雙首神龍」裴伯羽的後腦肩背！

裴伯羽見族弟父女果然是曾經被囚在這九宮竹陣的陣眼石室之內，不過人已脫困，看這懸帕留書情形，可能尚未去遠，所以「笑面勾魂」鄭華明手指東方、虛聲喝叱的正是時候，裴伯羽真隨他手指一望，幾乎中了奸謀暗算！

但一眼瞥去，竹枝連點擺動痕跡都無，便知不妙，幸虧入陣之前早有戒心，混元真氣

業已凝聚待用，鄭華明兄弟毒針才一出手，裴伯羽霍地回身，雙目暴射神光，兩隻大袖朝空猛拂，罡風勁捲，把那四蓬針雨震得四散飄揚，無蹤無影！

「笑面勾魂」鄭華明一見暗襲無功，心膽立碎，一抖手，又是三支燕尾梭鏢打向裴伯羽，也不管乃弟鄭華國，雙足一點，倒縱出兩丈多遠，轉身便往陣外逃去！

裴伯羽怒滿胸膛，一陣龍吟長笑，左掌微翻，震落鄭華明所發的前兩支燕尾梭鏢，但卻接住第三支，反手一甩，照準鄭華國電疾甩出！

鄭華國機智武功均較乃兄略遜，見鄭華明一逃，正不知是隨同起步，還是應向相反方向遁逃？就這略一遲延，燕尾梭鏢的一縷尖風，業已貫胸直入，慘嚎半聲，五官一擠，便告畢命！

裴伯羽燕尾梭鏢甩出，根本就不看擊中與否，身形毫不停留，直向那當先逃走的「笑面勾魂」鄭華明撲去！雙方功力相距懸殊，九宮竹陣中的八卦五行等迷蹤佈置，又難不住這位金龍令主，所以鄭華明雖然先逃，不到四、五個起落，已被追上！

半空中一聲怒叱：「狗賊納命！」裴伯羽的身形宛如神龍御風一般，竄過「笑面勾魂」鄭華明的頭頂之上，反手一掌，倒劈而下！

鄭華明本來哪敢交手？但見勢難逃脫，也只有拚命一拚，右臂「橫架金梁」，暫擋裴伯羽掌力，左手卻暗撤腰間的得意兵刃，金環軟索！

裘伯羽這一掌是蓄怒施爲，立意致他死命，見鄭華明屈臂來迎，不但不變招式，反而再加二成真力，掌落如風，「喀嚓」微響，鄭華明出聲慘哼，右臂立折！

裘伯羽雙眼發紅，殺人之念已動，順手再劈對方天靈，陰險刁毒的「笑面勾魂」應掌魂飛，裘伯羽的一襲長衣之上，也濺了不少腦花血雨！

二賊既死，匆匆一看裘叔儻的帕上留言，因係燒竹爲書，哪能寫得詳盡，大意略爲：「父女江蘇行俠，被『毒心玉麟』傅君平率人暗施毒謀詭計，劫持裘玉霜，脅迫同返翠竹山莊，軟禁此間，昨夜有人暗送出陣地圖相救，才得脫身，俟明春三月，鐵膽書生叔侄拜山之時，當再來此，向傅君平下手請教！」末後又書：「送圖人在陣圖之上曾加批語，說是宋三清、傅君平師兄弟，並有不利裘伯羽之心，請族兄特別小心在意！」

裘伯羽匆匆看完，知道向裘叔儻父女送圖，與向自己投竹必係一人所爲，證以方才鄭氏兄弟用毒針叛上的陰毒行徑，自己這金龍令主實在無法再做，翠竹山莊也真片刻難留，何必等甚宋三清、傅君平回山，乾脆就此抽身，反而較好！

裘伯羽雖說輕於名利，但十餘年心血所創基業遽爾丟拋，撮土爲香，一盟在地的金蘭至好，卻是在暗中算計自己的仇敵！想來想去，又怎得不煩？怎得不惱？

惱怒難宣之下，竟自拿一片竹林出氣，猛揮鐵掌，把座辛苦佈置的九宮竹陣，打了個

亂七八糟，一出陣外，恰好碰上自後山匆匆趕回的鄭華亮與「單掌開碑」胡震武！

鄭華亮一見裴伯羽這副神情和那滿身血跡，便知大事不妙！因兄弟連心，縱身當先，抱拳施禮道：「裴令主怎的這等神情？我大哥、三弟何在？」

裴伯羽見胡震武已來，暫時一捺怒火，冷冷說道：

「不管宋三清、傅君平以何種心腸對我？裴伯羽目前總還是四靈寨中的金龍令主！鄭華明、鄭華國居然敢以散花毒針，乘我不備之時驟加暗算，無異叛寨逆上，天理難容，我已把他們立劈掌下！」

鄭華亮痛淚暗流，鋼牙猛挫，伸手便拔肩頭的鋸齒雙刀，還未觸及刀柄，身邊疾風颯然，「單掌開碑」胡震武作色怒叱，照他左肩一掌，把鄭華亮震得退出三步，跌坐在地，轉面向裴伯羽恭身施禮說道：

「裴令主暫息雷霆之怒，鄭氏兄弟叛上之罪，委實難容，但玄龜令主卻絕不會對令主暗懷惡意，喏！那不是宋令主回山了麼？」

裴伯羽真想不到胡震武居然掌震鄭華亮，聽說「玄龜羽士」宋三清回山，因四靈寨中，自己武功僅遜此人，不由有些怙惙，方一回頭，一片疾猛勁風業已直襲身後！

趕緊旋身左閃數步，順手一揮，替那被胡震武打得莫名其妙、正在驚疑萬狀的鄭華亮，再加上一招「孔雀剔翎」的鐵琵琶重手，讓他們兄弟三人一路而行，然後面對胡震武

沉聲說道：

「胡震武！你口蜜腹劍，笑裏藏刀，比死鬼鄭家兄弟更爲可恨！今天湊巧，你那些靠山黨羽之流，一個不在，想是惡貫已盈，你估量逃得出老夫的十掌之內麼？」

胡震武知道這位金龍令主裴伯羽功力絕世，自己方才那條明修棧道、暗渡陳倉之計未曾收功，便知立有一番艱苦惡鬥，遂任憑裴伯羽發話，一聲不答，納氣凝神，靜以待敵！

「雙首神龍」裴伯羽此時已被他們一連串的陰謀毒計，挑逗得怒火中燒，見胡震武不理自己，居然凝神應敵，遂縱聲狂笑，直踏中宮，一招「天龍抖甲」，左掌反甩，向胡震武當胸擊去！

胡震武頗有自知之明，知道雖然八年以來，武功猛進，但除了獨擅勝場的開碑掌力以外，仍不足與這位金龍令主相提並論！他說自己逃不出十掌之內，真還不是虛言恫嚇！如今孤立無援，只有設法拖延，等待有人得訊趕來解圍，或是那位智多星「璇璣居士」歐陽智有所佈置，自己才僥倖不傷在對方手內！

主意打定，立時施展一條「敲山鎮虎」之計，佯作不敢硬接裴伯羽掌力，滑足旋身，似欲後退。身軀卻借這一旋之勢，宛如陀螺般地立即轉回，雙掌自下往上斜翻，增長了不少威力，「啪」的一聲，雙方掌力交接，胡震武踉蹌移步，但竟也把個堂堂的金龍令主，「雙首神龍」裴伯羽震退了三、四步遠！

胡震武這八年苦練，是韜光養晦，暗自潛修，除了「玄龜羽士」宋三清一人以外，連「毒心玉麟」傅君平都不知道他已把開碑掌力，練到幾乎擊石如粉地步！

裴伯羽自然更出意外，左掌掌心、掌緣，被胡震武這一竭力反震，感覺到火辣辣的生疼，不由暗自驚心，雖然繼續遞招，但卻不肯隨意強攻，胡震武應付之間，自然從容不少。

不過這種情形，對付裴伯羽這等高人，哪能瞞得了好久？六、七個回合過後，裴伯羽敵勢已明，一陣哂薄訕笑說道：

「胡震武！我以爲你跟宋三清學得了什麼少有難尋的驚人絕藝？原來使來使去的，仍是那一套開碑掌力，老夫十餘年來，嗔心未動，今天因你們這些豺狼之輩，人性毫無，不得不大開殺戒！你有多少能耐，趕緊施爲，老夫在十招之內，要叫你喪命飛魂，與鄭氏兄弟相隨地下！」

話完，掌勢立變，又全換成了進手招術，銀鬚拂拂，袍袖飄飄，以八卦遊身之術，每一招都把這「單掌開碑」胡震武逼向死門，掌掌驚魂，招招致命！

這一來，胡震武心知要壞，勉力支撐了七、八照面，左胯骨上，便中了裴伯羽的內家重掌，痛徹心肝，跌坐在地！

裴伯羽哈哈一笑，舉掌平推，打出一股劈空勁風，胡震武無力再接，正自長嘆一聲，

閉目待死，突然人影連晃，當先飛落一道一僧，四手齊揚，以劈空掌力拚命橫截，卸去了裴伯羽所發掌風的大半威勢，胡震武再強忍左胯傷痛，就地連滾，才算是躲過了這一掌追魂之厄！

但就這樣，仍然被裴伯羽掌風所捲起的地上砂石，把臉面之間擦傷幾處。

裴伯羽閃眼看處，來人共有十二、三名，全是金龍、玉麟及天鳳堂下的各家香主，一齊拱手齊眉，以寨中大禮，向自己環列肅立，一語不發。

自己與「天香玉鳳」嚴凝素，向來不用任何私人，這十幾位香主，雖然分屬各堂，但知卻全是「玄龜羽士」宋三清與「毒心玉麟」傅君平的手下心腹。

當下也自把手一拱，微笑說道：「各位居然仍以寨中重禮見我，裴伯羽有點汗顏！看在好歹彼此尚有十餘年來聚首之情，我就暫且饒這胡震武狗賊不死，青山不改，後會有期，裴伯羽從此取消這四靈之中的金龍名號！」

身形騰起，無人敢加阻攔，一齊原式不變，默然恭身相送。

裴伯羽回到自己居室，收拾了點平日心愛之物，便自毅然離卻費盡心血締造的翠竹山莊，飄飄而去。

「玄龜羽士」宋三清得知一切因果以後，見胡震武所受輕傷，無甚大礙，方把兩道掃

帚短眉一蹙，身畔坐的「璇璣居士」歐陽智已先向自己說道：

「宋令主，裴伯羽中我九絕神針，業已難活，但昨夜之事，似有兩點須加特別注意才好！」

玄龜羽士雖然初見，業已對這歐陽智敬如上賓，含笑答道：「歐陽兄有話請講，宋三清願聞高論！」

歐陽智伸指微敲身旁茶几，沉吟說道：

「第一，九宮竹陣之內，囚禁裴叔儻之事，何人洩風？倘這翠竹山莊如此重地之中，竟有奸徒藏匿，其禍害之烈，遠較外敵為甚……」

「玄龜羽士」宋三清點頭接口說道：「英雄所見，果然略同，宋三清此次便係立意整頓我這四靈寨，不容有任何一名異己之士，胡震武香主，這考查何人洩漏裴叔儻父女機密之責，交付予你，倘萬一有所發現，而來不及稟我之時，許你便宜行事！」

胡震武點頭領命歐陽智啜了一口香茗，又道：「第二，九宮竹陣何以能令裴叔儻父女輕易逃出，胡香主，你能帶我看一看麼？」

「玄龜羽士」宋三清笑道：「胡香主身上有傷，不必多事勞動，我親自陪歐陽兄前去一看。」

到得九宮竹陣之內，略一巡視，鄭華國穿胸殞命，鄭華明裂腦飛魂的兩具死屍，仍在

原地未動，宋三清眉頭一皺，擺手命人抬去掩埋。

「璇璣居士」歐陽智看完九宮竹陣，一面與玄龜羽士緩步回轉玄龜堂，一面笑道：

「宋令主！這竹陣係何人所擺名稱雖叫什麼『正逆五行九宮竹陣』，其實幼稚已極！只要稍微懂得太極兩儀、三才四象等奇門生尅以及五行變化之人，均可暢行無阻，哪裏會困得住奇人高士？」

「玄龜羽士」宋三清臉上一紅，默然不答。

歐陽智聰明絕世，見狀已知竹陣是他所擺，遂轉口說道：

「如今此陣既已毀去，歐陽智自告奮勇，重新爲令主佈置一座足可媲美前賢諸葛武侯在瞿塘峽口所設八陣圖的『璇璣竹陣』，則敢自詡，憑他何種高手，只要入此陣中，也只有束手被擒，不得其門而出！」

玄龜羽士聞言自然高興，二人邊談邊笑，走到玄龜堂外，歐陽智突然向地下的一片樹影看了一眼，搶步登堂，斟了一杯香茗，擎在手中，霍地轉身，面向堂外一株枝葉甚茂的參天古木，發話說道：

「深夜客來茶當酒！樹上是何方佳客，歐陽智權代主人，敬你一杯！」

茶杯脫手飛出，滿滿一杯香茗，不震不蕩，一滴水也未溢出來，便朝堂外樹上打去！

「玄龜羽士」宋三清好生疑詫，憑自己的功力，並未覺出堂外樹上有人，這歐陽智的

耳目之力，難道強過自己？

但那一杯香茗剛剛飛出堂口，樹上果然長笑連聲，翩然飛落兩條人影，當先一人，並在半空接住那杯香茗，舒掌一推，原杯照樣飛回，口中卻說了聲：

「大丈夫雖渴，也不屑飲盜泉之水，原物璧還！」

胡震武在旁伸手一接，哪知他身上有傷，功力也未運足，加上來人手勁奇大，茶杯雖然接在手中，杯內香茗卻潑得一臉皆是！

玄龜羽士龜目微翻，低「哼」一聲，胡震武知道宋三清嫌他不自量力，弱了銳氣，不由羞慚得滿面紫紅，成了豬肝顏色！

宋三清打量空中接茶、發話反敬的當先縱落之人，看不出有多大年齡，一張青臉之上，帶著不少紫黑瘢痕，異常醜怪，向所不識！但他身後之人，卻是在佛嶺龍潭寺內，現身搗亂，被自己追出寺外，揪斷半截絲絲的黃瘦中年漢子！

知道此人貌相不揚，武學卻極為高明，居然尾隨到翠竹山莊，用意難明，心存警惕，擺手禁止手下諸人亂動，慢慢發話問道：

「閣下自福建佛嶺趕到王屋翠竹山莊，究竟所為何來？請與貴友入我玄龜堂內細敘！」

來人不必說明，已知是那用西門豹的臨終遺贈易容丹，改變面貌的「鐵膽書生」慕容

剛與小俠呂崇文叔侄。

原來他們隨後躡跡「玄龜羽士」宋三清，但因計議各節，晚走半日，以致一路窮追，均未追上。

好在四靈寨總壇不是生地，初下山時，業已來過，一進翠竹山莊，便覺得上下人等惶惶不安，好似出了什麼重大變故，叔侄二人暗地潛聽，聽出了個大概情形，知道裴叔儻父女業已被人救走，金龍令主「雙首神龍」裴伯羽也為此事，聲明退出四靈寨，臨行之時，並曾怒斃鄭氏三雄，掌震玄龜堂首席香主「單掌開碑」胡震武！

二人聽說以後，雖然心中大放，但因不明事實真相，心想既到翠竹山莊，索性一探玄龜堂重地，看看宋三清密令胡震武及關中雙鳥李氏兄弟分頭去請的那些璇璣居士、天慾仙子等混世魔頭，可曾應邀到來？以便明春赴會之時，對敵方實力有所瞭解。

他們到達玄龜堂之際，正好是「玄龜羽士」宋三清陪同「璇璣居士」歐陽智去看九宮竹陣。

二人上得大樹隱身，呂崇文發現堂內帶傷獨坐之人，就是自己不世深仇「單掌開碑」胡震武，方向慕容剛一比手勢，意欲趁此機會先報親仇，宋三清、歐陽智已自回轉。

跟著便是歐陽智看出樹上有人，飛茶迎客，慕容剛不飲盜泉，原杯奉還，以至雙方對面，「玄龜羽士」宋三清請他們進入玄龜堂內細敘。

慕容剛尚未答言，呂崇文搶先說道：

「玄龜令主！在佛嶺絕巔龍潭古刹之內，我不是就說過要到你這翠竹山莊拜望麼？今夜來此之意，一來是向你討還那佛嶺山腰的半截絲縧，二來請問你那四靈令主之位，如今正好金龍已虛，可否讓我一席？」

宋三清龜目一睒，神光電閃，剛打了一個「哈哈」，歐陽智業已緩緩起身，沉聲問道：「來人不要裝瘋賣傻，你們與『千毒人魔』西門豹有何關聯？」

這兩句話出口，不由使慕容剛叔侄愕然一驚，還未來得及答話，歐陽智冷笑一聲，又已說道：

「西門豹的那點易容之術，只能瞞得住不知他底細之人，要想瞞我歐陽智，豈非做夢？風聞有一位『鐵膽書生』慕容剛，與一個呂小娃，曾與本寨訂下明春拜山之會，莫非就是二位？」

這時「玄龜羽士」宋三清、「單掌開碑」胡震武以及慕容剛、呂崇文叔侄，一齊大吃一驚！

玄龜羽士驚的是，這由福建佛嶺尾隨來到翠竹山莊之人，原來就是宇內雙奇門下的心目之中大敵。胡震武驚的是，昔日強仇對面，自己曾在龍潭寺內接過呂崇文一掌，人家隨意揮手，用了一招少林「大摔碑手」，就震退了自己數十年性命交修的開碑掌力，直到現

在仍然有些膽顫心寒！

慕容剛、呂崇文則驚的是，這位「璇璣居士」歐陽智眼光好毒，武功又高，「玄龜羽士」宋三清獲得此人，無殊猛虎生翼！

人家既然叫出自己來歷，不能再瞞，慕容剛手挽呂崇文傲然舉步，直入玄龜堂內，坐在宋三清方才命人設置的客位之上，雙手抱拳，微一施禮，目注歐陽智，冷冷說道：

「歐陽朋友，你好厲害的眼光，在下叔侄，正是慕容剛、呂崇文，特來翠竹山莊，拜望玄龜令主與昔日故人，這位『單掌開碑』胡大香主！」

廿九 毒心玉麟

「玄龜羽士」宋三清端起几上香茗，向慕容剛舉杯爲禮，說道：「慕容大俠與宋三清尙是初會，我先以茶代酒，敬你一杯，然後有事請教！」

慕容剛舉杯就口，一飲而盡，微笑說道：「宋令主，有話請講！」

玄龜羽士龜目一翻，沉聲問道：

「慕容大俠叔侄初到我翠竹山莊之時，因我手下胡震武香主與呂小俠結有前仇，業已彼此訂約明春三月三日了斷恩怨，怎的這位呂小俠在佛嶺龍潭寺內，偷聽我寨中秘密，如今賢叔侄又復夜闖翠竹山莊，似非江湖規戒應有之事，難道你們恃藝驕狂，真就以爲宋三清這玄龜堂內，不是尺寸之地麼？」

慕容剛聽完，突然一陣縱聲長笑，笑得這位玄龜羽士幾乎摸不著頭腦。笑完正色說道：

「宋令主所責之言，極爲有理，但我叔侄在此與金龍令主訂定明春之約以後，玉麟堂傳令主便立傳『玉麟令』，遍諭天下各地的貴寨分壇，無論明暗下手，有能將慕容剛首級送到翠竹山莊之人，立予黃金十斤及香主高位，這似乎才是江湖規戒所不應有，佛嶺之事，不過偶然巧合，如今愚叔侄夜入翠竹山莊，卻倒真是因聽得宋令主回山，要想向你請教請教，傳令主遍傳『玉麟令』暗算在下，究竟是何用意？倘若明春之約，貴寨有所礙難，另定時間，或是現下便即討教，悉隨宋令主尊意。」

「總之，慕容剛、呂崇文以師門所得，爲天下仗義誅邪，就憑著一雙肉掌，一柄青鋒，一片赤心，一顆鐵膽，不避艱危，不辭險阻，敢探虎穴，敢入龍潭！我們兩家之事，並非僅是我這世侄呂崇文與單掌開碑胡香主的殺母私仇，慕容剛無妨直言，貴寨創立以來，橫霸江湖，倒行逆施之舉，不一而足，我叔侄明春拜山，一來向胡香主清算昔日舊債，二來要替武林一脈與天下蒼生，討些公道！」

慕容剛單刀直入，侃侃而談，那種軒昂磊落的氣度胸襟，真令「玄龜羽士」宋三清暗暗心折！再加上對方理又站得極正，一時竟被慕容剛弄得張口結舌，不知如何應答！

歐陽智見狀，微笑說道：「大丈夫光明磊落，任何事不應推諉，慕容大俠方才所說，雖屬實情，但因彼時適値宋令主雲南朝師，不在寨內，乃是玉麟堂傅令主一時意氣所爲！宋令主歸來以後，業已對傅令主大加責備，如今賢叔侄來得正好，明春之約既訂，任何一方也不能反悔，歐陽智拍胸擔承，從今以後，到明春三月三日以後，賢叔侄儘管嘯傲江湖，四靈寨中弟子，如有一人敢對賢叔侄有所不敬，宋令主必按寨規處置，但賢叔侄倘若期前再行暗入我翠竹山莊，或是到期不來赴約，歐陽智膽敢發句狂言，江湖雖大，恐怕再無賢叔侄的立身之地！」

「玄龜羽士」宋三清不禁暗讚歐陽智這一席話，分寸拿捏得恰到好處。

慕容剛與呂崇文也覺得，難道四靈寨尚有些氣運未終，好不容易，四靈之中，龍鳳雙離，眼看他們敗象已呈，實力大減之際，怎的又加入了這麼一位武功、機智均極爲可怕的高明人物！

話已說明，當然起立告辭，歐陽智微使眼色，「玄龜羽士」宋三清也是聰明絕頂人物，頓時換了滿面春風，含笑說道：

「慕容大俠賢叔侄，雖然這是第二次入我翠竹山莊，但與宋三清尙屬初會，來時失迎，去時不能再失禮，眾弟子還不挑燈？歐陽兄與胡香主隨我一同送客！」

一路之間，宋三清並還笑語從容，指點各處形勢，慕容剛、呂崇文雖然知道人家故示大方氣派，但也覺得這位玄龜羽士，除了一身超卓武功以外，就是狠毒也狠在心中，表面上的器宇襟懷，果然有點群魔領袖模樣。

一直送出翠竹山莊，慕容剛、呂崇文停步抱拳，這幾個正邪水火勢難兩立的對頭冤家，才暫時保持滿面和祥地含笑而別。

但歐陽智忽然回頭道：「二位所用易容之術，歐陽智認出是『千毒人魔』西門豹一派，這老魔頭還欠我一筆舊債未清，慕容大俠如見他之時，得便告知歐陽智現在身居翠竹山莊，請他有暇之時，來此一會！」

慕容剛方想告訴他西門豹業已求得解脫，但微一轉念，欲言又止。等走離翠竹山莊約有二、三十里，才在一處林中駐足，向呂崇文搖頭笑道：

「文侄，我們近來怎的老是跑冤枉路，從福建佛嶺，拚命似地趕到浙江南雁蕩山，『天香玉鳳』嚴俠女已被鐵木大師救走，再從南雁蕩山趕來此地，裴叔儻父女又已脫困。在玄龜堂外，我實在驚心那位『璇璣居士』歐陽智好毒的眼光，竟能在低頭一看樹影之中，便察出我二人藏身何處！而且飛茶敬客的內家功夫也確實不弱，此人聞說十餘年不履江湖，居然被那胡震武請來，明年三月之會，定然要使我們多費不少手腳！」

呂崇文道：「我也覺得此人難鬥，不但武功、機智均屬上乘，江湖過節更是絲絲入扣，絲毫不亂，尤其我們臉上所搽的易容丹，他竟能認出是西門豹之物，實在太過奇怪！叔叔不要嫌他難惹，來日我青虹龜甲劍下，先超度此人便了！」

慕容剛看他一眼，說道：「我正見你自在楓嶺山積翠峰腰的石室中，聽了那位孽海回頭、如仙如佛的西門豹一席深談之後，懂得芸芸眾生以內，無不可度化之人，氣質之上有了極大改變，深為欣喜，怎的如今擇善又不固執起來？歐陽智武功再高，機智再妙，他的惡跡何在？你不要以為青虹龜甲劍蓋世無雙，『太乙奇門』與『卍字多羅』是道、釋兩門劍法絕學，倘不能上體天心，推仁及物，而倚仗神物利器，濫事殺戮，此劍是否能夠永為你所有，尚說不定呢！」

呂崇文知道自己把話說錯，慕容叔叔又擺出長輩派頭來加以訓誡，乾脆避而不答，轉移話頭說道：「我們既在翠竹山莊，由歐陽智代『玄龜羽士』宋三清訂約，三月三日之前

兩不侵犯，還弄成這副醜八怪的樣兒則甚，叔叔給粒復容丹，我要還我本來面目了！」

慕容剛平時何嘗不以那副倜儻瀟灑的衛玠丰神自負，聞言也覺本相既已被人挑明，大可不必再弄玄虛，顯得小家子氣，遂用山泉化開兩粒復容丹，叔侄雙雙恢復本來面目！

呂崇文想起自己的火騮駒，慕容剛的烏雲蓋雪，與「天香玉鳳」嚴凝素的玉獅子白馬，尚寄存在一清道人之處，遂向慕容剛道：

「慕容叔叔，我們眼前無事，翠竹山莊之會，尚約有四月光陰，還是去要回馬匹，逛趟南海，看看那位八年多沒見面的『天香玉鳳』嚴姑姑好麼？」

慕容剛聽他提起嚴凝素，由不得手撫貼胸所藏的那方雕鳳玉珮，微微出神！但思索片刻，卻搖頭說道：

「再好的龍駒名馬，嘶鳴騰踔，也不過頂多只有二、三十載光陰！玉獅子、烏雲蓋雪與金沙掌狄老前輩贈你的火騮駒，雖然健足依然，算來還能馳騁好久？洞宮山、天琴谷，確是一個清幽處所，就讓那幾匹馬兒在那靈山勝境之間，自由安樂，不必再爲我們效命至死了吧！至於你那位嚴姑姑之事，慕容剛生平不善矯情，確實對她極爲懷念！但你不是常從無憂、靜寧兩位老人家口中聽說妙法神尼極其怪癖，三十年前曾經立誓不履中原，也不許任何人妄踏她南海小潮音一步！此次得知『毒心玉麟』傅君平的無恥醜行，妙法神尼定然怒極，我們若去，萬一犯她禁忌，話不投機，反會使你嚴姑姑左右爲難，不好相處。

「好在龜龍麟鳳之間業已成仇，據我所料，明春之會，不但你嚴姑姑與裴叔儻父女必到，連那位『雙首神龍』裴伯羽，若未死在歐陽智的九絕神針之下，也可能來報此仇，到那時，良友、冤家同堂聚首，深仇宿怨一筆勾消，反而較好！我們目前還是暫把個人恩怨撇開，隨意行俠江湖，等到赴會，與四靈寨總決戰之後，再作其他一切打算吧！」

呂崇文最佩服的，便是慕容剛這種不為私情所囿的英俠襟懷，連連點頭，含笑問道：「叔叔說得不錯，但江湖行俠，也得有個地頭，我們究竟先奔何處？」

慕容剛略一沉吟，說道：「三湘七澤之間，古多異人奇士！我們自此南行，先遊雲夢，再賞洞庭，也可順便見識不少人情風土！」

呂崇文點頭讚好，叔侄二人反正身無急事，遂自王屋折向南行，安然緩步，先奔湖北。

雲夢古為二澤，分跨湖北境內之大江南北，江南為「夢」，江北為「雲」，因世異時移，陵遷谷變，淤成一片陸地，遂並稱「雲夢」。但湖泊星羅，晴沙紅渚，涼月寒煙，景色仍自清幽佳絕！

慕容剛叔侄隨意遊賞，到了洪湖鄰近的一處柳家集內，因為時已近年，天氣甚冷，遂在一家小酒店中，要了一壺村醪，幾盤臘味，倚窗小酌，遠眺洪湖，配上那種欲雪未雪的

陰暗天氣，倒也覺得別具一番韻味！

酒至半酣，呂崇文遙指那一片平湖，向慕容剛笑道：

「慕容叔叔，此際天寒水冷，魚兒豈非不易上鉤，怎的我看湖邊坐有一人，手執漁竿垂釣甚久呢？」

慕容剛隨他手指一望，微笑答道：「文侄怎的忘卻柳子厚的詩句『孤舟簑笠翁，獨釣寒江雪』，何況雖然時屆嚴冬，但天氣並未到那種滴水成冰，寒江盡雪程度，湖面水紋掩映，魚兒依然吞餌，加以臨波垂釣，未必羨魚，此種情志甚高，我們酒飯已夠，過去看看。」

叔侄二人遂起身結過酒帳，向那湖畔垂釣之人行去。

走到半途，呂崇文失笑問道：「慕容叔叔！你看那臨湖垂釣之人，竟是一個和尙，出家人不是講究不動葷腥，愛惜生物，怎的這位大師竟釣起魚來，倒真有趣的緊！」

慕容剛也覺得和尙釣魚確實少見，兩人一直走到那和尙身後，看了半天，水面浮標卻連動都未曾動過一下。

呂崇文見那和尙骨格清奇，雖然看不見面貌，也知此僧不俗，忍不住笑聲說道：

「冰壺霜鏡，渚白沙清，大和尙獨自垂釣，雅興不淺！」

那和尙聽有人說話，含笑偏頭，慕容剛、呂崇文驀地一怔，暗道此僧面相好熟！

和尚驟見二人也是一愣，但旋即起身合掌爲禮，含笑說道：

「慕容施主與呂小俠，別來無恙。」

慕容剛正覺和尚眼熟，對方果已叫出自己姓氏，趕緊抱拳還禮笑道：

「大和尚上下怎樣稱呼？請恕慕容剛叔侄眼拙。」

和尚輕喟一聲，目光之中，好似回憶昔時往事，依舊合掌恭身答道：

「括蒼山摩雲嶺頭一戰，慕容施主仁心俠骨，令我悟徹前非，貧僧法名即稱『悟非』，二位不認識我這回頭之人，可還認識令我回頭之物麼？」

說完自大袖之中，取出一個小小鐵鑄木魚，托在掌內。

慕容剛、呂崇文聽他提起括蒼山摩雲嶺一戰之事，業已猜出大半，再見他取出這枚鐵木魚，更是明白，原來這位臨流垂釣的悟非大師，就是那太湖三怪之首，「鐵扇閻羅」孫法武！

慕容剛當日半有意半無意之間，把孫法武的那把成名兵刃追魂鐵扇揉成一個鐵木魚，放走此人，想不到他居然就此回頭，出家做了和尚，心中也覺微興感慨。目注悟非大師，正色說道：「大師本具慧業，一旦頓悟回頭，了澈真如，慕容剛叔侄欽佩不已。」

悟非大師搖頭笑道：「慕容施主仁心度世，不肯居功，才真是菩薩一樣，貧僧今日方寸之間，得能寧靜和祥，還不是出諸慕容施主所賜？今日巧遇，果有因緣，請到我小寺之中一敘！」

說完收起釣竿，呂崇文見他竿上有絲無鉤，不覺詫然問道：

「悟非大師，你不用漁鉤，垂釣則甚？」

悟非大師邊行邊自嘆道：「呂小俠有所不知，我自遁跡這雲夢澤中，悟徹名利煙『雲』，人生若『夢』，頗能做到參禪禮佛，以略懺昔年罪孽，倒也清靜安樂！但七日以前，四靈寨中弟子在這洪湖之上為惡，貧僧看不過眼，曾經出手警戒，恐怕他們萬一認出我是誰來，又生塵擾，所以這幾日心神不定，要想離此他遷，偏偏既捨不得這一帶湖光山色，又想不出這茫茫濁世之中，畢竟何處才是安樂之土？要想不遷，又恐四靈寨極惡窮凶，萬一來此尋仇，貧僧雖然自作自受，這一帶居民可能要受無辜殃及，舉棋難定，無法遣懷，所以才拿根無鉤漁竿，坐對清流，想想心事！」

呂崇文聞言，劍眉雙剔，說道：

「悟非大師，你覺得這茫茫濁世之中，無處是安靜樂土，我卻認為這大千世界之中，無處不是安靜樂土！俗語說：『道高一尺，魔高一丈。』我們何嘗不可刻苦修為，使他『魔高一尺，道高一丈？』道淺則潛心修道，魔來則拔劍降魔，務盡力之能及，維護一切眾生，使他們平安康樂，方不負好男兒的七尺雄軀和一身武學，若動不動就逃禪避世，自然弄得狐鼠恣肆，魑魅橫行，把好好一片清平世界，因為無人維持正義，而弄得形如鬼

域，這種獨善其身的高蹈自潔行爲，慢說是大師，就是我恩師與無憂師伯，我一樣覺得他們不大對呢！」

慕容剛雖然聽他說得有理，但後來竟連無憂、靜寧兩位老人家一齊批評起來，不由正色叱道：「文侄你有多大膽量，竟敢出言犯上？難道你不知道兩位老人家此時若現江湖，天南雙怪可能不敢出場，豈不爲武林永留後患？管中窺豹，只見一斑，你以後再這樣輕薄出語，口不擇言，莫怪我要嚴責不貸！」

呂崇文被數說得臉上一紅，幸喜悟非大師的居處已到，哪裏是什麼寺院？只是一間茅屋，屋中連座佛像都無，僅在地上設有一個蒲團，几上也沒有香爐、燭台之屬，只用毛筆在牆上大大地寫了一個「佛」字！

悟非大師從旁屋中搬了兩張木椅，揖客就座，自己卻在蒲團之上盤膝相陪，並向慕容剛笑道：「出家人以茅廬爲寺，並無佛可拜，慕容施主要笑我麼？」

慕容剛肅容正色說道：「靈光一點，佛在心頭，大師業已參透外物空花色相之禪，足見修持功力，可喜可賀！」

悟非大師微微一笑，還未答言，忽與慕容剛、呂崇文三人同時色變，方向門外微一扭頭，「颼」的一聽，一支蛇頭白羽箭業已穿門而入，釘在牆上那大「佛」字之中，不住搖擺！

呂崇文不禁大怒，身形微動，飛出門口，因悟非大師這三間茅屋，是建在一片極爲幽靜的樹林之內，只見西南方樹枝輕搖，發箭之人，早已無蹤無影！

回到室中一看，悟非大師業已起下那根蛇頭白羽箭，箭上纏著一捲細紙，紙上寫著：

「玉麟令主令孫法武香主立即歸壇，如敢有違，三更問罪。」

呂崇文看完，不覺向慕容剛皺眉問道：「慕容叔叔，我們在南雁蕩山的幽谷之中，不是聽見那『毒心玉麟』傅君平去往雲南高黎貢山，參拜那兩個老怪，求取什麼天南三寶麼？怎會又在這雲夢澤中出現？」

慕容剛道：「我們追蹤玄龜羽士到了翠竹山莊以後，再加上這一路閒遊，傅君平雖然遠赴雲南，他那好功力腳程必快，算來也該回轉，此事既然遇上，少不得要爲悟非大師略效綿薄，並就便見識見識所謂天南三寶，究竟有多厲害？」

悟非大師苦笑說道：「慕容施主盛情，貧僧極爲心感，但我身爲四靈寨玉麟堂下香主，括蒼山摩雲嶺戰敗，照理原應回寨覆命，然後再定去留，遽爾逃禪，未全始終，實有不合！故而今夜之事，二位不必插手，俟貧僧與傅君平了斷四靈寨規以後，再自各算各帳，否則貧僧此心難安，務懇成全到底是幸！」

慕容剛點頭答道：「大師節義分明，令人可敬！但傅君平心似豺狼，捨身餵虎，卻大可不必！我叔侄且在暗中掠陣，總使大師有所交代，了此心願就是！」

悟非大師合掌稱謝，親自整頓素食，款待慕容剛叔侄。

展眼之間，二鼓已過，慕容剛因「毒心玉麟」傅君平強行劫持「天香玉鳳」嚴凝素，欲加凌辱逼娶之事，對他自然銜恨，呂崇文更是嫉惡如仇，早想殺之爲快！叔侄二人，一樣立意在傅君平與悟非大師事了之時，出頭懲治這驕狂惡賊！

那位悟非大師，卻神色安詳地換了一件乾淨僧衣，靜坐以待！

時到三更，遠村梆鑼方響，果然有人以「傳音入密」的絕頂氣功，自靠湖邊方面，向這茅屋之中說道：

「孫法武大膽敢違我命，還不速出受死？」

慕容剛聽出那語音隔著好多林木，依然隱約能辨字音，不由暗驚這「毒心玉麟」傅君平功力果然極爲精純，不可小視！

一拉呂崇文，雙雙輕輕出門，步行走入林內。

呂崇文知道慕容剛是怕傅君平內功高明，倘縱身飛躍，易爲發覺，這樣提氣輕身，一步一步走去，加上夜風撼樹，亂葉蕭蕭之聲，確使對方難以知曉。

走到一株粗約三人合抱的巨樹之後，已可看清林外湖邊的一片空地之上站著三人，左邊一人懷抱一對雙鉤，右邊一人，手執一柄明晃晃的鋸齒雁翎刀，均是五旬上下年紀，當中站定一個長衫飄拂，手無寸鐵的瀟灑少年，卻正是那位四靈寨中的玉麟令主！

這時，村內響起篤篤叮叮的鐵木魚之聲，悟非大師口宣佛號，安然緩步而出！

傅君平嘴角一撇，左側執刀老者一聲暴吼叫道：

「孫法武！你吃了什麼熊心豹膽，玉麟令主在此，怎不以寨中大禮參拜請罪？」

悟非大師唸了一聲佛號，道：「阿彌陀佛！安大海你何必張狂？貧僧既已皈依三寶，除佛不拜，你叫我請罪，但不知貧僧所犯何條？」

持刀老者縱聲獰笑說道：「我安大海如今身掌四靈寨刑堂重責，你算真問著了人！」轉身向傅君平拱手齊眉問道：「請示傅令主，叛徒孫法武敗陣辱寨，並私自逃逸，身犯分屍重罪，是否就在此處執行？」

傅君平自用「傳音入密」內功，把悟非大師喚出林外以後，一語未發，神色始終冷漠已極，聽刑堂香主安大海一問，略皺雙眉，擺手說道：「少時再說，我要親自問他幾句！」

說完目光一峻，面罩寒霜，向悟非大師沉聲問道：

「孫法武，你們太湖三怪弟兄，自入我四靈寨中，傅君平待你不薄，括蒼山摩雲嶺一戰，勝負因屬兵家常事，本無足怪，但爲何摩雲嶺被破之後，不但不歸總壇報告一切，並連你兩個盟弟在小賊呂崇文劍下橫屍之仇，也置諸腦後，卻跑到這雲夢澤中，做起什麼和尚？」

悟非大師一言不答，只是閉目低頭，合掌當胸，口中不住地低宣佛號！

三十 狼子野心

傅君平臉上神色越發難看，自鼻孔內輕哼一聲，繼續說道：

「陣前辱師及私自脫寨之罪，傅君平念在多年袍澤，均可不問，但你既出家，理應萬緣皆絕，爲何又在那洪湖之上與本寨弟子作對？」

悟非大師依舊唸佛不答，傅君平鋼牙微挫，似把怒氣再捺說道：

「今日又敢違我羽箭傳令，數罪集於一身，確實應如刑堂香主安大海之言，分屍數塊，但傅君平眷念舊情，恩施格外，你如隨我回寨效力，往事一概不究。你隨我多年，應知傅君平習性，這是你最後的一線生機，在開口答話之前，先把本寨分屍重刑，身受者所遭之慘，好好想上一想，不要一誤再誤！」

林內隱身的慕容剛、呂崇文聞言，知道四靈寨現下正是需人之際，所以才對這位身手不弱的悟非大師，如此委屈求全。

傅君平既以分屍重刑恫嚇，倒要看看這位昔日的江洋巨寇「鐵扇閻羅」孫法武，今日的佛門高僧悟非大師，如何答話？

悟非大師聽傅君平說完，雙眼一開，湛湛神光，面色莊嚴，聲音平和已極，依然合掌當胸，目注傅君平慢慢說道：

「雙手血腥，一身孽累的『鐵扇閻羅』孫法武，早已在括蒼山摩雲嶺頭的小四靈山寨死去！如今在你面前站的，只是一個頓悟前非、潛心金粟的苦行僧人。貝葉翻經，真如了

了，心香拜佛，般若空空；什麼叫舊事前塵，又什麼叫深恩夙怨，貧僧一概淡忘，施主不要再向我這出世之人談這些江湖事吧。」

「毒心玉麟」傅君平目光一瞬，身旁手捧鋸齒雁翎刀的安大海不怒反笑，嘴角一撇問道：「青燈貝葉，遁世逃禪，孫法武，你倒真會逍遙自在，你說什麼心香拜佛，據我看來，佛法無靈，縱然觀音果生千手，如來能度眾生，恐怕也庇護不了你即將身受的分屍慘禍！」

悟非大師雙目一張，神光更澈，宏宣佛號答道：

「阿彌陀佛！我佛尚且立願身入地獄，貧僧何妨以這色身血肉啖魔？傅君平，你若把我看成悟非和尚，則不必飛揚跋扈地再說這些無益之話，你若仍把我看成昔日的『鐵扇閻羅』孫法武，則儘管施展你那些自認爲慘毒無倫的殘酷手段，我甘心受死，了卻這一場夙孽就是。」

傅君平突然一陣震天長笑，笑聲淒厲已極，笑完點頭說道：

「以身啖魔，我倒是聽過所謂佛家有此一說，你既有此言，傅君平看看你究竟有多少血肉？是否啖得飽我們這些兇神惡鬼？安大海，與我先斷他的左右雙臂！」

安大海暴喏一聲，鋸齒雁翎刀寒光電閃，直劈悟非右肩，悟非大師果然依舊寶相莊嚴，合目低頭，一動不動！

就在刀光剛起未落之際，傅君平霍然目射凶光，高聲叫道：「林內何人？」聲猶未落，兩條人影已如電掣風飄一般，疾降當頭，半空中精光打閃，一道耀眼青芒，正好架住安大海奮力下劈的鋸齒雁翎刀，嗆啷啷的一陣金鐵交鳴，安大海變色抽身，眼望著手中半截殘刀，微微發怔。

他這柄鋸齒雁翎刀，沉約二十餘斤，乃是百鍊精鋼所鑄，雖不能斬金斷玉，但也能吹毛立斷，鋒利無比，雙方兵刃交接之下，居然一觸便折，心中焉得不驚！

那位「毒心玉麟」傅君平，亦因來人威勢過強，足下微滑，退出丈許，但等看清，竟是自己心目中的生死情仇「鐵膽書生」慕容剛與呂崇文之後，一聲冷笑，擺手止住安大海及另一持鉤老者，緩步當前，向慕容剛說道：

「我說孫法武哪裏來的這大膽量，原來竟是閣下做他靠山，上次在翠竹山莊之內，傅君平被金龍令主所阻，無緣領教高招，如今正好彼此談談手下所學！」

慕容剛聽傅君平口氣，知道他尚未回寨，則所謂「天南三寶」可能全在身上，見呂崇文手橫青虹龜甲劍，滿面躍躍欲試之色，恐怕「天南三寶」萬一厲害，呂崇文劍術雖精，閱歷仍淺，容易上當，低聲說道：「待我會會此賊，文侄一旁掠陣！」

呂崇文無可奈何地回劍入鞘，不帶好氣地說道：「叔叔動手時，先處置那用雁翎刀傷人的什麼刑堂香主安大海，我最看不慣這種狐假虎威的奴才之輩！」

慕容剛含笑點頭，一轉面，換了從來未有的鄙薄神色，向傅君平冷冷說道：

「你這種人蛇蠍爲心，行同禽獸，慕容剛不願多言，你是要較量掌法還是過過兵刃？」

「毒心玉麟」傅君平早就擔心呂崇文手中那柄青虹龜甲劍，宛如一泓秋水，森然生寒，月光下望去，劍身之上並還隱現龍紋，定是千古神物，如今見對方寶劍歸鞘，心內一寬，目光略掃慕容剛腰下所懸，真的卻是一柄普通青鋼長劍。

好個毒心玉麟，明明聽得慕容剛說話太已鄙薄自己，依然不動絲毫聲色，滿面詭秘笑容，獰陰說道：「世間事今古一致，成者王侯，敗者賊寇！傅君平也不願徒逞口舌之利，先在閣下手中討教幾招劍法。」

說完，右手在長衫之內輕輕一探，抽出一柄形若匕首，長才尺許，隱泛暗綠光華的短小短劍！

慕容剛一見傅君平抽出這一短柄小劍要與自己過手，心中暗起警惕，知道兵刃越短越險，對方這柄小劍之上，定有奇絕手法，尤其是從劍上隱泛的暗綠光華看來，可能就是在南雁蕩山竊聽玄龜羽士叫他求取的「天南三寶」之一，「淬毒魚腸」！

趕緊也將腰間長劍拔出，摘下劍鞘，交與呂崇文，並略拽長衫下襬，以免動手之時礙事。

三一 淬毒魚腸

呂崇文還是第一次見慕容叔叔如此鄭重將事，心中一凜，也自緊握青虹龜甲劍柄，左掌以內，並扣了三、四粒鐵石圍棋子，凝神掠陣！

慕容剛劍交左手，挽訣齊眉，目注傅君平冷冷說道：「閣下手中短劍，想是所謂天南三寶之一的『淬毒魚腸』，慕容剛敬領高招，怎的還不進手？」

「毒心玉麟」傅君平驀地一驚，自己身邊苦求而來的天南三寶，乃是兩位恩師在海外及高黎貢山之上苦心煉成，江湖之間，從未現過，這「鐵膽書生」慕容剛，卻是怎會知曉「淬毒魚腸」四字？

但暗忖以身畔三寶威力，應可穩勝敵方，縱然被人略知底細，又有何妨？遂依舊滿面傲然不屑之色說道：

「你居然知道『淬毒魚腸』之名，總算有點見識，但既知此劍，趁早莫再張狂，傅君平只一開招式，頂多不出十個回合，定然叫你在我淬毒魚腸之下，化為異物！」

末後一句話的語音未落，人已搶步直踏中宮，手內尺許長的暗綠短劍「玉女投梭」，分心直刺！

慕容剛見他如此狂傲，冷笑一聲，滑步轉身，長劍已到右手，在胸前斜抱，劍尖上指，巍立如山，靜俟敵人劍到！

傅君平見慕容剛如此接招，心中不禁狂喜，暗想：原來對方只知「淬毒魚腸」之名，不知「淬毒魚腸」之妙，我這短劍，鋒刃極快，吹毛折鐵之餘，並還劍脊中空藏有毒液，只須在劍柄機鈕之上稍加真力，劍中所藏毒液，便可自劍尖宛如一溜噴泉，飛射數尺，沾身即死，毒力之強，端的無與倫比！

但因劍中毒液用過三次，便需另配，且搜集熬煉，甚爲艱難，所以兩位恩師賜劍之時，再三叮嚀，不到萬不得已，千萬不許浪費；如今對方既然不知其中奧秘，且自先憑劍術對敵，真若難以取勝，再用這撒手絕招不晚。

心中想事，也不過是刹那之間，手下絲毫未慢，淬毒魚腸太短，傅君平是連人帶劍一齊飛刺，但「玉女投梭」一招，未等用老即收，倏然換劍用掌，左手猛運鐵琵琶重手「江心月白」，四指隱挾勁風，疾掃慕容剛持劍右臂的「曲池」大穴。

慕容剛微微一笑，長劍已到左手，右掌一翻，「漁翁撒網」，掌心正接傅君平的鐵琵琶指力。

傅君平見對方硬接硬架，雙眉一剔，自丹田叫足內力，指風突然加勁，嘶嘶微響，慕容剛果似接不住他這鐵琵琶重手，指掌互一交接，立時人被震得左飄數尺。

傅君乎一陣震天狂笑說道：「鐵膽書生不過爾爾，傅君平便不用天南至寶，一樣成功……」

話猶未了，一張俊臉之上，勃然變色，暴吼一聲，人已凌空撲去！

原來慕容剛佯裝被震，向左飄身落下之時，正在那刑堂香主安大海左近，竟自效法傅君平，也來了一招鐵琵琶重手「江心月白」。可憐那安大海見傅君平震飛慕容剛，人前逞威，正在得意洋洋，等驚覺對方鐵指從半空中劃到肩頭之時，閃避已自不及，「喀嚓」一響，左肩琵琶骨硬吃慕容剛鐵琵琶手劃斷，慘嚎連聲，疼得滿地亂滾！

慕容剛誠心激惱傅君平扭頭一笑，向呂崇文叫道：

「文侄！你看不慣的狐假虎威奴才，我已代你懲治，他方才不是要以分屍重刑加於悟非大師麼？我給他來個天道好還，現世現報，先替他毀去一臂！」

話音剛了，傅君平人已惡狠狠地挾無比驚風撲到，慕容剛這回不再裝假，以八成真力，當空翻掌一迎，竟被傅君平震得連連移步，但傅君平同樣凌空倒退四尺，雙方各自心驚，對手確是生平罕見勁敵！

慕容剛這回不等傅君平發難，長劍一掄，搶佔先機，滿空中頓見劍氣縱橫，一柄青鋼長劍，幻出千百劍影，向那剛剛落地，立足未穩的傅君平電旋風飄，疾捲而至！

傅君平見如此威勢，哪敢怠慢？吸胸凹腹，周身骨節作響，竟用縮骨神功，配合猿公七十二式，專以輕、靈、巧、快四字，應付慕容剛所施展的禪門降魔絕學「卍字多羅劍」法。

但不到七、八回合，傅君平身形業已被慕容剛罩入一片劍幕以內，這才知道無憂頭陀

的禪門絕學，果然不是世俗劍法所能抵禦，趕緊招化天南雙怪秘傳「飛燐劍法」，並以淬毒魚腸的暗綠劍光，真如寒夜飛螢，點點碧光，在慕容剛千重劍影之中，不時瑕蹈乘隙，要想奪回先機，爭取均衡之勢。

慕容剛見這傅君平，人似魔蹤魅影，劍如鬼火飛燐，飄忽玄奇，詭秘已極，自己倘若稍不留神，一著之先，可能立失，自古高棋愛逢國手，向來驍將難遇良材，慕容剛也不由殺得豪興勃發，仰天一嘯，劍招又變，竟在卍字多羅劍中，加上了五載北天山茹苦含辛所得，靜寧真人玄門秘傳「太乙奇門劍」中的不少精妙絕學。

這一來，「毒心玉麟」傅君平除卻慕容剛宛如千手同揮的如山劍影以外，彷彿對方身法步眼之間，又加上了不少隱具奇門生剋的精微招術，這才深服對手果然高明，自己徒自使出了看家絕學「飛燐劍法」，仍然相形見絀，若不趕緊發揮淬毒魚腸，與其它身藏天南二寶威力，只怕難逃此劫。

呂崇文與悟非大師一旁觀戰多時，除了監視那正爲安大海療傷的使鉤老者，不容他對聚精會神惡鬥傅君平的慕容叔叔有所暗算以外，心中暗想，天南三寶之中，「毒龍子母梭」與「飛雷鏨」尚未見過，這柄「淬毒魚腸」怎的如此短得可疑？

鋒刃雖然隱泛暗綠光華，似頗鋒利，並曾餵毒，但若就憑這兩點，絕不配稱什麼「天南三寶」，傅君平肯於不辭千里往來，「玄龜羽士」宋三清也看得那等重法？想來想去，

總覺得這柄小小短劍之中，定有特殊花樣，俗語云「當局者迷」，慕容叔叔動手之間，心神專注接招應敵，不要看不出來，中了鬼蜮奸謀，卻不是兒戲。

想到此處，慕容剛業已施展釋、道兩家絕學，劍影千重，身形百變，把個狂妄驕傲的「毒心玉麟」傅君平，逼得應付爲難，兇威大殺！

悟非大師也看得心服口服，宣了一聲佛號道：「賢叔侄以光風霽月襟懷，挾泣鬼驚神武學，江湖有幸，魑魅當消！貧僧早蒙超脫，今夜又承相救，深思無法言報，惟有誠熱心香……」

一語未完，呂崇文原來安詳含笑的面色忽然突變緊張，雙目凝光，注定動手的慕容剛、傅君平二人，一瞬不瞬！

原來「毒心玉麟」傅君平的一套天南秘傳「飛燐劍法」，雖然詭秘機變無倫，卻仍抵不住慕容剛所施展的釋、道兩門降魔絕學。傅君平人雖狂傲，但亦絕頂聰明，自對方劍法一變，業已自知專憑真才實學，最少要占七成，不是這位「鐵膽書生」慕容剛的敵手。遂在對方劍招剛變，尚未使到精微奧妙的地步之時，右手淬毒魚腸，碧光疾捲，貼地如流，一招「風掃殘荷」，橫截慕容剛雙足，左手輔以一記「手揮五弦」的鐵琵琶重手，斜劃鐵膽書生的腰脅之間，但一劍一掌，全是誘招，劍到中途，掌發未老，一齊倏然收式，雙臂猛抖，由「一鶴沖天」轉化成「細胸翻雲」，輕輕落在慕容剛前方丈許以外！

慕容剛何曾不知他身懷天南三寶？也對他手中這柄暗綠短劍「淬毒魚腸」深具戒意！自己的青鋼長劍始終不肯與傅君平兵刃互相接觸，以防不測，如今見他掌劍同施，猛攻中下兩盤，以爲對方自知劍法難敵，要想下甚殺手？

方正凝神準備接招破式，哪知傅君平不退反進，一拔一翻，竟已脫出自己「卍字多羅」與「太乙奇門」兩般劍法絕學綜合運用的威力圈外！

慕容剛知道憑對方名頭藝業，絕難就此認敗，果然傅君平腳尖甫點地面，立即二度進身，足下暗踩七星繞步，慢慢向前，面上神色絲毫未因自己精妙劍法有所懼容，反而嘴角之間，隱含得意獰笑之狀。

那柄暗綠短劍「淬毒魚腸」平舉胸前，劍尖直對自己，一隻持劍右手，並似暗用真力，不停抖顫！

慕容剛先前以爲傅君平要另取什麼厲害之物進手，但見他仍然是用這柄「淬毒魚腸」，卻不禁詫異對方不是沒有嘗過自己劍法厲害，既已知難而退，怎的又復這副神態？善者不來，倒要小心他有什麼陰謀詭計！

傅君平幾步緩行，業已暗用真力，把「淬毒魚腸」的中藏毒液，慢慢逼向劍尖，只要猛按劍柄機鈕，便可隨時噴射而出！

準備停當以後，見慕容剛抱劍卓立，淵停嶽住，沉穩已極，心中不由暗笑，高手過

招，雖然講究越穩越可從容，但對於我這柄「淬毒魚腸」，卻是越穩死得越快！走到五、六步左右，停步揚聲，獰笑說道：「鐵膽書生，劍術果然不俗，你再接接傅君平這一招『惡判索魂』！」

淬毒魚腸一展，輕飄飄地向「鐵膽書生」慕容剛分心點到！

慕容剛此時猶未看出這柄「淬毒魚腸」的劍尖中空暗藏毒液，仍按比劍過招，以青鋼長劍「春雲乍展」，往外一迸。傅君平突然沉肘頓劍，指定慕容剛胸腹之間，一陣宛如夜梟悲號的怪笑起處，拇、中二指，齊以鷹爪功力，按在了「淬毒魚腸」劍柄的暗紐之上，一絲毒腥水線，立如噴泉怒激電射而出！

本來像這樣對面發難，功力最高也必應付不及，但吉人天相，福善禍邪，這位厚德寬仁、光明磊落的「鐵膽書生」慕容剛，哪能輕輕易易地便傷在惡賊之手？

悟非大師與呂崇文一樣，旁觀者清，早就在暗暗揣度，傅君平掌中這把短劍的妙用何在？看了半天，仍未猜出究竟，但忽然一眼瞥到腰間所懸的鐵木魚之上，不禁恍然大悟。

自己這鐵木魚的前身，乃是早年闖蕩綠林的成名兵刃「追魂鐵扇」，鐵扇的所有扇骨均屬中空，內藏毒針、迷粉，在括蒼山摩雲嶺頭，「鐵膽書生」慕容剛即曾上過此扇惡當，如今傅君平這把短短小劍，居然號稱天南三寶之一，厲害之處，可能就與自己當年的追魂鐵扇一樣。

想明以後，傅君平業已面含獰笑，挺劍進招，悟非大師急忙叫道：

「呂小俠，趕緊施爲，不能容傅君平那柄短劍劍尖，對準慕容剛大俠！」

呂崇文經他一提，也已參透其中奧妙，見危機業已待發，萬急之下，四粒鐵石圍棋子化成一線玄光，飛打傅君平刺向慕容剛的暗綠短劍！

傅君平剛剛按動劍柄暗紐，叮噹連聲，四粒鐵石圍棋子，全部打在淬毒魚腸的劍身之上。

呂崇文情急出手，勁力當然甚大，饒你傅君平武功極高，一柄淬毒魚腸生生硬被向右擊偏二寸。

傅君平挺劍按紐，呂崇文撒手飛棋子的這些動作，全是同在一刹那之間，所以慕容剛「春雲乍展」一招迸空，還未及變式，對方劍中暗藏毒液，業已化爲一絲奇腥水線噴出，連那「鐵板橋」、「金鯉倒穿波」之類的脫險絕招，全來不及使用，只得塌肩左滾，以一式「燕青十八閃翻」中的「浪子滾毯」，滴溜溜地一滾滾出七、八尺外！

那絲奇腥水線，就在他停身之處的四、五寸外，紛紛落下，草色登時一片焦黃，腥臭之味撲鼻！

慕容剛驚魄初定，方待開言，一陣清脆龍吟，夜色之中，忽見青芒電閃，呂崇文業已施展七禽身法「鷹隼入雲」，縱身飛入半空，然後猛一掉頭，連人帶劍，化爲一團青色精

虹，向「毒心玉麟」傅君平的當頭罩落！

傅君平先前見安大海那百鍊精鋼所鑄的鋸齒雁翎刀，被呂崇文的青芒奪目長劍一觸即折，早就驚心，在意「淬毒魚腸」是師門重寶，豈肯與他硬拚？身形微晃，退出八、九尺遠。

呂崇文恨極這般惡賊，連人帶劍化作精虹飛落，見傅君平抽身後退，滿腔怒氣竟往那隨來兩人身上發洩，跟手劍化師門絕學「亂石崩雲」，青芒耀彩，幻成一片寒濤，向那肩頭琵琶骨已碎的安大海，及另一持鉤老者怒捲而至！

慕容剛見狀，知道呂崇文由於傅君平的陰毒手段，惹起殺心，但這兩個與傅君平同來老者，均是鷹鼻鷂眼，一臉兇煞相貌，絕非善良之輩，殺之也無甚大錯，遂未加以喝止！

傅君平也因事出意外，援手不及，眼看著持鉤老者，雙鉤飛舞招架之下，折鐵與慘嚎之聲並作，兩人和雙鉤變做八段在地，呂崇文身上連半點血污全未沾上，一對燦如閃電的銳利雙睛，狠瞪著一丈來外的「毒心玉麟」傅君平，倒提青虹龜甲劍，劍尖一縷血痕流墜地面，雙剔劍眉，傲然卓立！

傅君平見淬毒魚腸之中暗藏的毒液發出，不但未傷著慕容剛，反而又被這呂崇文傷了自己手下的兩家香主，不由憤怒已極！

人到怒極之時，往往不氣反笑，傅君平仰天大笑，笑聲劃破夜空，嚇得林中宿鳥四

起，撲撲驚飛，半晌方歇！

笑完以後，先把淬毒魚腸納入腰中，伸手抽下一條軟硬兼全的外門兵刃「蛟筋雙龍索」，索長約有四尺，一端一個龍頭，雙角隱泛罕見精光，分明是寒鐵等類之物所製。行家眼內一看便知，傅君平抽出的這根蛟筋雙龍索，分明是一件軟硬由心，並且不畏寶刀、寶劍砍削，專門點穴及鎖拿對方武器的外門奇絕兵刃！

傅君平右手拿住蛟筋雙龍索中心，左手攢住一對龍頭，不理呂崇文，一扭頭向慕容剛發話說道：

「鐵膽書生，你是不是要想一擁而上，以多爲勝？來來來！傅君平就以掌中這根雙龍索，會會你們這些自以爲是、俠義人物的沽名釣譽之輩！」

慕容剛微微一哂，正待還言，呂崇文已向地上「呸」了一口，罵道：

「我以爲四靈寨中的所謂四靈，定是些了不起的蓋世魔頭，才會把江湖之中攪得天翻地覆！哪裏曉得原來就是這樣貪邪好色，寡廉鮮恥，而又膿包得無以復加的妖魔小丑，委實不足我的寶劍一擊！殺你還用人多？呂崇文要叫你在我青虹劍之下逃過二十招，今日便大發慈悲，饒你不死！」

傅君平何曾受過這等奚落？心中蓄意拚著把天南三寶一齊施爲，也至少要把三個敵人之中除去兩個，方足解恨！

但聽到呂崇文自稱掌中精芒奪目、削鐵如泥的長劍，名爲「青虹龜甲」，他深知此劍來歷，心中先是一驚，後卻一喜，竟想今日不拚，只要能夠全身而退，便可借此劍蠱惑西域門下，來爲昔年西域魔僧復仇，自己與師兄玄龜羽士，豈不可以坐觀成敗？

主意打定，冷笑一聲，左手一甩，右手疾掄，蛟筋雙龍索呼呼作響，連人帶索，連轉三圈，呂崇文見他獨自舞索，不向自己進招，倒弄不清這毒心玉麟弄的甚鬼？

知道對方武功極高，人又奸狡，敵意未明之前，不敢冒失，反而緊握青虹龜甲劍，往後退了兩步，以觀動靜！

哪知傅君平是故意惑亂對方心智，藉著掄索三轉之間，左手中業已暗暗扣好了天南雙寶「飛雷鏨」和「毒龍子母梭」，每樣一支，但依然暫不出手，只把蛟筋雙龍索舞成一片風雨不透光幕，越舞越急，漸漸不見人影！

這一來，不但呂崇文，連慕容剛也弄不懂傅君平不戰不退，獨自舞索則甚？看了半天，看不出所以然來，不由向悟非大師問道：

「大師可知傅君平這獨自舞索的用意何在麼？」

悟非大師搖頭說道：「我雖不懂他舞索用意，但傅君平習性卻所深知，他三人同來，兩人被殺，絕對不肯甘休，必須留意他，可能有甚比方才淬毒魚腸驟噴毒液的更爲陰辣手……」

一言未了，突然大喝：「呂小俠留神！」雙手用力一推慕容剛，自己也藉此後退五、六尺遠。

原來傅君平舞索之間，料準對方不明自己用意，絕不敢輕易進手，遂全神注意有無可乘之隙！慕容剛一與悟非大師答話，傅君平知道敵人心神旁騖，這是下手的大好良機，遂自索影之中，冷不防地一聲不哼，天南雙寶雙雙出手，「飛雷鏨」一點烏光，打的是心中情敵「鐵膽書生」慕容剛和悟非大師，「毒龍子母梭」一溜金線，卻照準呂崇文飛去！

呂崇文見傅君平揮舞如飛的蛟筋雙龍索影，微微一慢，便知要有花樣，再聽悟非大師一喚，越發留神，業已默運玄門罡氣，護住全身要穴！

那「毒龍子母梭」，是一枚七、八寸長的龍形金梭，從索影之中，被傅君平用獨門特殊手法，化成一溜金線打出，但並不朝人直打，打的是呂崇文頭頂以上的四、五尺高之處！

呂崇文見他梭不打人，越發知有特殊玄妙，除以罡氣佈滿周身，暗加防護以外，手中青虹龜甲劍也自舞成一片光幕，旋向當頭，靜以待變！

果然那支龍形金梭飛到呂崇文頭頂上方，突然一停，外殼自爆，梭中竟藏了數十支同型小梭，化作一蓬金光梭雨，宛如天羅蓋頂一般，向呂崇文電射而下！

呂崇文見對方暗器竟有如此厲害，也覺心驚，索性長嘯一聲，連人帶劍化成一道精

虹，踩足飛身，從毒龍子母梭的金光梭雨之中，沖天直上！

他這無意中，飛身凌空，逆衝梭雨，倒無巧不巧地破去了毒龍子母梭中最厲害的毒著！

當頭梭雨，吃著青虹龜甲劍光，一旋一絞，全部震碎，就是偶有幾枚從劍中漏進，也爲玄門罡氣的無形韌力所阻，未能傷人，但那些下落小型金梭，卻一觸地面，又復炸裂，小梭之中，藏的是滿腹金針，經這一炸，自下而上地反射而起，上有梭陣，下有針海，真不亞天羅地網一般，倘不知他這毒龍子母梭的底細威力之人，只知先機趨避，武功再高，恐怕也要折在這每支金針均蘊有奇毒的獨門暗器之下！

呂崇文回頭瞥見，也不禁沁出一身冷汗，暗想：自己若非福至心靈，憑著手中青虹龜甲劍及玄門罡氣護體，逆衝梭雨，怎樣也想不到他那小梭之中，居然還有滿腹毒針，毒針數量又多，玄門罡氣若有一處維護不到，豈不中了暗算？

他這裏驚魂未定之際，慕容剛那邊卻已性命交關，危殆已極！

原來悟非大師見傅君平蛟筋雙龍索影之內，打出一點烏光，烏光看去雖不起眼，但越是這樣不起眼之物，傅君平做作這久，才驟然發出，就越可料出是絕不尋常、極爲厲害的暗器！

所以趕緊雙掌推開慕容剛，並出聲招呼了呂崇文，自己也縱退五、六尺光景。

但慕容剛哪裏想得到，這看去毫不起眼，五、六寸長的一點烏光，竟就是傅君平千里求取來的天南三寶之中最厲害的「飛雷鏨」！一擺手中青鋼長劍，照準那點烏光，便自格去！

這「飛雷鏨」，是天南雙怪在海外之時，覓了不少強烈炸藥，並特煉上好焦鋼，再巧加匠心，製造成五、六寸長，形如斧鏨之物，尾端設有機簧，發出之時，可視當時實際需要，以巧勁一捏，使這「飛龍鏨」打過對方以後的二、三尺左右，才驟然自行爆炸！

這種花樣，想得太過歹毒巧妙，因爲對方往往以爲暗器業已打空，不加防範，等警覺在腦後爆裂之時，炸力又強，外殼焦鋼，煉得又好，砰然巨響起處，滿空俱是兩、三分大小的碎鐵橫飛，無不應聲立斃，絕難倖免！

若在尙未過身之時，以兵刃磕碰，則一觸即炸，死得只有更快！

天南雙怪對此珍逾性命，與那毒龍子母梭，每樣均只煉了十根，淬毒魚腸卻只僅有一柄！

三二 鐵木大師

此次傅君平高黎貢山求寶，天南雙怪聽說無憂頭陀及靜寧真人的門下弟子業已出現江湖，並與四靈寨作對，傅君平又受了鐵木大師掌傷，更因為「天香玉鳳」之事，得罪了個最為古怪難纏的妙法神尼，不禁大為宋三清、傅君平擔憂起來！

自己因知與宇內三奇正式對面之期已近，為求有絕對制勝把握，正在下苦功，鍛鍊一種武林絕學，關係太大，暫時無法下山，遂不但把淬毒魚腸賜給傅君平，並還教他製配劍中毒液之法，毒龍子母梭與飛雷蟗，也每樣賜了三枚！囑咐他轉告宋三清，一切小心應付，自己功成以後，便即親到翠竹山莊，約宇內三奇，開一場絕古罕今的英雄大會！

傅君平得意洋洋地身懷三寶，東返途中，突然遇著現掌四靈寨刑堂的安大海香主及那持鉤老者，報告「鐵扇閻羅」孫法武現在洪湖之旁落髮為僧，並出手管了閒事，反與本寨弟子作對！

傅君平一怒之下，率人問罪，才引起這場爭鬥，「飛雷蟗」出手，已知情敵鐵膽書生必死，蛟筋雙龍索揮舞之勢一停，雙肩微晃，人已退到林口，面含獰笑，打算欣賞情敵在師門至寶之下的慘死之狀！

即退一萬步想，「飛雷蟗」、「毒龍子母梭」再若無功，自己也可立即退身，從那柄青虹龜甲之上，蠱惑西域門下，來和這叔侄二人作對。

慕容剛不知厲害，持劍硬格「飛雷蟗」，傅君平不免心中好笑，面上得意兇獰之色益

顯，就在諸人懵然無知，奇災立發之際，突然林外一聲極為洪亮高喝：

「慕容師弟，趕快施展師門絕學『巧渡寒塘』身法，這東西萬萬碰它不得！」

隨著話音，一股綿柔暗勁，已自橫裏向那根狀若長釘的天南至寶「飛雷鏨」湧去！

慕容剛聽那暗中發話之人，話音甚熱，又叫自己師弟，不覺詫異萬分，但「飛雷鏨」已到面前，無暇多想，青鋼劍疾收上格之勢，劍尖一點地面，人就在劍柄之上，來了一式「臥看天星」，然後力貫右臂，推劍化勁，用右手照來人指教的師門絕學「巧渡寒塘」，青鋼劍脫手插入地中，微微一顫，人已如落葉輕飄，飄出八、九尺遠，與呂崇文並立一處！

那根「飛雷鏨」則被橫裏來的綿柔暗勁一激，向慕容剛相反方向偏飛少許，但這樣一來，業已到了它那自動爆裂距離，「砰」然一聲震天巨響起處，滿天烏光亂飛，威力之強，委實驚人，悟非大師離得稍近，閃避不及，右臂連中四、五粒碎鐵，竟被生生打斷！

傅君平見天南雙寶「飛雷鏨」、「毒龍子母梭」雙雙出手，仍未傷著心目中強仇，「鐵膽書生」慕容剛叔侄只把悟非大師斷去一臂，本來已有退意，瞥眼再見林中發話提醒慕容剛之人業已走出，是個中年清癯僧人，心中更自驚懼，但倚仗預留退步，身在林口，遂鋼牙猛挫，手指中年清癯僧人，獰聲喝道：

「鐵木賊禿，你屢壞我事，傅君平與你業已仇充天地，恨滿江湖！明年三月三日，你

也到我翠竹山莊一會！」

交代完畢，人影已遁入林中。

慕容剛見林中走出的清癯僧人，竟是無憂師伯門下的澄空師兄，又聽傅君平稱他鐵木，這才恍然大悟。

所謂「鐵木大師」，就是澄空師兄行道江湖所用別號，怪不得能有那高功力，在南雁蕩山之中，三掌便將「毒心玉麟」傅君平震傷，而把「天香玉鳳」嚴凝素救去。

但此時尚無暇寒暄，急忙趕到被「飛雷墼」炸斷右臂的悟非大師身旁，由澄空大師以囊中妙藥，爲他止血敷治，悟非大師方自慘然一嘆，澄空已自笑道：

「大師不必難過，此事還是怪我，恐怕那『飛雷墼』當時爆炸，傷人更多，不敢猛使真力，只以柔勁，將它略爲激偏少許，不想此物果然不愧號稱天南三寶，威力這大，以致有傷大師法體，澄空正自歉疚不盡呢！」

悟非大師搖頭說道：「悟非自在慕容大俠劍下回頭，早把這副臭皮囊看得無足輕重，如今以一條右臂消卻平生孽累，真是再好不過！我嘆的是，怎的天不厭亂，四靈寨騷擾江湖這久，眼看就可能瓦解冰消之際，傅君平又弄來這極爲霸道的天南三寶，慕容大俠明春之會，豈不平添不少阻力？」

到此略頓，微嘆一聲又道：「悟非中途學佛，慧覺畢竟未深，邪消正勝，理所當然，任憑它魔焰再高，也終必敵不住諸位仁人義俠的浩然正氣！」

轉對澄空，單掌問訊，恭身一拜說道：「悟非潛心般若，未獲真詮，意樹心花，終嫌塵染，菩提明鏡，難遣緣空，大師有道高僧，可否賜予接引？」

慕容剛忙把悟非大師前事，對澄空師兄解說一遍。澄空聽完，合掌答禮，莊容說道：「大師孽海能回，智珠已朗，真如了澈，法矩常明，即此已是莫大慧業，何須澄空接引？不過我們結個道侶也好！」

回頭對慕容剛說道：「師弟可曾否記得八年以前，遠上北嶽紫芝峰，我送你過壑之時，曾經許你，他年有事之時略盡綿薄，佛家偶然一語，便是因緣，如今已踐前言，替師弟在南雁蕩山辦了一件大事，保全『天香玉鳳』嚴凝素的白璧無瑕，並將她送回南海，但妙法神尼性情果然古怪已極，我若非深知底細，應答有方，幾乎把一番好意，弄成個沒趣而返！

「嚴凝素已知你與四靈寨明春訂約之事，現正苦練一套劍法，期至自來找那『毒心玉麟』傅君平報仇雪恥！師弟在此期間，千萬暫忍相思，不可去往南海小潮音探望，以防萬一惹惱那位從不許人登門的妙法神尼，則他日與嚴凝素之事，必將多生不少波折！我近來正修大乘佛法，為你之故，已有耽延，必須立返恆山，明春之會，不能再參與了！」

話完，目注地上安大海及持鉤老者的四段殘屍，竟向呂崇文合掌一拜，說道：

「呂小俠，提三尺劍，斬天下魔，原是英雄快事，但『但得一步地，何處不饒人』？願呂小俠於得能放手之間，稍體上蒼好生之德！」

呂崇文窘得一張俊臉通紅，不知怎樣是好？

澄空話畢，側顧悟非笑道：「大師臂傷如何，可還另有牽掛？」

悟非大師答道：「臂傷自經大師妙藥調治，已然無礙，此身以外，萬物皆空，悟非別無牽掛！」

澄空笑道：「此身原與萬物何異？人生百年，曇花瞬息，將相王侯，美人豪俠，何嘗不是一例空空？一入有相，便落下乘，此處不可再留，你隨我恆山走走！」

攙住悟非大師左臂，絲毫不見縱躍作勢，兩人平步凌虛，輕飄飄地落向密林之內，半空中並向慕容剛、呂崇文含笑揮手爲別！

呂崇文除劍術以外，就夙以七禽身法輕功自負，但見澄空走時身法，未免自慚功候差得太遠，比不上人家這樣自在輕靈，不帶絲毫火氣！

慕容剛爲澄空師兄那臨去數語，悵然久之，拔起方才爲避「飛雷鏨」借刀飄身，插入地下的長劍，叔侄二人合力把安大海等殘屍掩埋以後，相與步出林外，到了洪湖之濱。

這時長夜已過，曙色微明，慕容剛看著這一片籠煙寒水，想起方才若不是澄空師兄趕到，自己青鋼長劍一格傅君平的那支「飛雷鏨」，只怕已粉身碎骨，化爲異物多時！

下山以來，自己還常以氣質業已變化，遇事能夠沉穩，不似早年浮躁自許，哪知江湖鬼蜮之多，委實經見不盡！

如今澄空師兄臨去留言，囑咐不得妄自向那南海小潮音探望「天香玉鳳」，四靈寨之事，則又與「璇璣居士」歐陽智約定，三月三日期前，彼此互不相犯！然則這還有一段雖不太長，但也不太短的時間，卻是如何打發？

他這裏正在躊躇難定，呂崇文忽然叫道：

「慕容叔叔，那位西門豹老前輩臨終以前，不是曾有遺言，請我們代他侄兒西門泰化解傷害小銀龍顧二莊主的一段恩怨麼？現在我們無事可做，行道江湖，則走哪一條路都是一樣，何不去趟巢湖，一來找『展翅金鵬』顧大莊主，說開西門泰之事，二來順便看看那武當滌凡道長與『天龍劍客』陶萍等人行蹤何在，他們不是曾表示明年三月，要隨我們上翠竹山莊掃蕩群魔，慢說這幾人武功不弱，就是在一旁替我們助助威勢，也是好的！」

慕容剛被他一言提醒，心想受人之托，即應忠人之事，何況這又是那位令自己懷念不已的西門豹的臨終遺言，此時無事，正好走趟巢湖，遂含笑點頭，叔侄二人離卻雲夢，東奔安徽而去。

到巢湖姥山的顧家莊內，顧清得報，大喜出迎，那位「天龍劍客」陶萍，則因顧清喪

弟寂寞，留此相伴，根本就未別去。

略爲寒暄以後，慕容剛即行委婉陳辭，提起西門泰之事，「展翅金鵬」擺手笑道：

「慕容大俠不必再提，此事詳情，顧清均已知悉，『千毒人魔』西門豹那等惡人，居然還能徹底回頭，他侄兒西門泰，難道顧清就放不過麼？倘若此人和他叔叔一樣盡懺前非，則舍弟之死，也就並非毫無價值了！」

慕容剛、呂崇文見西門豹在楓嶺石室，以半壺毒酒，一席清談，盡懺生平罪惡之事，除自己叔侄以外，絕無他人知曉，怎的會在這位「展翅金鵬」口中說出？不由大爲驚詫，急忙追問顧清。

三三 四靈對立

話說慕容剛才要追問根由，「展翅金鵬」顧清便將詳情說出：

「月前有一獨臂僧人來到姥山，指名會我。一見之下，覺得此人好生面熟，但無論如何想他不起。最後還是他坦然自承，就是當初與金錘羅漢來此較技，在青衫以內，暗藏毒蝟金簑，害死舍弟的九華惡寇西門泰！

「一聽之下，我幾乎當時拔劍動手，但爲對方面上那種湛湛神光所懾，竟自不太相信他所說是真！獨臂僧人含笑擺手，叫我不必驚疑，便自當初西門豹化身南天義，在此假用八九玲瓏手法，點他五陰重穴開始，一直說到西門豹在積翠峰石室之內，對慕容大俠叔侄把真面目揭開。

「原來西門豹對慕容大俠叔侄置腹推心，傾吐一切之際，西門泰就在那石室之外潛聽，事了之後，他覺得舍弟之仇既然是他自己所結，似乎不應由慕容大俠向我遊說請求化解，所以披髮剃度，換著僧衣以後，便來到姥山，登門請罪，聽憑處置！

「我聽完他所述以後，由於對方雙眼神光及一臉正氣，知道不是虛言，頗爲感動，立加好言安慰，把殺弟之仇，一筆勾卻！他見我不記前仇，也不深謝，只是單掌當胸，不住唸佛，並到舍弟墳前，親自奠酒三杯，然後告別。臨行之時，我曾問他今後何處安身？他答以：爲惡既在九華，回頭亦不必另住他處，九華絕頂，面壁苦禪，就是他今後歸宿！」

慕容剛、呂崇文聽「展翅金鵬」顧清娓娓講完，才知其中究竟，他對陶萍、顧清把別

來經歷敘述一遍，因滌凡道長係約定明春約集幾位同門，來此陪陶萍、顧清等同往翠竹山莊助陣，彼此互一計議，覺得四靈寨中，不但「玄龜羽士」宋三清、「毒心玉麟」傅君平武功絕世，連「單掌開碑」胡震武之流，也均屬上中佼佼之選，何況又加了那位武功出眾，智計絕倫的「璇璣居士」歐陽智，勢力委實太強，自己這面算算人手，雖然個個身懷絕學，深入虎穴，終仍稍嫌薄弱！

時期既不在遠，何必再事浪跡江湖，消耗精力，遂決定就在這巢湖姥山之上，各自把本身所學，加功苦練，以備到時赴會翠竹山莊，掃蕩這橫霸江湖十有餘年的群魔巢穴！

眾俠在此磨礪以須，王屋山四靈寨總壇翠竹山莊之中，也何嘗不在大事準備？就此一段時間以內，已被那位「璇璣居士」歐陽智向「玄龜羽士」宋三清貢獻良謀，整頓得四靈寨氣象一新，群魔亂舞！

玄龜羽士慧眼識人，自「璇璣居士」歐陽智一到翠竹山莊，宋三清就覺得此人機智、武功，無不高明，誠心倚為四靈寨擎天新柱，要他遞補裴伯羽之位，繼任金龍令主。

歐陽智再三不依，說是「單掌開碑」胡震武在本寨資望極深，功勳卓著，理應由其繼任。恰好關中雙鳥李氏兄弟也分自湖南、廣西歸來，果如慕容剛所料，「君山釣叟」常天健婉言辭謝，拒不受邀，廣西勾漏山的「天慾仙子」鮑三春，卻是一請便到。

宋三清再三相勸，歐陽智始終謙抑不允，四靈之位不能虛懸，無可如何之下，只得依從歐陽智之意，擢升「單掌開碑」胡震武為金龍令主，賀號「鐵爪金龍」，並請「天慾仙子」鮑三春就任天鳳令主，賀號「勾魂彩鳳」！

對歐陽智名位一節，則經四靈一再商討，決定尊稱四靈寨護法，位居客卿，實則儼若軍師，凡屬較為重大之事，「玄龜羽士」宋三清無不問計這位璇璣居士！

「單掌開碑」胡震武從玄龜堂首席香主之位，居然一躍而為金龍令主，心中也對這位力為自己進言的歐陽護法感激涕零，所以歐陽智除與宋三清惺惺相惜，氣味深投之外，就對這位新任的金龍令主交稱莫逆。

歐陽智在這一段期間，一再向宋三清剴切陳言，說明四靈寨如欲永為武林霸主，必須除有堅強實力以威懾群眾之外，再加上以德服人方足，所以建議宋三清明定規條，嚴禁寨中弟子仗倚寨勢，率意為惡！並將疇昔惡行較著、久為江湖切齒之人，好好整頓幾個，則四靈寨威，必可立振！

玄龜羽士越聽越覺得自己洪運當道，這位歐陽護法著實高明，立即如言照做，果然翠竹山莊之內，氣象一新，真有蒸蒸日上之概！

歐陽智策劃寨務，稍有餘暇之際，便悉心佈置他那座「璇璣竹陣」，宋三清、胡震武等人幾度入陣參觀，果然神妙有方，比起先前那座聽來頗為震人的「正逆五行九宮竹

陣」，高明得宛如天壤之不可相較！若非歐陽智引路指點，只憑這位玄龜令主腹中所學的那點陰陽生剋之理，真還未必能夠輕易進出自如！

「毒心玉麟」傅君平則被新來的那位「天慾仙子」勾魂彩鳳鮑三春，弄得魂不守舍，頹廢已極，宋三清看在眼中，不禁眉頭緊皺，但知傅君平在「天香玉鳳」嚴凝素身上失意已久，此時略爲荒唐，也不好深說，但會期已近，時日無多，大戰欲臨以前，翠竹山莊之內，反而一片安詳靜謐！

「鐵膽書生」慕容剛叔侄方面，因彼此約定，期前互不相犯，玄龜羽士倒不大擔心，他所煩憂的是，久聞妙法神尼怪癖無倫，性如烈火，怎的嚴凝素遭受傅君平逼婚未遂那種奇辱，時隔這久，毫無動靜，對方越是這樣沉沉穩穩，音訊全無，越是使自己在心神之上，承擔一種不知禍變之來的莫大壓力！

流光如矢，轉瞬之間，離雙方定約拜山之期，僅剩十日，那位歐陽護法興高彩烈地向玄龜羽士稱賀，說是這一戰以後，四靈寨定可永雄武林，絕無風浪！

爲示本寨氣派及度量之大起見，所有明樁暗卡，似應一律撤去！翠竹山莊十里之外，即行遣人迎賓，並在玄龜堂後、璇璣竹陣之前，搭了兩座看棚及一座「會武高台」，以做較技之用。

一切準備就緒，離三月三日會期僅剩四日，「玄龜羽士」宋三清凌晨盥洗方罷，才與歐陽智一同步出院中，欲往各地巡察，但偶一抬頭，臉上勃然變色，身形微動，平拔起兩、三丈高，在玄龜堂匾額之上，伸手揭下三張大紅拜帖！

宋三清展開拜帖，不禁心神劇震，眉間益聚愁容，歐陽智接過一看，第一張上，寫的是：

「鐵膽書生」慕容剛，率世侄呂崇文，偕武林群俠拜！

第二張上，寫的是：

「雙首神龍」裴伯羽，「九現雲龍」裴叔儻，率裴玉霜拜！

最後一張，也最使宋三清觸目驚心的，卻只有七個大字，寫的是：

南海妙法，嚴凝素。

「玄龜羽士」宋三清因自己雖然聽從歐陽智之言，翠竹山莊內外不設樁卡，但也要到會期前一日才撤，此時依舊巡班值夜，好手如雲，怎的對方把三張拜帖貼到本寨重地玄龜堂的匾額之上，上下諸人，居然毫無所覺？

尤其拜帖之上，不但「雙首神龍」裴伯羽中了歐陽智的九絕神針未死，與裴叔儻父女同來，連那曾經立誓不履中原，最難纏的南海妙法神尼，居然率領嚴凝素也到，這一來，

敵我雙方形勢幾乎立時逆變，自己師尊天南雙老方面，迄今音訊毫無，高黎貢山遠在雲南，立即求援，時間也已不及！

這一位群魔魁首「玄龜羽士」宋三清竟被三張拜帖弄得心神不定，愁眉難展，沉吟半天過後，才想出了一條萬一不敵，便即用最惡毒的手段，使赴會群雄同歸於盡之策，在客位看台以下，遍埋地雷火藥，而把藥信藏在璇璣竹陣中心的一座小屋之內！

此事宋三清做得萬分隱秘，除歐陽智以外，連傅君平、胡震武、鮑三春，全不知曉！動手埋藏火藥地雷的寨中弟子事完以後，宋三清一掌一個，統統震死，以防萬一機密外洩，被對方先期指破，坍台丟人，還在其次，這撒手制勝之策，豈不滿盤成虛？

火藥埋好，宋三清心頭略放，正與歐陽智、傅君平等人商談瑣細接待的江湖禮數，突然手下報道：「黑白勾魂二位刁家香主回寨。」

四靈寨目前正是需人之際，「黑衣勾魂」刁潛、「白衣勾魂」刁潤，藝出崆峒，頗為不弱，「白衣勾魂」刁潤在金龍堂前較技，用螳螂陰爪暗算呂崇文，被人家內家罡氣把雙手十指一齊震折以後，羞愧難當，乃辭回崆峒，再練絕藝。

如今到的恰是時候，平白又添兩名好手，傅君平眉頭方自往上一挑，刁潛、刁潤業已雙雙搶步階前，向堂上四靈令主恭身施禮。

傅君平因兩人雖然原屬金龍堂下，卻是自己心腹，含笑說道：

「兩位刁香主藝成回寨，到得正巧，還有三日，刁二香主的斷指之仇，呂崇文小賊便將來此拜山，到時叫這些狂妄匹夫，先嘗嘗你新練成的崆峒絕學！」

「白衣勾魂」刁潤一撩月白長衫大袖，低頭一看雙手，獰笑說道：

「刁潤十指連心，齊齊折斷，與呂小賊此仇深似三江四海！前次向令主辭行之際，我兄弟有言在先，要等雪卻此恥，才有顏面重回寨中效力！如今在我恩師鬼手真人苦心教導之下，已把師門絕藝『銅仙指』練成，因知呂小賊等三月三日拜山，特在期前趕回，聞得玄龜令主命人自翠竹山莊迎賓十里，我兄弟擬向令主討令，在十里以外暗中邀劫，清算前仇，並略挫來人銳氣！」

「毒心玉麟」傅君平何等行家？聽「白衣勾魂」刁潤說是練成「銅仙指」，不由暗中注意他左右雙手，果然十指第一節的膚色略有不同，隱泛蒼黃暗綠！

知道他第一節指骨被呂崇文震折，即令有靈藥敷治，僥倖得免殘疾，但武功之上，幾種比較厲害的指壓之力，用來未免大為減色，報仇何能有望？遂在一狠心之下，索性將第一節指骨截斷，另配十枚以風磨銅鑄成，加淬劇毒的特製指套！

這種風磨銅淬毒指套，名為「銅仙指」，不但任何金鐘罩、鐵布衫暨十三太保横練，也禁不起他一抓，略見血絲，立時斃命以外，並還可在極端危急之中，以十枚指套，化成一蓬無堅不摧的暗器光雨發出，端的使那些不知此物底細之人，防不勝防，厲害無比！

但傅君平對呂崇文劍術武功已有相當認識，暗想「銅仙指」雖然見血封喉，呂崇文那等身法，未必便能沾及肌膚，只有最後的脫手飛打一招，出人意料，似乎還有兩三分的僥倖成功之望！

故聽刁潤討令以後，心中略一打轉，利害已明，冷眼一看歐陽智面上神色，頗似不以為然，知道他素來主張講究氣派，所以才盡撤暗卡明樁，迎賓十里，定然不會同意刁潤的暗中邀劫之策！大哥對他言聽計從，只一開口，便會把自己方才所想的有利無弊之事阻住！

原來傅君平深知刁潛、刁潤之師，崆峒插天崖鬼手真人的一身武功，陰辣詭毒已極，只因右腿風癱，所以不常在江湖之上行走！刁潛、刁潤此去，若能僥倖為己方除去強敵，當然最好，倘若失敗，死在慕容剛、呂崇文之手，也可因此引出鬼手真人，為對方平添一個強敵，所以此事或成或敗均甚有利。

心中這一反覆衡量，見玄龜羽士沉吟未答，而歐陽智業已口角微動，遂趕緊搶說道：「兩位刁香主練成絕藝，來復前仇，自然可以便宜行事！但此會集聚天下武林好手，關係本寨聲譽極大，二位刁香主必須小心從事，盡力施為，並得好就收，不要反為敵人訕笑！」

刁潛、刁潤同時恭身答道：「刁氏兄弟向來睚眥必報，此番尋仇，沉舟破釜，寧折不

彎，令主儘管放心，刁潛、刁潤縱令骨化飛灰，亦絕不會有弱本寨的絲毫威望！」

傅君平大笑擺手，刁潛、刁潤雙雙向堂上告退，玄龜羽士默默無言，那位「璇璣居士」歐陽智，卻滿含深意地看了「毒心玉麟」傅君平一眼！

轉瞬之間，明日便是會期，執事之人又向內堂報信，說是翠竹山莊以外，來了一位黃衣僧人，自稱離垢大師，要見玉麟令主。

眾人齊覺得離垢大師之名甚生，傅君平卻面帶喜色，含笑說道：

「這位離垢大師，是西域一派無上高手，『四佛十三僧』中的十三僧之一，與我有過一段交誼。我因知小賊呂崇文掌中所用，乃是昔年大漠神尼故物『青虹龜甲劍』，天山絕頂，青虹龜甲劍惡鬥日月金幢，劈死魔僧法元之事，至今西域一派，引爲奇恥大辱，閉關苦練神功，直到最近，所謂的『四佛十三僧』自認已足睥睨中原武學，才派遣弟子紛紛察訪大漠神尼有無傳人，及這柄青虹龜甲劍的下落！

「我既然發現劍在呂家小賊手中，又與離垢大師相識，遂特遣急足遠奔西域，告知此事，如今離垢大師已來，此人爲『十三僧』之首，在西域派中，名位僅僅略遜『四佛』，是極好幫手，大哥賞個全臉，我們四靈兄妹與歐陽護法，一同接他一下！」

「玄龜羽士」宋三清正在發愁南海妙法神尼與「雙首神龍」裴伯羽兄弟全有帖到，估量己方人手似難應付之時，聞得西域十三僧之首離垢大師來到，自然高興，遂與胡震武、

傅君平、鮑三春及歐陽智等人一齊往接。

途中傅君平說明，自己因與這離垢大師交好，知道如今西域一派武功，首推「病、醉、笑、癡」四佛，次之即數「離」字十三僧，現離垢大師既來，如果四佛之中，也有幾位能到，則根本無懼南海妙法。

談笑之間，來到翠竹山莊莊門，那離垢大師已由人請在迎賓館中落座，是個一身黃衣的高大僧人，獅鼻巨口，相貌威嚴，僅從雙目所蘊精光已可看出，果然身懷極高武學！

一會之下，相見恨晚，宋三清等人，一直把這離垢大師迎進玄龜堂內，因離垢大師不忌葷酒，開筵暢飲，傾敘甚歡。

離垢大師聞得妙法神尼等人均將與會，微笑說道：

「各位令主儘管放心，就因這青虹龜甲劍再現江湖之事，敝派好手『四佛十三僧』業已齊下中原，至遲在會期前一日，必定趕到！貧僧既與傅令主有舊，又承傅令主訊告知此劍下落之德，自然應爲貴寨稍盡綿薄！不是貧僧說句狂言，十三僧暫且不談，西域『病、醉、笑、癡』四佛，力能伏虎降龍，哪裏還懼什麼南海妙法？」

宋三清、傅君平等人，聽得「四佛十三僧」居然全到翠竹山莊，並肯拔刀相助，則平添十七名好手，勝負之數，豈非已可穩操勝券？個個眉飛色舞，得意已極！

那位「璇璣居士」歐陽智則起身離座，拿了一把酒壺，走到離垢大師面前，含笑說

道：「歐陽智久欽大師貴派的絕藝神功，每惜無緣瞻仰，如今得親佛駕，足慰平生，且借這一杯水酒，略示敬意！」說罷，右手持柄，左手扶蓋，便欲為離垢大師斟酒！

離垢大師一看歐陽智執壺手法，便知此人要藉敬酒為名，考較功力，知道方才話說太滿，可能對方不服，心想：就讓你們見識一下西域武學也好！

他本來只知四靈令主功力極高，卻未把這位歐陽智護法看在眼內，雖然口稱不敢，雙手擎杯，含笑起立，但只是隨意接酒，足下既未站樁，手上也只微蓄六成真力！

哪知壺口杯沿還未接觸之時，離垢大師即已感覺到了歐陽智這持壺下壓之力，重有千斤，一驚非同小可，趕緊聚集全身真力，貫注雙臂，足下也暗合子午，這才算是半斤八兩，秋色平分！

一杯酒斟完，彼此相視一笑，「璇璣居士」歐陽智眉頭微微一皺，自歸原座，離垢大師卻暗暗出了一身冷汗，心想中原武學委實不能輕視，料不到這樣一位四靈寨護法，居然有如此功力？

龜玄羽士等人卻猜不出歐陽智好端端的，要考較這位離垢大師的功力作甚？但知他素來機智過人，每一舉措，均有深意，何況當著離垢大師也不便相問，遂由「毒心玉麟」傅君平含笑舉杯，與離垢大師互訴離情，把這一過節岔了過去。

三月三日大會之期轉瞬即屆，四靈寨翠竹山莊以內的各種準備情形，暫慢交代，且說

巢湖姥山的群俠方面。

慕容剛、呂崇文在這一段時間之內，整日均係鍛鍊本身內外功行，並與「天龍劍客」陶萍、「展翅金鵬」顧清相互研磋，陶、顧二人因此得了不少益處！

等到二月上旬，那位武當滌凡道長果是信人，與師弟滌塵及另一位武當名宿青松子，飄然蒞至！

「天龍劍客」陶萍的一位師叔，少林道惠禪師也聞訊趕來，連「鐵膽書生」慕容剛叔侄共計八人，齊赴豫北王屋，四靈寨總壇翠竹山莊赴約。

過得黃河，離翠竹山莊只有四、五十里之時，恰好正是三月初一傍晚，滌凡道長勸群俠就在這小村之上好好歇息一宵，明日午後到達翠竹山莊，等到初三正日再行正式論武！

慕容剛也覺到得太早，大可不必，群俠遂選了一家比較潔淨寬敞的店房，以作休息。休看這村店雖小，所整治出來的酒飯，卻出人意料的著實不錯，不但質好量豐，有香有色，而且味極鮮美！

呂崇文正吃得津津有味時，突然眉頭微皺，好似想起一事，向慕容剛說道：

「慕容叔叔！這個菜味道特別鮮美，我怎麼覺得好熟，像是在哪裏吃過？」

慕容剛被他一提，也有同感，方在含笑思索，呂崇文突然一聲驚叫道：

「慕容叔叔！這世上莫非有鬼？我想起來了，這酒菜不但味道，連件數、花樣，不完全是和我們在楓嶺山積翠峰，西門豹老前輩的那座石室之中，所吃的一模一樣麼？」

慕容剛心中也自機伶伶一個寒顫！暗想呂崇文所說半點不差，那酒菜的件數、花樣和味道，果然與那在西門豹石室之中所食用的，完全相似！

他們叔侄疑神疑鬼，膽顫心驚，其他群俠均尚未明究竟，紛紛爭問，但就片刻之間，每人均覺得有一種溫和壓力，使自己睏倦欲眠，終於無法抗拒，一個個地伏桌酣睡！

三四 神尼飛帖

等到醒來，已是次日午後，而眾人全在各人房內的自己睡榻之上，鋪蓋齊全，哪裏是昨夜伏桌而眠的那等光景？

一覺居然睡得這樣長法，而且被人家從外室搬到房內，代鋪代蓋，毫無所覺，這一干江湖奇俠，豈不全成了酒囊飯袋？此地又離四靈寨總壇甚近，倘若四靈寨故意調侃，還有什麼臉面再去拜山赴會？

所以，不論鐵膽書生、滌凡道長，或是道惠禪師，臉上都紫得成了個紫茄子一般！

但每人微一用功，精神卻只更好，真氣亦只有更純，毫無什麼誤服蒙汗藥之類事後的那種疲乏感覺。

等檢點攜帶各物之時，卻令人大吃一驚，單單少去了呂崇文欲在明日仗以掃蕩群魔的那一柄稀世寶劍，大漠神尼的青虹龜甲劍！

但在他背後原來的插劍之處，卻換了一張紙條繫在上面。

呂崇文氣得全身直抖地展開一看，上面寫的是：

三月三日之會，四靈寨全力以待，非經苦鬥，不克為功！諸位仁俠遠來勞頓，允宜有充份休息，養精蓄銳，一戰平魔！故老夫親下村店廚中，整治酒肴，並暗置寧神益氣之自煉靈藥「歸元散」，以助一宵好睡！

「玄龜羽士」宋三清、「毒心玉麟」傅君平，再加上新近繼位龍鳳二靈的「鐵爪金龍」胡震武、「勾魂彩鳳」鮑三春，與那「璇璣居士」歐陽智等人，雖然個個極惡窮凶，然以諸位仁俠的絕藝神功，裴伯羽兄弟、妙法神尼師徒又可能齊來參與，正勝邪消，本無可慮！

但今日清晨，形勢突然逆轉，呂小俠在雲夢澤中，以青虹龜甲劍斬除安大海等人，被傅君平認出此劍來歷，遂遣急足馳函，飛報西域！當年大漠神尼在北天山絕頂劍劈魔僧法元以後，西域一派即閉門練功，冀雪前恥！迄今已有十七名一流好手產生，名為「病、醉、笑、癡」四佛，及「離」字十三僧，個個身懷絕世武學。得傅君平馳函告知青虹龜甲劍又現江湖之訊，西域派中記仇心切，四佛十三僧居然同下中原，今日黃昏，便可趕到王屋！

老夫暗中曾加揣測，十三僧已不好鬥，「病、醉、笑、癡」四佛則更為難當！若容他們進入翠竹山莊，明日之會，恐即穩居敗面！事急從權，只得妄自下手，暫借呂小俠青虹龜甲神劍一用，欲在中途截住西域派下諸人，故現此劍，把他們引得遠出數百里外。才好讓諸位仁俠得以放手掃蕩群魔，把這橫霸江湖、為惡多年的四靈寨翠竹山莊，毀諸一旦！

最後並加上一行小字，說是自此前行途中，可能有人暗算，小心「毒指能飛」，即可無慮！

且說這樣長長一段敘述，固然已足令群俠深爲警惕，但還及不上那末尾署名四字，來得使慕容剛、呂崇文等人觸目驚心！

原來那箋後寫的龍飛鳳舞四個大字，竟是：

「西門豹上！」

呂崇文此時自然滿不把青虹龜甲劍失去之事爲意，側臉向慕容剛詫然道：

「慕容叔叔，侄兒的辨味能力倒真不錯！昨夜我就覺得，那酒菜的色、香、味及件數，均與楓嶺積翠峰石室之中所吃的一樣，卻怎樣也想不到，竟是西門老前輩親自下廚所做！但西門老前輩自飲毒酒，分明絕氣身亡，還是叔叔與我抬他入棺，怎的今日又在這緊要關頭出現？這位老前輩平生行事，業已神鬼莫測，如今居然又會起死回生，豈不令人太難置信麼？」

慕容剛何嘗不是驚疑已極？但反覆審視那張柬帖，不僅那筆字跡太熟，確係西門豹所書，並經墨跡方面看出，實是今日上午所寫，迷惘不已，悵觸萬端！

聽呂崇文一問，點頭答道：

「當時西門豹苦心卓行，力懺前非，卻依然落得那等結果，我不是曾經憤言要『拔劍

問天，天心何在？』但如今仔細想來，不但按人心天理來說，西門豹這樣具有莫大智慧的仙佛一般人物，絕不會遽爾奄化，就是你餵他吃的那粒無憂師伯所賜『萬妙靈丹』，賜丹之時，師伯不是一再叮囑，此丹功能著手回春，無論何等重傷奇毒，只要人未絕氣，服丹之後，不但可以痊癒，並還增長功力，端的稀世難求，師伯一生，也僅煉成七粒，千萬不可浪費！如此珍貴靈異之物，豈會單單對那西門豹身上失效？必然是他蓄意解脫，酒中毒藥放得過多，又加上飲酒以後的那一席深談爲時太久，以致毒力深入臟腑，並瀰漫周身，萬妙靈丹雖有功效，也須慢慢化解。我們因爲當時事事均出意外，靈智稍障，竟未仔細推敲，就把他置於棺內！幸而他平日就看破人生，以棺爲床，可以自內開啓，不然還真要被我們活活生葬在內！如今此人既到翠竹山莊，我們一方，真無異添了千軍萬馬！一夕安眠，精神倍長，我們不要再在此處逗留，好在文侄還有一柄家傳梅花劍可用，一齊到翠竹山莊走走！」

群俠均知道西門豹與呂崇文之間的似海深仇，但如今聽慕容剛叔侄口吻，不但深仇盡釋，並還對這位西門豹，關懷欽佩已極，不由深深感覺到，爲人必須儘量謹慎言行，不能率意爲惡，即或偶爾無心鑄錯，亦應趕緊回頭，君子之過，宛如日月之蝕，只要痛切覺悟，仍無玷於清名大節，甚至更加受人尊敬愛戴！

群俠之安歇小村，距離四靈寨總壇翠竹山莊不過四十里路光景，以這些人物腳程，從

容舉步，晃眼之間，已過其半。

呂崇文笑聲叫道：「慕容叔叔，西門老前輩之語，怎的有時也會不靈？他不是說中途可能有人暗算，此刻尚無動靜，難道這般不知廉恥狗賊，連一點顏面都不肯顧，到了翠竹山莊莊門以外，還敢對我們赴會之人失卻江湖禮數，永爲武林不齒麼？」

慕容剛道：「此時尚在中途，文侄怎的便擅自斷定無人生事？你西門老前輩既然留言，必有深意，前面山路陡峭，峰腰並有樹林，是個絕好藏人所在，四靈寨中甚等樣人都有，諸位各自小心他們那無恥卑鄙手段！」

三五 兩陣對圓

群俠打量地形，果甚險惡，正在互起戒心之時，峰腰樹林之中，凌空飛起兩條人影，輕功極俊，一掠便是四、五丈來遠，卓立阻途，半聲不響！

武當名宿青松子首先認出，輕輕說道：「各位注意！這是『鄱陽雙鬼』黑白勾魂，藝出崆峒門下，一對螳螂陰爪，極爲歹毒……」

言猶未了，滌凡道人在他身畔笑道：

「青松道友有所不知，『白衣勾魂』刁潤螳螂陰爪，就因暗算傷人，曾被呂小俠的玄門罡氣震折，此番不知又向他那師父鬼手真人之處，學了甚麼伎倆？前來尋仇！我料他秋螢傲月，螳臂擋車，仍然禁不起呂小俠輕輕一擊呢。」

呂崇文倒早把這段過節忘之已久，聽滌凡道人及青松子一提，閃眼再看當道所立二人，身量又瘦又高，馬臉鷹鼻，吊客眉，鬥雞眼，身著長衫，一黑一白，遠遠望去，活似無常雙鬼，知道果然是那初下山時，在翠竹山莊金龍堂內所會過的「黑衣勾魂」刁潛、「白衣勾魂」刁潤！

人家現身阻路，雖未開口，無疑是要想報當時斷指之仇，不能由別人出陣，剛一向前邁步，慕容剛低聲囑道：

「這兩人陰損狠辣，不可驕敵，尤其要注意西門豹所留柬帖上的『毒指能飛』之語！」

呂崇文點頭領命，心中卻在暗暗佩服那西門豹，果然事事前知，不過這「白衣勾魂」刁潤的雙手十指，雖爲自己的玄門罡氣把骨節震折，但並未斷，卻如何說是「毒指能飛」？即或能飛，又有何可懼？倒想它不透。

想到此處，已離黑白勾魂刁氏兄弟只剩一丈左右，呂崇文這多日來，閒得無聊，誠心拿對方開胃，負手立定，冷冷地用眼角一瞥刁氏兄弟，也學他們那副神色，把臉一寒，一聲不響。

互相對瞪好久，「白衣勾魂」刁潤見仇人這等神情，心中毒恨更深，陰惻惻地自鼻孔之內哼了一聲，首先開口說道：

「呂家小賊，不要裝出這副死相，刁潤茹恨已久，今日必報前仇，你還不亮你的肩頭長劍，嘗嘗我們鄱陽二鬼的『勾魂雙索』的滋味如何？」

兄弟二人同在長衫之內一探，每人撤下一條四尺來長，除了當中抓手之處的四、五寸墨黑以外，兩頭均屬赤紅的連環鋼索！

呂崇文聽刁氏兄弟要自己亮劍，不由一陣縱聲長笑，笑聲劃破深山靜寂，遠谷近峰，回音四起，嗡嗡嚶嚶的好聽已極！笑完說道：

「我肩頭這柄長劍，乃先父遺物，除了砍那『單掌開碑』胡震武的項上人頭，報我父母之仇外，呂崇文真還不願輕易使這柄劍鋒之上，沾染你們這種鼠賊髒血！兩條連環鋼

索，也配稱爲『勾魂』，呂小爺摘葉飛花，也足使你們了結一命！」

說完，伸手折了路旁一根裊裊下垂，隨風飄舞的楊柳細條，滿含鄙薄之意的，又用眼角餘光，向刁氏兄弟冷冷一瞥！

「黑衣勾魂」刁潛、「白衣勾魂」刁潤，均被呂崇文逗得無法忍耐，嘩啷啷的一陣震天的金鐵交鳴響處，雙雙手握「勾魂索」中央，甩起四條紅影，刁潛是「旋風掠頂」，飛打上盤，刁潤卻似攔腰橫擊，但勾魂索才出即收，靜視呂崇文怎樣避招，然後乘隙趕打！

果然刁潛的勾魂索至，呂崇文哈哈一笑，盤身左走，刁潤咬牙不響，「長蛇出洞」，改握勾魂索的一端，將一根軟兵刃勁達索梢，堅挺如棍，點向呂崇文後腰重穴！

呂崇文擰身之際，就知道刁潤定會乘隙進招，掌中柳條反手一搭，正好搭住刁潤點來的勾魂索，用了個「黏」字訣，往外一領！

刁潤不是膂力尚佳，刁魂索幾乎出手，不由太已驚心，這呂崇文以一根細長柳條，居然可以傳導內家真力，雖係兄弟雙戰一人，仍須特別小心應付！

兄弟二人，兩條勾魂索，一攻一守，一實一虛，配合得倒也詭秘無倫，威勢不小！

呂崇文因惡戰是在明日，此時懶得多纏，一聲長嘯，手中柳條突化「霸王鞭」招，其中並暗暗揉雜師門絕學「太乙奇門劍」法，霎時風雲激蕩，青影如山，黑白勾魂刁家兄弟，只覺得四面八方，全是呂崇文的面含哂笑人影，揮舞著千百根柳條，將自己圍困在內！

咬牙再行硬撐數回合，呂崇文柳條起處，招發「洛城飛絮」，看似攻向刁潤，其實柳條中途折轉，「啪」的一聲，「黑衣勾魂」刁潛的右臂「曲池」穴上中了一下，一陣劇烈痠疼，勾魂索把持不住，噹啷啷地墜落在地。

「白衣勾魂」刁潤見兄長落敗，索性也自拋掉手中勾魂索，縱身凌空，十指成鉤地掉頭倒撲而下！口中並自喝道：

「兵刃之上，我弟兄認敗服輸，呂朋友暫莫囂張，你再接幾招我這曾經敗在你手下的『螳螂陰爪』！」

呂崇文自他兄弟現身阻路，證明了西門豹所留柬帖無差，心中便時刻以那「毒指能飛」四字爲念，此時見刁潤明知自己練有玄門罡氣護身，功力並非敵手，卻仍凌空倒撲，分明必有所恃！未能瞭解敵情之前，不肯遽然接招，雙足輕點，倒縱丈許，定睛向刁潤的一雙鬼爪細看！

他因不知「銅仙指」這門功夫細底，只覺得刁潤手指顏色，青黑不齊，以爲曾以毒藥浸泡，卻未料到是生生將第一節指骨剁去，然後戴上特製的風磨銅淬毒指套，任何橫練均不能防，而且見血封喉，一抓即死！

刁潤一下撲空，落地以後，面容獰厲已極，用他那種膝蓋不彎的「僵屍跳」怪異輕

功，一蹦便是兩三丈遠，箕張十指，照準呂崇文連連追撲！

呂崇文本就性傲，再被他這樣一來，不由逗得無名業火高騰萬丈，暗想自己這樣防備對方暗算，防到何時？不如給他來個一輪硬攻，在對方無法騰出手來，發動陰謀之前，就將其擊斃，豈不一了百了？

主意打定，恰好「白衣勾魂」刁潤像具活僵屍似的撲到近前，遂一聲不響，施展師門乾坤八掌之中的一招絕學「混沌乾坤」，凝聚玄門罡氣，宛如排山倒海一般，旋身一掌，疾拍而出！

「白衣勾魂」刁潤因見兄長手捧右腕，好似受傷甚重，心中越發恨毒仇人，見幾度縱撲不著，對方竟較自己輕功更妙，看情形，要想利用特製指套抓傷敵人，恐怕無望，只有以「銅仙指」的撒手絕招拚命一搏！所以十枚風磨銅淬毒指套，業已一齊慢慢褪向指尖，正好與呂崇文旋身一掌，同時發動！

一邊是寒星飛舞，銳嘯驚人，一邊是重掌疾揮，罡風狂捲，距離又近在咫尺，眼看就要兩敗齊傷之際，突然從黑白勾魂刁氏兄弟現身的樹林之內，飛出一段黑影！

刁潤所發的十枚風磨銅毒指套，手法極爲霸道！出手之時，是聚成兩朵梅花，但等臨近敵身，才突然一散，漫無規則地化成一片寒星，端的無從躲避！

但林中發出這段黑影之人，卻是個大大行家，勁頭時間，全拿捏得恰到好處！

刁潤的十枚風磨銅淬毒指套，在往外散開還未散開之際，便自一齊釘入那段黑影之上，被呂崇文所發的急勁罡風一撞，斜飛出七、八尺外，刁潤本人則被掌風震得肝腸皆裂，口噴鮮血，在地上一連兩個滾轉，怒目死去！

慕容剛等一旁觀戰之人，見呂崇文以一根柳條獨戲刁家二鬼，從容已極，穩占上風，做夢也想不到西門豹所說的「毒指能飛」，竟是這樣飛法！

刁潤風磨銅淬毒指套出手，正在相顧失色，援手莫及，突然林內有人相救，自然一齊注視那段黑影發出之處，但空林寂寂，哪有人影？

「黑衣勾魂」刁潛眼看兄弟功成，卻突然生變，身遭慘死，哪裏還敢再留，方一回頭想溜，慕容剛怎肯容他走脫，縱身追上，輕伸二指，一下便即點倒！

但等俯身拾那段解救呂崇文危急的黑影之時，慕容剛突然出聲長嘆叫道：

「『展翅金鵬』顧大莊主與文侄請看，這不是那位宛如天際神龍，變化莫測的西門豹所爲麼？」

呂崇文、顧清一起走過看時，那段黑影，原來是一隻保存得極爲良好的乾癟人手！

呂崇文心中明白，這隻人手，不問可知，定是西門泰引刀自斷，西門豹托自己叔侄轉致顧清化解殺弟之仇，而被自己一齊納入那六尺桐棺以內之物！

手上所釘的十枚風磨銅指套，尖銳已極，每枚均密佈倒鉤，色呈暗綠，顯係餵了劇

毒，這近距離，倘若中上一枚，即或不死，明日在翠竹山莊惡戰群寇之際，功力方面，也要大大打上一個折扣！故而心上本來業已至為敬佩的西門豹，更加深了幾成好感，向慕容剛搖頭笑道：

「江湖鬼蜮，委實經見不盡！若不是這位西門老前輩相救，侄兒最少也要遭受一次大難！如今刁潤既死，我們把叔叔點倒的『黑衣勾魂』刁潛，當做包裹包好，帶到翠竹山莊，等與『玄龜羽士』宋三清在筵前相對答話之時，現將出來，臊臊群賊的臉面好麼？」

慕容剛與滌凡道長、道惠禪師等人互一商議，覺得呂崇文此法不錯，最低限度，也可以大大一挫群賊銳氣！

遂由「展翅金鵬」顧清動手，把「黑衣勾魂」刁潛捲成一個大行李捲一般，扛在肩頭，繼續往翠竹山莊行去。

走到離翠竹山莊十里之處，果然有人迎賓，而且這些迎賓之人，均經過四靈寨護法「璇璣居士」歐陽智的嚴密訓練，周旋中節，彬彬有禮，真使得赴會群俠，對四靈寨忽而小氣、忽而大方的捉摸不定態度，弄得莫測高深起來。

一到莊門，歐陽智早已恭立相待。歐陽智抱拳笑道：

「慕容大俠真箇信人，本寨四靈令主，明日再與諸位相會，歐陽智奉命款待嘉賓，請隨我往賓館之內安歇！」

慕容剛心中真暗暗可惜這位人品清奇，武功出眾，機智過人的「璇璣居士」歐陽智，居然被名利所囿，甘爲賊用！兀自盤算，明日是否由自己下手，保全此人，勸他依然回轉他那仙霞嶺二元谷內，笑傲煙雲，何必置身於四靈寨這種無殊盜賊的萬惡寨中！

一宵無話，次日乃是雙方約會正日，「玄龜羽士」宋三清特在玄龜堂上擺設盛宴，仍由「璇璣居士」歐陽智前往賓館，邀請群俠。

慕容剛等一齊含笑應約赴宴，知道宴後即是一場兇殺惡鬥，各帶兵刃，「展翅金鵬」顧清並把內裝「黑衣勾魂」刁潛的長大包裹帶以隨行。

進得玄龜堂，雙方落座以後，慕容剛打量主席之上，坐有六人，其中除宋三清、傅君平、胡震武、歐陽智等曾經會過以外，那坐在傅君平身側，媚態萬狀的三十一、二彩衣女子，想來必是繼任嚴凝素之位的「勾魂彩鳳」鮑三春。另外一個坐在「玄龜羽士」宋三清身旁，眾人對之均頗禮敬、相貌威猛的黃衣僧人，可能便是西門豹留函所說的西域一派，十七名好手「四佛十三僧」中的十三僧之首，離垢大師！

果然那離垢大師自群俠一進玄龜堂，雙眼所蘊的炯炯神光，就不旁瞬地專注在呂崇文背後所插的長劍之上！

「玄龜羽士」宋三清則因這一頓盛筵之後，略爲交代幾句，雙方便須各憑武學，一拚生死，而自己最畏怯的妙法神尼，卻迄今仍然毫無訊息，照理說名帖既到，人不會不來，

故而心中兀自忐忑難定！

還有那曾與自己義結金蘭的「雙首神龍」裴伯羽，與他族弟父女，幾個扎手人物，怎的也是拜帖早到，而人猶未到？

至於眼前群俠，除慕容剛、呂崇文而外，宋三清真未把武當滌凡、少林道惠等人放在眼內，俟雙方坐定，剛把酒杯一舉，還未開言，手下突然進堂報道：

「『九現雲龍』裴叔儻父女拜見！」

宋三清聞言不覺一愣，拜帖之上分明三人，怎會只有裴叔儻父女來此？

自己身爲全寨之主，傅君平又與他父女結仇，不便出迎，想來想去，還是向歐陽智笑道：「有煩歐陽護法，代宋三清一接嘉客！」

歐陽智含笑趦出，少時果然把裴叔儻父女引進。

除慕容剛、呂崇文以外，裴叔儻與青松子及道惠禪師，均係舊識，一見之下，彼此寒暄，呂崇文卻覺得那位裴玉霜姑娘，小別添姿，益發出落得明豔照人，態度卻仍像以前落落大方，毫不忸怩的與自己含笑傾談別來經歷。

「玄龜羽士」宋三清見妙法神尼、嚴凝素師徒及「雙首神龍」裴伯羽三名好手未到，似想乘他們來此之前速戰速決，始對己方有利，遂起立抱拳，向赴會群俠說道：

「眾位嘉客遠臨翠竹山莊，宋三清借一杯水酒，聊表敬意！」

飲完手中巨杯，含笑緩緩說道：

「今日之會，本係呂崇文小俠與我鐵爪金龍胡震武二弟，彼此了斷前仇所定，僅是胡、呂兩家的恩怨之事；但明人之前，不必再說暗話，宋三清兄弟手創四靈寨以來，辛苦經營，聲勢頗盛，自然免不了有人生妒，蜚短流長，時加中傷之語，於是武林同道或有聽信傳言，誤會本寨有傲視各派之意！宋三清自知十年積謗，三言兩語哪裏分辨得開！今日少林、武當均有人在，再好不過，我們在筵後，不妨以武會友，彼此略爲印證所學，以七陣定輸贏，連呂、胡二家之事，就此一併了斷，各位如勝，四靈寨從此解散！宋三清一方如若稍佔便宜，證明我們天南一派武學尚有幾分精妙之時，則只要諸位降心相從，四靈寨何妨改成十靈寨、百靈寨，甚至萬靈寨，來它一個萬派同源的武林創舉！」

說罷，單手擎杯，目光環視群雄，得意了個縱聲哈哈大笑！

呂崇文嘴角一撇，方要挖苦宋三清幾句，那位「九現雲龍」裴叔儻業已起立說道：

「宋令主欲仗天南武學，併吞各派，雄長江湖，其志不爲不壯！但貴寨所行，多年妄肆兇橫，有悖武林道義，事實俱在，宋令主適才所謂他人蜚短流長之語，恐怕不是由衷之論吧？」

宋三清知道這「九現雲龍」裴叔儻，不但武功甚高，而且江湖經驗老到，嘴皮子上定然刻薄，但又不能不接這碴，只得皺眉問道：

「四靈寨何人妄肆兇橫？何事有悖武林道義？裴大俠儘管賜教，宋三清願聞其詳！」

裴叔儻微微一哂說道：「我們不談那些捕風捉影，無根無據之事，即以眼前之人而論，呂崇文小俠先人呂懷民大俠在生之日，以三十六路梅花劍法行俠江湖，仁義無雙，極受武林同道尊敬！晚年歸隱皋蘭，在他五十生辰，當眾毀劍，立誓不談武事之後，貴寨鐵爪金龍胡令主，哦！那時他叫『單掌開碑』胡震武，居然率眾尋仇，把一個人在病中，毫無反抗之力的呂夫人，傷在刀下，這是否有虧天理，有悖人情？宋令主請自衡斷！」

呂崇文被裴叔儻這一提往事，想起嚴父廳前殞命，慈母室內飛頭的斷腸經過，忍不住雙眼赤紅，猛挫鋼牙，幾乎勃然而起，虧得裴玉霜一旁好言寬慰，勸他暫忍忿怒，少時劍底較功，便可恩仇了了！

裴叔儻見自己一開口，便把胡震武窘得滿面通紅，宋三清也囁嚅難對，不由莞爾一笑又道：

「再以裴叔儻本身而論，貴寨江蘇太湖分壇主持人，倚仗貴寨聲勢，不但徵收太湖漁民極重規費，並逼迫擄掠所有稍具姿色的漁家少女，如此惡行，實屬天人共憤！我父女路過江蘇，得悉前情，才不顧我族兄位居金龍令主，而仗義挑去貴寨分壇，爲太湖漁民，除去一害！此舉一方面固然是爲民除害，一方面也是代替貴寨整頓壇下不肖弟子，私心正以爲兩頭落好，內外兼全，方不料這位傅令主率眾趕來，既不以真實武功對敵，卻用下流蒙

汗藥酒手段，劫持小女玉霜，老夫舐犢情深，只好束手就縛，被你們監禁在那座所謂正逆五行的九宮竹陣以內，這類行徑，是否卑鄙？老夫所言，有無半句虛語？也請宋令主當眾一答！」

「毒心玉麟」傅君平見這裴叔儻好生厲害，專揭自己這面見不得人的瘡疤，生怕他再說出「天香玉鳳」之事，豈不越發難得下台？遂想就此翻臉，不再論這些面子上的過節，方把兇睛一瞪，一聲：

「老狗休要嘮……」

「叨」字還未出口，裴叔儻毫無慍色地笑道：

「傅令主的這副兇威，少時請到台上過手之時再發，裴叔儻還有最後一事請教！」

宋三清知道對方非把理占全，問得自己這面無詞以對之後，這場惡架才打得起來，故而只得把掃帚眉一皺，龜目一瞇，極其勉強地含笑說了聲：

「裴大俠有話，儘管請講！」

「九現雲龍」裴叔儻尚係初會玄龜羽士，但從這份忍耐工夫之上，便可看出宋三清比傅君平確實高明不少！輕笑一聲說道：

「這一回的問題，容易答覆，貴寨之中，那原來的龍、鳳二靈何在？」

宋三清冷不防裴叔儻突然問到此事上面，方想怎樣答話妥當？傅君平已發話說道：

「裴伯羽、嚴凝素二人背盟負義、離棄本寨……」

言猶未了，堂外響起脆生生的一聲嬌叱：「傅君平！你這無恥狂徒再敢妄肆雌黃，顛倒黑白，我便叫你連這片刻光陰都活不過去。」

滿堂之人一齊爲這話聲所驚，閃眼往門口看去，只見當門站著一位宛如出水芙蓉，點塵不染的白衣女子，但嬌容含煞，鳳眼籠威，翦水雙瞳中的炯炯神光，直看得那位「毒心玉麟」傅君平從全身毛孔之中，暗沁冷汗。

來人正是慕容剛八年以來晝夜相思的「天香玉鳳」嚴凝素！

嚴凝素斥責傅君平以後，轉身向群俠這面走來，但與慕容剛眼光一接之下，兩人同覺微微一震，一個覺得對方英姿颯爽，未減當年，一個卻覺得心上人玉容清減，眉稍眼角之間添了幾絲幽怨！

他們八年以前，萍水奇逢，彼此傾慕，靈犀一點，脈脈相通！這種感情，真誠到了極處，也純潔到了極處！但睽違這久，訊息全無，誰也不知道對方那種含蓄未吐的似謎情懷有無改變？

如今在玄龜堂上再度相逢，雖僅刹那之間的目光一對，心中卻是一般熨貼！因兩人各自對方的眼神之中，感受到一份異常關垂。這種關垂，足以顯示出雙方原有的純摯真情，到如今居然絲毫未減，反而更深、更切！

說不盡的海誓山盟，轉多空語，而幽幽淡淡的眼波眉語，才最足消魂，這位鐵膽書生的魅力，可真不小，「天香玉鳳」的一臉英風殺氣，自從見了他以後，頓時化作了柳媚花嬌，白衣輕飄，暗香浮動，婷婷走到呂崇文身畔。

那平素調皮搗蛋的呂崇文，此時倒也文質彬彬地垂手起立，含笑說了聲：

「多年未見，文兒總和我慕容叔叔想念嚴姑姑，您好？」

「天香玉鳳」嚴凝素見呂崇文業已出落得這般英挺，前塵舊事不由反在心頭一幻，滿面含情地看了隔座的慕容剛一眼，微喟說道：

「呂梁一別，八載有餘，我一樣時常想念你們！你已長成大人，姑姑自然老了！」

抬手一掠雲鬟，就在呂崇文身畔坐下。

她雖然未與慕容剛直通款曲，但就這樣地輕輕一瞥，淡淡數語，卻暗中傳送脈脈真情！鐵膽書生固然領略得到，喜心翻倒！但對席所坐的「毒心玉麟」傅君平，何嘗不已看出端倪？只氣得醋火中燒，鋼牙亂挫，臉上都成了鐵青顏色！

「勾魂彩鳳」鮑三春見他這等神情，邪媚怪笑一聲，傅君平才滿面悻悻之色的，怫然起立說道：「是非二字，本難論斷，誰也自居光明磊落，而認爲對方是卑鄙小人！我們還是以強弱定曲直，擂台一會，來得乾脆。」

「玄龜羽士」宋三清見嚴凝素已到，妙法神尼卻未現身，也覺得免得夜長夢多，越快

解決越好！遂也接口說道：

「各位來我翠竹山莊主旨，無非印證武學，了斷恩仇，徒事虛言，無補實際，宋三清恭請諸位，後莊一會！」

「鐵膽書生」慕容剛、「天香玉鳳」嚴凝素及群俠方起立舉步，「展翅金鵬」顧清卻斷喝一聲：「且慢！」提起那包內被慕容剛點了穴道的「黑衣勾魂」刁潛的長大包裹，輕輕放在席前地上，對玄龜羽士笑道：

「這是我等奉敬一件足以證實貴寨磊落光明的禮物，宋令主收下之後，再往後莊過手不遲！」

「玄龜羽士」宋三清知道這包裹以內，定是使自己極其難堪之物，但眾目睽睽，又不能不理，遂朝胡震武略使眼色，胡震武會意走過，一解包裹，便知其中是人，但還未想到那黑白勾魂刁家兄弟身上！

這時「黑衣勾魂」刁潛因被綁得太久，雖然顧清替他留有氣洞，但也只剩奄奄一息！

宋三清一見這包裹之內，竟是那「黑衣勾魂」刁潛，知道刁潤定也遭受不幸，人家赴會拜山之時，自己這面居然有人在翠竹山莊附近加以暗算，又被對方擒來，委實無法解釋，凶心一起，爲了顧全顏面，竟向胡震武喝道：

「二弟！這是本寨中惡行甚大的叛寨之人，我曾傳玄龜旗令，擒他治罪！如今被慕容

大俠等送來，再好沒有，還不趕快代我正以寨規，等些什麼？」

胡震武聞言，也覺得事情逼得只有如此處置，右掌微沉，開碑掌力一發，那位「黑衣勾魂」刁潛立時嘴角微溢黑血，便告斃命！

宋三清不等慕容剛這邊有人發話挖苦，先行抱拳一揖說道：

「多承諸位，代本寨擒回叛徒，宋三清先行致謝，並爲各位大俠引路，擂台一會！」

群俠知道他們理屈詞窮，急於倚仗武力動手，遂含笑起立，魚貫而出。

慕容剛、呂崇文與嚴凝素三人走在最後，到得堂口之時，呂崇文故意搶先兩步，讓慕容剛與嚴凝素又交換了無限深情的含笑一瞥。

到得玄龜堂後，璇璣竹陣之前，雙方各分賓主在東西兩座看台以上坐定，「玄龜羽士」宋三清打量慕容剛這邊，除了先來的八人以外，加上裴叔儻父女，及最後趕到的「天香玉鳳」嚴凝素，共計十一人之中，至少有四、五人，是一等一的好手，自己方才訂以七陣賭輸贏，如今面臨對敵之時，調派人選，必須慎重，尤其是這第一陣，既不能挫了銳氣，又不便上來就以四靈令主等主腦出場，煞是難處。

目光一瞥歐陽智，歐陽智這次卻似有失軍師職守，不願獻策，偏頭他視，未加理會。

宋三清正在躊躇，對台上的小俠呂崇文，業已卓立台口，朗聲笑道：

「我們既然已到此處，還文縐縐地等些什麼？你們四靈寨中，不是自詡藏龍臥虎，好

手如雲麼?倘若真派不出人來，我便先尋胡震武老賊，一算當年皋蘭舊債！」

「單掌開碑」胡震武聽呂崇文一上來便向自己叫陣，心中雖然有點怯敵，但眾目睽睽之下，不能退縮，方待起身應答，突然耳邊響起一聲極爲宏亮的佛號道：

「阿彌陀佛！呂小施主且莫逞強，貧僧萬里遠來，先要會你一會！」

那位西域「四佛十三僧」中的離垢大師，站起身形，向胡震武合掌爲禮說道：「胡令主，請恕貧僧狂妄，我要先接一場！」

話完，僧袍一展，半空中宛如飄起一團黃雲，直向相隔四、五丈遠的擂台之上飛去！

離垢大師這一自動出手，「玄龜羽士」宋三清不禁笑顏逐開，因爲不但早已看出這位離垢大師是把極硬好手，並還可以就此窺察對方實力，徐定應敵之策，以求在七陣之中得到勝利！

呂崇文見離垢大師要與自己動手，知道定是爲那柄青虹龜甲劍之事，方待縱身上台，身旁也響起一聲「阿彌陀佛！」那位「天龍劍客」陶萍的師父，少林高僧道惠禪師，含笑和聲說道：

「呂小俠是今日主將，不必太早出手，讓我們三寶弟子，先親近親近。」

呂崇文知道這位道惠禪師澹於名位，其實一身功力，除了嵩山掌教以外，在少林一派之中，再無人可以匹敵，遂含笑側身，道惠禪師也不像西域僧人那樣劍拔弩張，僧袍擺

拂，步履從容地慢慢向擂台走去。

「天香玉鳳」嚴凝素與慕容剛在人前不好過分寒暄，但對那位裴玉霜姑娘，卻一見投緣，親熱已極。

嚴凝素在隨意問答之中，發現裴玉霜不但美貌大方，武功甚好，並對呂崇文甚爲投契，心中也覺高興，見道惠禪師業已上台會鬥離垢大師，遂回頭向呂小俠問道：

「那黃衣僧人離垢的裝束身法，分明是西域一派，他們足跡久絕中原，無由結怨，怎的一上來便找你過手做甚？」

呂崇文在嚴凝素身旁，含笑就座說道：

「嚴姑姑大概還不知道，文兒在北天山絕壑之中，得了一把寶劍，名叫『青虹龜甲』，是昔年大漠神尼故物。但因大漠神尼仗此劍在北天山絕頂劈死西域魔僧法元，西域一派視爲奇恥大辱，閉關苦練絕藝，如今聽說出了什麼『四佛十三僧』，要重進中原，尋找與大漠神尼有關之人及這青虹龜甲劍，以雪當年之恥！」

「天香玉鳳」嚴凝素聞言愕問道：「你那柄青虹龜甲劍呢？」

呂崇文遂又把西門豹中途盜劍之事，細說一遍，嚴凝素聽完說道：

「我師父妙法神尼，本是大漠神尼師妹，但因一位生平足跡不離大漠，一位也因事立誓，只在南海小潮音靜參佛法，不履中原，所以自離師門，即未見面，但師姊妹關係仍然

存在，西域一派，既欲找與大漠神尼有關之人，就應先往南海，怎的畏強欺弱？跑到此處橫生枝節則甚？」

呂崇文劍眉雙剔，眼皮一抬，微笑說道：「嚴姑姑別替文兒攬事，妳那句『畏強欺弱』，有點說得不對，你看文兒弱在何處？我上台把那西域和尚打跑好麼？」

三六
眼波銷魂

嚴凝素向慕容剛嫣然一笑說道：「慕容兄！你看你這文侄脾氣傲得多麼可愛？」

慕容剛正覺得這位心上人，昔年倜儻大方已極，但二度重逢，雖然眉語眼波，情意看來更為深切，表面上卻顯得見面生分，連一句話都沒有和自己說過；這一聽她借著呂崇文和自己說話，開口便是聽來令自己十分熨貼的「慕容兄」，高興之餘，卻弄得張口結舌、難以答話。

原來慕容剛覺得這稱呼上面，為難已極，尤其是在眾人之前，人家大大方方的一聲「慕容兄」，甚為恰當，自己若稱以「素妹」，未免有點肉麻，若叫「嚴姑娘」或者「嚴女俠」，又顯得太過生分，萬般無奈，窘得俊臉通紅，只得向嚴凝素含情一笑，避不作答。

也拿呂崇文解圍，微帶嗔色說道：

「文侄又犯你那傲慢之性，你不是弱，難道你還能強得過妙法神尼老前輩不成？你看台上情形，道惠禪師是當今少林一派中的數一數二高手，尚未能占得那離垢大師半點便宜，可見西門豹諄諄囑咐，加以警戒的西域『四佛十三僧』，豈是好鬥的麼？」

嚴凝素、呂崇文一齊回頭向台上看去，果然雙方較藝，已到勝負難判階段！

原來道惠禪師慢慢走上擂台，向離垢大師單掌問訊，離垢大師也合掌答禮，皺眉說道：

「貧僧與那呂崇文施主有一段因緣，亟須了斷，大師上下怎樣稱呼？何必代人出頭作甚？」

道惠禪師微笑答道：「貧僧少林道惠，呂小俠與『單掌開碑』胡震武有茹恨八年的殺母之仇，正欲互相了斷之時，大師上台插手，如今卻以同樣理由來責怪貧僧，倒要請教大師，你與呂小俠的那點間接因緣，就比人家殺母之仇來得重麼？」

離垢大師被他搶白得無話可說，他們「四佛十三僧」在西域藝成，意欲再會中原武學之前，曾把各門各派的主要高手詳細打聽，所以人雖未識，名卻早聞！

一聽來人竟是少林派中頂尖好手道惠禪師，自亦不敢大意，濃眉一皺，點頭說道：「大師既然如此說法，貧僧不再多言，我就領教領教少林絕學！」

道惠禪師微笑撤身，離垢大師也略退半步，二度互相施禮問訊，盤旋繞走，在台上活開步眼，然後往中一合，開招應敵。

離垢大師是用「秘宗拳法」進招，道惠禪師卻一點不敢小視對手，一開始就施展的是少林派中名震江湖的「十八羅漢掌」！

一對佛門弟子，各展所長地酣鬥了近六、七十回合，離垢大師首先不耐，一聲宏亮佛號宣處，拳法頓變，宛如驟雨狂風，飄忽詭辣已極！

道惠禪師認出對方換用西域絕學「飛龍七七掌」，自己不能怠慢，也自改以少林鎮寺

神功「痛禪八法」，二人由疾逾飄風不見人影，一直越打越慢，漸漸打到宛如兒戲一般，雙方身形招式均緩慢之至，而且一合即開，不似先前的硬打硬碰！

但行家眼內，卻知道雙方業已到了互拚勝負的最後關頭，一個在「飛龍七七掌」中，摻上了西域「大手印」神功，一個也在「痛禪八法」以內，加上了「金剛指」力！

互相蹈暇乘隙，輕不發招，但只一發招，在外表看來，輕輕出手，其實所含內家勁力，無不足以洞石穿金！任何一方，功力稍差，立時不死便帶重傷，端的情勢險惡無比！

「玄龜羽士」宋三清這面，對台上離垢大師安危，根本無動於衷，因爲離垢大師如勝，固然最佳，即或死在道惠禪師手中，也可因此與西域一派，加深敵愾同仇，沆瀣一氣，大增自己實力！

但慕容剛這面，卻個個關心，尤其「天龍劍客」陶萍，因道慧禪師乃是自己師叔，看出越是這樣勢均力敵，越是凶險，不由劍眉緊皺，向慕容剛低聲說道：

「慕容大俠！台上兩人，拚鬥得太已激烈，陶萍只怕……」

慕容剛尚未答言，那位「九現雲龍」裴叔儻業已接口笑道：

「道惠禪師是少林有數高僧，當然犯不上與這西域離垢和尙拚命相搏！老朽不才，去替他們兩位化解這場難解難分的爭鬥好了！」

話完，袖袍一拂，竟由看台之上，向斜空縱出三丈來高，在起勢將盡未盡之時，雙掌

劈空下擊，人又平升丈許，然後折腰躬身，雙足微再屈伸，便如一條天際神龍，向擂台之上，夭矯飛落！

半空中微笑發話叫道：「兩位高僧『飛龍七七掌』對『痛禪八法』，無分勝負，『大手印』對『金剛指』力，又是秋色平分，可見得天下武術俱是一家，分甚麼中原？又論甚麼西域？均爲三寶弟子，同尊一佛，總算有緣，看裴某薄面，且化干戈爲玉帛吧！」

離垢大師與道惠禪師正自欲罷不能，騎虎難下之際，裴叔儻來得正是時候，雙雙往外一分，倒依然不傷和氣的，各自說了一聲：

「阿彌陀佛！大師藝業高明，貧僧敬佩無已！」

裴叔儻等兩位佛門弟子，雙雙回轉本台以後，抱拳卓立，發話說道：

「『毒心玉麟』傅令主聽真，你雖然把我父女用下流詭計軟禁竹陣之中，但裴叔儻倒可淡然置之，並不一定非加報復不可！此次來到翠竹山莊，非爲私仇，只持公義，欲與各派群俠合手掃蕩橫行霸道、多行不義的不良寨會！至於尊駕本身，由於平時行爲乖謬，今日要向你索債之人太多，就是那位『天香玉鳳』嚴女俠，她的靈龍軟劍之下，便自饒你不過！裴叔儻不揣鄙陋，先要向你領教領教輕身功力，也算七陣定輸贏的其中一陣如何？」

傅君平見這裴叔儻當著衆人之面，指名斥責自己，不由氣憤已極，正待起身上台，「玄龜羽士」宋三清則因四靈寨平時倚勢驕狂，根本未把這些武當、少林各派看在眼內，

如今見這少林道惠禪師一身功力，竟自頗爲驚人，則那幾個自己先前看不起的道人，可能均是武當高手。

言明七陣定輸贏，對方慕容剛、嚴凝素、呂崇文等好手，一個未出，第一陣業已平分秋色，第二陣因之關係加重，千萬挫敗不得！

傅君平對裴叔儻當然絕無敗理，但眼看那位金蘭之好，變成生死冤家的「天香玉鳳」嚴凝素，手按靈龍軟劍劍柄，鳳目之中，噴射無窮怒焰，躍躍欲起的情形，實不能聽憑傅君平隨意耗費精力！因爲多年結盟兄妹，嚴凝素不是不知道傅君平武學絕不比她稍弱，而居然敢孤身問罪，極可能此次在南海小潮音得了妙法神尼的甚麼秘傳武學。

不過傅君平身有天南三寶，只要事先不讓他消耗過度精力，定可無虞，然則這裴叔儻指名索戰的當前一陣，卻以何人應付爲當？

正在籌思之時，忽然想起裴叔儻是約比輕功，這位本寨護法「璇璣居士」歐陽智，豈不是最好人選？

但奇怪的是，歐陽智平日贊襄擘劃，不遺餘力，自群俠赴會以後，卻變得萎萎靡靡的，精神不振起來！

道理還未想通，傅君平業已離座欲起，宋三清不遑深想，一面攔住傅君平，一面向歐陽智笑道：「歐陽護法，勞神代我三弟，接這一陣！」

歐陽智點頭笑道：「宋令主，你說哪裏話來？歐陽智是你座下之人，隨意差遣，怎當得起『勞神』二字？不過這位裴叔儻，人稱西南大俠，得號『九現雲龍』，就憑方才排難解紛之時，所顯露那一手『龍翔鳳翥』身法，歐陽智恐怕要有負宋令主厚望，替本寨丟人現眼！」

「玄龜羽士」宋三清含笑說道：「歐陽護法不必太謙！七陣之中，這才是第二陣，勝負之數，毋庸過分縈懷，何況你那一身輕功絕技，未必定在人下呢？」

歐陽智微微含笑，也不再言，走到台口，並未作勢，雙足一點，便自平縱而出。

擂台原比看台略高數尺，歐陽智這一縱，縱得與眾不同，宛如一條直線一般，毫未向上斜拔，直等快到擂台之時，空中袍袖一展，人便突升四、五尺高，輕輕落足，依然滿面笑容，神態暇豫已極。

這一種身法，名叫「野鶴孤飛」，看似平淡無奇，其實相距四丈來寬，這樣毫無角度的平平飛渡，委實難到極點！連「玄龜羽士」宋三清等人，均還是第一次看見歐陽智如此賣弄，不由耳相顧盼，流露得色，「單掌開碑」胡震武更是首先鼓掌，叫起一聲「好」來！

群俠這面，也紛紛為歐陽智的絕世輕功讚嘆，尤其是「鐵膽書生」慕容剛，竟自神色巨變，向呂崇文低聲問道：「文侄！你可注意到這歐陽智的輕功是何門派？」

呂崇文正想說話，聽慕容剛一問，皺眉答道：

「侄兒正在生疑，這歐陽智的輕功身法，竟又與西門豹老前輩一種路數，但比西門老前輩高出許多！我們前番暗探玄龜堂之時，歐陽智不是也曾一眼便指出我們用的是西門豹易容丹藥？可惜西門老前輩用我青虹龜甲劍誘騙西域僧人未返，不然歐陽智與他是何淵源？一問便可知曉！」

慕容剛心頭依舊疑雲難解，但越想越覺糊塗，只得暫且撇開，注意目前較技之事。因爲這場事先說定，是較量輕功，無甚凶險！故而兩面看台以上諸人均能放鬆心情，仔細欣賞兩位名家罕見難逢的一場比賽！

「九現雲龍」裴叔儻對這歐陽智異常客氣，雙手抱拳，一躬到地，含笑說道：

「想不到傅君平時到今日，仍然要端他那轉眼成灰的玉麟令主身分，不肯上台賜教；但裴叔儻對歐陽護法心儀更久，能藉此機緣，親近親近，足慰平生，我們是怎樣應酬一下？」

歐陽智也是深深還禮，藹然答道：「歐陽智山野俗士，裴大俠不必過分謙光，今日各派群雄，高手雲集，我們還是儘速了斷，不要耽誤旁人，裴大俠劃條道吧！」

裴叔儻微微含笑，略一尋思，向歐陽智說道：

「在這擂台之上，較量輕功，實在很難想得出甚麼新鮮花樣，何況各種功力之中，輕

功一項，因無固定規律，也最難比較！但今日來這翠竹山莊參加大會，全是武林以內的絕頂高手，普通俗技未免惹人訕笑，若依裴叔儻之見，我們不如來個前所未見的『憑虛躡步，九節歸元』。各用一支木杖，折成九節，雙方在這種擂台台口，左右分立，往前騰身，然後就用這九節短短木橛，做爲借力，在空中任意盤旋，但第九節木橛用完，必須仍然回到擂台以上的原立之地！歐陽護法適才那一手『野鶴孤飛』，業已顯出輕功絕世，可嫌裴叔儻這個題目，仍然太俗氣麼？」

三七 圖窮匕現

歐陽智哈哈笑道：「裴大俠，你想得好漂亮的名目，『憑虛躡步，九節歸元』。歐陽智真有點不敢獻醜！但既遇高人，總得勉強步武，我們不必同時騰身，還是一先一後，來得清楚，歐陽智要占點便宜，裴大俠先請！」

裴叔儻微微一笑，見這擂台兩旁的兵器架上，各種兵刃俱全，遂隨手抽了一根齊眉木棍，略一比量，極其勻稱地用手截成九截，說了一聲：

「歐陽護法！裴叔儻遵命，先行獻醜！」

他在未拋木棍之前，先運內家真力，把擂台台板，暗中踏出了三、四分深的足印，然後才往左上方，輕輕拋出一截短棍。人也同時飄身，就在腳尖點到第一根短棍之前，第二根短棍又已拋出！

「九現雲龍」裴叔儻把一身輕功絕技，盡量施展，就利用一根齊眉木棍，所截成的九段短短木撅做爲借力，人在空中宛如蜻蜓點水一般，乍落乍起，美妙已極地走了一個半圓弧形。

等第九段短棍拋完，恰好回到擂台之上，由「燕子穿簾」之式，轉化成「平沙落雁」，半點不差地輕輕落在先前離台之時，所踏出的兩個足印之內。回身抱拳，向歐陽智笑道：

「歐陽護法，裴叔儻僥倖不曾作法自斃，但已捉襟見肘，貽笑大方，拋磚引玉，敬觀

歐陽護法絕學。」

歐陽智手往台下一指，向裴叔儻說道：「裴大俠這種絕技輕功，真可稱得稀世罕見，還和歐陽智來甚麼謙遜客套？光看你那些踏落木棍的分佈情形，就知道九現雲龍名下無虛，隨處皆能驚世駭俗的了！」

東西看台之上，除有數人以外，只覺得裴叔儻身法靈妙，前所未見；聽歐陽智如此一說，才一齊注意台下，只見那九段短短木橛，均是端端正正的，做半圓形插入沙中，每段之間的距離及露出地面的長短，完全一致，絕沒有一點稍微例外！

裴叔儻知道歐陽智這是故意點破，替自己露臉，微微含笑說道：

「歐陽護法，休得過分捧場，裴叔儻尙有自知之明，我這薄技，雖算不太俗劣，但仍難入歐陽護法法眼！請自施爲，令裴某一開眼界如何？」

歐陽智也找了一根齊眉木棍，截成九段，但他這截法卻和裴叔儻略有不同，他是截了八段同一大小，另外一段，卻長有一尺。他也不必另外做甚形勢，就站在裴叔儻所踏的足印之中，把手一揚，一段小小木橛，便向正前方飛出；四段木橛出手，人已躍離擂台約有三丈左右。

歐陽智第五次拋的那最長的一段木橛，雙足剛點這段木橛，第六段已由頭上向後反拋，人也藉那一點之力，一個「喜鵲倒登枝」，雲裏翻身，落足方才所拋木橛之上，同時

第七段木樧，又已向後抛去！

這種輕功身法，鎮得兩台群雄，鴉雀無聲。

「玄龜羽士」宋三清固然以爲這一陣已得勝利，喜容滿面，連夙以七禽輕功自詡的小俠呂崇文，也不禁衷心暗佩，而向那以爲爹爹已敗，噘著小嘴生氣的裴玉霜姑娘，好言慰解！

哪知歐陽智一路倒縱，均是穩準已極，但由第八根木樧借力，往最後一根木撅倒縱之時，也不知是抛得欠準，還是足下欠穩，竟然未能落足木樧中心，幾乎由半空閃落，急忙雙臂連抖，連用了兩次「細胸翻雲」，在玄龜羽士等人失聲一嘆之中，算是足未沾地的翻上擂台。

但落足之處，當然不會再在原地，滿面含羞地向裴叔儻抱拳說道：「歐陽智不自量力，好高騖遠，甘拜下……」

甘拜下風的「風」字，尚未出口，遠遠一聲暴叱：「二弟且退，愚兄要向這歐陽匹夫，算一算在王屋山中暗地傷我三針的舊債！」

人隨聲至，宛如神龍掠風一般的一條人影飄上擂台，正是那位四靈寨昔日的金龍令主，「雙首神龍」裴伯羽！

裴叔儻見族兄要與歐陽智清算舊債，不便多言，把手一拱，返回本陣。

玄龜羽士等人也是一陣紛紛計議。但最關心的卻是小俠呂崇文，因為他看見裴伯羽腰下懸著一柄長劍，形式卻與自己所用，被西門豹中途盜走的青虹龜甲劍一般無二！

裴伯羽卓立台中，戟指歐陽智說道：「三根九絕神針之賜，裴伯羽今日復仇，但我知你九絕神針共分兩種，昔日你在林中未用那見血封喉，當時斃命的一種對裴某下手，今日我也略留餘地便了！」

歐陽智冷冷笑道：「彼此勢成水火，誰管你留不留情？何況歐陽智這一雙肉掌，也未必便輸於你？」

話音未了，「白猿獻果」一掌隱挾勁風，業已當胸遞到！

裴伯羽哈哈一笑，「丹鳳撩陽」往外便開，歐陽智知他素以掌力稱雄，不敢硬接，方一撤掌變招，裴伯羽就憑這一奪得先機，立時施展自己數十年浸淫絕學「嵩陽大九手」，把歐陽智圈在一片掌風之內。

五十回合以內，歐陽智尚能憑藉一身極高輕功騰挪閃展，五十回合外，即感不支，玄龜羽士環顧座上，能有把握勝過裴伯羽的，只有自己一人，連「毒心玉麟」傅君平若不用天南三寶，也不過平手而已。

正在籌思怎樣應援歐陽智之時，目光一瞥，暗叫不好，但歐陽智業已慘叫一聲，受傷倒地。

原來裴伯羽此來另有因由，他計算時間，翠竹山莊之會，似以越早結束越好，遂不耐與歐陽智久磨，「山崩石裂」、「龍躍天門」，兩掌排山倒海一般地奮力狂襲，然後乘著歐陽智招架慌忙，足下略現不穩之時，右掌一穿一黏，將歐陽智護身左掌，引至外門，乘勢進招，一掌正好震在乳下「期門」穴上，歐陽智慘叫一聲，騰騰騰地退出四、五步去，撲倒台板之上！

裴伯羽冷笑一聲，面向玄龜羽士等人發話說道：「裴伯羽掌下，已留三分真力未發，還不趕快將這爲虎作倀的匹夫抬下去？」

此時歐陽智業已支撐起立，由値守擂台寨徒扶至台下。

宋三清掃帚眉緊皺，扭頭對胡震武說道：

「裴伯羽在拳力方面，造詣極高，歐陽護法這一掌，看來挨得不輕，你去陪他到璇璣竹陣的秘室之中休息，並與他服下我的師傅靈藥『百轉金丹』，看看情形如何，再來告我！」

說罷，並自懷中取出一粒丹藥遞過，胡震武領命攙扶歐陽智，歐陽智尙欲掙扎帶傷回歸本陣，「玄龜羽士」宋三清向他遙爲擺手，表示不必！

到得璇璣竹陣的陣眼秘室殿中，歐陽智服下玄龜羽士所贈的「百轉金丹」，再自行調息運氣，精神業已恢復大半，眼珠一轉，向胡震武說道：

「今日情形不對，雙首神龍、『天香玉鳳』已來，南海妙法神尼可能也在暗處。而我們倚仗大援的西域四佛十三僧，卻遲至此刻尚未見到，所以據我推測，四靈寨可能劫數臨頭，翠竹山莊即將冰消瓦解。玉麟令主平日樹敵結怨太多，群起環攻，恐無倖理，玄龜令主則一身絕世武功，應可自全；至於胡兄，因呂崇文懷恨而來，處境亦屬至險……」

「單掌開碑」胡震武也覺得今日始終眼跳心驚，兆頭不好，再聽歐陽智這一番話，越發心神不定，方想問計，歐陽智又在目光之中，顯出一種極爲關垂的神色說道：

「但歐陽智在四靈寨中與胡兄交好甚厚，自然要做一安全打算！」

胡震武感激異常，連連稱謝。

歐陽智指著自己所坐的圓形石椅，向胡震武笑道：

「歐陽智平生做事，未慮進，先慮退，當初建這璇璣竹陣之時，就曾經預留一條秘密退路，胡兄少時若見情勢果然被我料中，到了極端危險當頭，可悄悄到此，把這只石椅，用力左旋三次，右旋一次，再復左旋三次，便可現出一條秘道，直通至二十里外王屋山的一片密林以內！」

說完起身，叫胡震武照所說旋轉之法施爲，果然地上現出一個黑黝黝的大洞！

胡震武脫身有術，不禁大喜，歐陽智一面命他把石椅還原，一面命他稍待。自己起身走入裏間，約有盞茶時分，取出一個信封，封固嚴密，交與胡震武道：

「歐陽智自入翠竹山莊，備承玄龜令主看重，今日在這危急之秋，雖然力不敵人，但也要設法為本案除去幾名勁敵，此信信箋之上，塗有劇毒藥粉，凡拆閱此信之人，無不立死！胡兄覓一適當時機，差人將此信送與你那對頭仇人呂崇文，或可以為你斬草除根，永絕後患！歐陽智人前蹉跌，無顏再留，在此稍微歇息，便要回我那仙霞嶺一元谷，玄龜令主之前，自會留書道別，胡兄暫時保密，不要提起，免得擾亂各位令主心神，場上需人，請從此別，他日有緣，再圖後會！」

「單掌開碑」胡震武見歐陽智為自己設想得如此周到，心中感激得簡直無可言宣，聽他要走，雖然頗為惜別，但知目前形勢艱危，除非四佛十三僧及時趕到，否則勝負之數，已可預卜，怎能阻止人家全身而退？所以接過信封，與歐陽智執手欷歔半天，才黯然獨自走出璇璣竹陣。

回到雙方較技之處，但此時擂台之上，鶯嗔燕叱，鳳舞鸞翔，業已籠罩了千重劍氣！

原來裴伯羽等歐陽智被胡震武攙走，轉身遙向呂崇文抱拳笑道：

「西域僧人要來中原生事，已由我西門老友借用呂小俠的青虹龜甲劍，誘往四、五百里以外，裴伯羽受託在中途將劍換回，以備掃蕩群魔之用，我還要會會那般倒行逆施的無義之人，呂小俠請自接劍！」

手籠腰間劍柄，連鞘摘下，潛運內家真力，脫手一甩，便自隔台飛過。

呂崇文輕舒猿臂，接在手中，出鞘半寸，青芒奪目，微作龍吟，果然正是自己之物。

正待向裴伯羽稱謝，「天香玉鳳」嚴凝素業已素面凝霜，向慕容剛說道：

「小妹要向慕容兄討支將令，會會傅君平那無恥狂賊！」

「天香玉鳳」嚴凝素對傅君平懷恨之切，慕容剛自然深知，不便攔阻，只得低聲說道：「傅君平為了此會，遠赴高黎貢山，求來天南三寶，霸道非常，其中尤以……」

嚴凝素已從慕容剛真摯目光之中，領略到了深切關垂情意，接口低聲笑道：

「慕容兄深情，小妹至感，但家師業已密傳有術，足可防身，請釋懸念；不過家師對小妹此次尋仇，限期覆命，故於與傅君平一戰之後，即須遠行，無暇敘舊……」

話猶未了，見慕容剛眉梢眼角，業已滿掛離愁，不禁喟然嘆道：

「九載睽違，一旦重逢之下，又將分手，委實令人離緒難排，但好在家師有語，請慕容兄暇時南海一遊，小妹在『小潮音』等你便了。」

說完不再多言，秋水含情地深深看了慕容剛一眼，幽香散處，飄然離座，縱上擂台，向裴伯羽笑道：「二哥……不，四靈寨結盟之義已絕，我應該改叫大哥，請回東台稍歇，小妹要向傅君平索還一筆舊債！」

裴伯羽微微含笑，說了一聲：「賢妹小心！」便自縱到東台，與慕容剛等人敘舊。

呂崇文疑懷難釋，首先問道：「裴老前輩，我那西門老前輩少時可會也來翠竹山莊參

與此會？」

裴伯羽搖頭笑道：「這位西門老友，真可稱得起是方今江湖之上的第一奇人！宛如天際神龍，不可捉摸，裴伯羽受人之托，忠人之事，此時尙未到揭開他一切安排之時，呂小俠暫時且自參詳這悶葫蘆吧！」

呂崇文心中真渴想那位西門豹，但裴伯羽不說，也無可如何，台上情勢又緊，遂只好暫時撇開，一心觀戰！

「天香玉鳳」嚴凝素自裴伯羽走後，即向「毒心玉麟」傅君平指名叫陣。

傅君平雖然內疚，但也不好避不出頭，正待應聲上台，身邊坐的「勾魂彩鳳」天慾仙子鮑三春，因已把傅君平視爲禁臠，又知道他對「天香玉鳳」向所垂涎，更看見嚴凝素那副宛如洛水神仙般的天姿國色，自己一比，形穢多多，不由妒心大起，伸手攔住傅君平，媚笑說道：

「你連宵策劃，且多歇歇精神，我去替你把這賤婢打發就是！」

生恐傅君平攔阻，最後的「就是」二字尙未出口，人已向前縱出，半空中獨門兵刃「勾魂彩帶」不停揮舞助勢，勁風呼呼，又是一身彩衣，真像一隻彩鳳一般，直向擂台飛去。

傅君平因知鮑三春武功方面，雖也自成一家，若與「天香玉鳳」嚴凝素爲敵，恐怕難

操勝算，但人既縱出，傅君平只得探手懷內，緊握那柄「淬毒魚腸」，凝神掠陣，以便隨時援助。

「天香玉鳳」嚴凝素此來除了向傅君平尋仇，並一晤慕容剛以外，本不想與其他人動手；但她自返翠竹山莊，多少總有幾個以前的親近之人，告知四靈寨中的近來各事，嚴凝素聽說竟弄來這一個妖媚女人，接掌自己遺位，心中業已早種厭惡之念，此時再一看她賣弄輕功，手舞勾魂彩帶，縱上台來的那副蕩逸神情，越發動火，一語不發，探手腰間，撤下自己那柄長約四尺，寬如柳葉，而又柔若靈蛇的奇形軟劍，微運真力，立時堅挺，橫舉胸前，冷然待敵。

三八 搏命之戰

鮑三春本來想用自己最擅長的污穢下流言語，對「天香玉鳳」嚴凝素凌辱一番，但一上擂台，竟爲對方那種高雅氣質所鎮，下流言語，一句說不出口。

見嚴凝素橫劍待敵的那種絕世英姿，越看越覺得自己不舒服起來，低叱一聲：「妳不過長得漂亮一點，神氣甚麼？接接妳家鮑仙子的勾魂彩帶！」

雙手一抖一揚，兩根「勾魂彩帶」宛如兩道彩虹，一條由上往下，一條由左往右，向「天香玉鳳」嚴凝素疾捲而至。

她這「勾魂彩帶」，是用五色生絲雜以合金細線織成，兩端特別加厚，邊沿之上，密佈倒鉤，寬約六寸，長達八尺，一經運足內家真力，飛舞開來，七、八尺方圓以內，全是疾風勁氣，五色繽紛，耀眼生眩，而且遇物即纏，遇硬即拐，倒真是一件難以應付的奇異兵刃。

但「天香玉鳳」是何等人物？手中那柄靈龍軟劍，也是剛柔並濟，與鮑三春的「勾魂彩帶」異曲同工，凝勁一吐，「日月雙挑」劍尖寒光一閃，正好點在勾魂彩帶的兩端帶頭之上！

鮑三春見對方如此行家，劍點帶端，使自己這兩條得意兵刃的纏鎖之力無法施展，遂一撤勾魂彩帶，嚴凝素趁機進擊，步踏中宮，劍隨身走，明晃晃、冷颼颼的一柄靈龍軟劍「織柳穿花」，向鮑三春丹田點到。

鮑三春飄身避劍，勾魂彩帶一抖，不執帶尾，改執中央，甩起四條五彩長蛇似的帶身，向「天香玉鳳」嚴凝素執劍右腕纏去。

因為兵刃是一寸長、一寸強，一寸短，一寸險，鮑三春若與尋常人動手，勾魂彩帶橫飛亂舞之下，七、八尺方圓以內，確實威勢無倫；但如今一開始就被嚴凝素欺近身來，有點捉襟見肘，應付為難，所以心存警惕，改執彩帶中央，把兵刃縮短一半，與對方那柄靈龍軟劍彷彿。

「天香玉鳳」嚴凝素見鮑三春武功還真不算弱，也自一改先前瞧她不起的輕視之心，推劍撥開纏向自己右腕的勾魂彩帶，一聲清叱，身如鳳舞，劍賽龍翔，施展出自己的一套得意絕學「靈蛇劍法」。

鮑三春哪敢待慢？凝神一志，把勾魂彩帶舞成一片彩雲，竭力抵敵，一面卻眼珠亂轉，要想蹈暇乘隙，暗發自己的下流暗器，迷香毒彈！

「單掌開碑」胡震武自在璇璣竹陣之內，被歐陽智傳了脫身之法走出，心中總還盼望情勢不致惡劣到那般地步，但一望台上，鮑三春被「天香玉鳳」嚴凝素圈入一片劍影之內，暫時雖然尚可支撐抵敵，業已顯落下風，「毒心玉麟」傅君平也面帶惶急關切之色，凝神待援，果然兆頭不妙！

「玄龜羽士」宋三清見他回來，皺眉問道：

「胡二弟！歐陽護法的傷勢，可有大礙？」

胡震武一想，此時若說歐陽智業已見機而退，玄龜羽士定然更覺憂心，遂只得謊言答道：「歐陽護法服了百轉金丹之後，已然無妨，現在璇璣竹陣的秘室之中調息，他叫我轉告大哥，萬一事急之時，不要忘了我們的撒手之策！」

「玄龜羽士」宋三清獰笑一聲說道：「我與二弟、三弟尚未出手，今日勝負誰屬，猶自難定，真要是對方過於猖狂，我便叫他們一齊碎骨粉身，半縷殘魂也出不了翠竹山莊以外！」

胡震武不知東看台下埋有大量地雷火藥之事，以為玄龜羽士故作豪語，方把濃眉一皺，那位西域離垢大師，來時自詡身懷絕世武功，話說甚滿，傅君平等人也對他尊若上賓，哪知頭一陣雖然未敗，但也未討了便宜，與少林高僧道惠禪師平分秋色！

如今既見四靈寨形勢不佳，又見裴伯羽把青虹龜甲劍帶來，說是已把自己一行的其餘四佛十二僧誘往數百里外，遂向「玄龜羽士」宋三清問道：

「請問宋令主，此處附近，以何處地勢最高？」

宋三清對他仍甚客氣，含笑答道：「離此約二、三十里，西北方向的『上天梯』，比較最高，大師問此何事？」

離垢大師答道：「一來貧僧低估中原武學，到此未能與令主效勞，心內難安，二來青虹龜甲劍既在此處，貧僧要催我那些初到中原，被人計誘追向歧路的師叔、師弟們趕快來此，所以要找一個較高之處，施放我們西域門下有急事呼應的『天星旗火』。」

這「天星旗火」，「玄龜羽士」宋三清倒聽說過，這是西域一派獨創的互相呼應之物，凡屬西域門下，看見這種旗火升空，必須也將身邊所帶同樣放起，這樣一來，在極短時間之中，可以招聚十里內的同道好手，共禦強敵。

宋三清不是看不出目前情勢極具危機，只因身為主帥，非強作鎮靜不可；如今聽離垢大師自動要以天星旗火召集西域之人，自然高興滿口稱謝，並派了一名得力弟子，隨侍離垢大師同往。

這裏離垢大師一走，擂台之上，也已到了緊張階段。

「天香玉鳳」嚴凝素此來蓄意搏殺傅君平，對這鮑三春遂未肯用盡全力，但因鮑三春確是技遜一籌，百招以內，尚可勉強應付，時間一長，因招招均須提足真氣，貫注四梢，使手中兩條勾魂彩帶，忽而軟若柔綿，忽而堅若精鋼，才能招架「天香玉鳳」嚴凝素神妙無倫的一柄靈龍軟劍，自然越戰越覺不濟，額間雖未見汗，但已心跳加速，喘息微聞。

嚴凝素知她敗在頃刻，身形劍式益發加疾，宛如靈貓戲鼠一般，使鮑三春險象畢露。

「毒心玉麟」傅君平知道自己再不上台援手，鮑三春必無倖理，方一起身，走到看台台口，對面看台中的「鐵膽書生」慕容剛，也已走到台口，向自己抱拳笑道：

「台上女俠與鮑令主勝負未分，我們最好不要亂了章法，傅令主倘如有興，慕容剛奉陪幾手如何？」

傅君平在雲夢澤中嘗過鐵膽書生厲害，一見是他出頭，心中先有三分怯意，加上慕容剛以江湖過節不能亂了章法相責，只得冷笑一聲說道：

「慕容剛你有甚麼了不起的能力，何必如此張狂？昔日雲夢澤中，若非鐵木賊禿來得太巧，你豈不早在傅君平的天南三寶『飛雷壍』之下碎骨粉身，化爲惡鬼？如今『勾魂彩鳳』鮑仙子尙有殺手未曾施展，你以爲嚴凝素賤婢的那幾路靈蛇劍法，就真足以睥睨一切麼？」

他這末後數語，是以傳音入密氣功發出，用意在於提醒擂台上的鮑三春，趕快施展迷香暗器。

哪知他一番好意，卻成了「勾魂彩鳳」鮑三春的喪命之符！

鮑三春何嘗不早就想施展自己的得意暗器，但因嚴凝素靈蛇劍法瞬息百變，快捷無倫，竭力招架尙且不及，哪裏還有機會騰出手來？一面動手一面心中暗怨，傅君平空自與自己海誓山盟，此時眼看危機一發，怎的還不快來援手？

銀牙緊咬，暗恨薄倖之間，突然瞥見傅君平已然起身，走向台口，不由大喜，心神略分，已被「天香玉鳳」嚴凝素一招「玉龍盤空」，蕩開勾魂彩帶，攔頭橫削！

鮑三春亡魂俱冒，趕緊以「觀音坐蓮」之式，塌腰避劍，縮頸藏頭，寒風過處，一綹青絲業已隨劍而落！手中彩帶雙揮，佯似攻敵，實則雙足輕點，倒退數尺。

「天香玉鳳」如影隨形，靈龍軟劍，回環掃蕩，跟蹤又到！

鮑三春正詫傅君平怎的還不見到？但已無暇再看，勾魂彩帶不停飛舞，連擋嚴凝素疾攻三招，傅君平運氣傳聲的那句話，也已入耳；這才知道傅君平是被「鐵膽書生」慕容剛攔住，無法赴援，但話中含意，業已聽出，趁著嚴凝素「巧女穿針」一劍分心刺到，勾魂雙帶自下而上，猛然一抖，正好纏繞在那柄靈龍軟劍以上！

「天香玉鳳」嚴凝素見這鮑三春分明真力將竭，卻仍敢以帶纏劍，心中未免有點不解，故意抽劍稍慢，容她雙帶纏上微運七成真力，向外一領！

鮑三春藉勢撒手，縱退台邊，在腰下一探一甩，五粒紛紅色的迷香毒彈，分成上中下左右，成梅花形的向「天香玉鳳」嚴凝素飛打而至！

「天香玉鳳」嚴凝素當日在南雁蕩山，傅君平的無恥獸行之下，幾乎喪失清白，就是偶然疏忽，中了一塵的柔骨迷煙所致，被澄空化名的鐵木大師救回南海以後，哭訴恩師妙法神尼座前，妙法神尼冷冷一笑，問明她近年經過，當時即傳授她一套自己新近參出的佛門秘學「伽羅十三劍」。

嚴凝素蓄意雪恥，晝夜不懈，本人天資極好，悟性又高，在極短期間，練熟「伽羅

十三劍」，恰好四靈寨與群俠訂約之期亦屆，妙法神尼遂遣嚴凝素仗劍尋仇，囑咐她這套「伽羅十三劍」係新近研創，尚未爲世曉，近來靜中參悟，在心靈感應之中，彷彿更有一場莫大浩劫將臨，連自己不履中原的誓言，恐怕都要打破，所以這套劍法，除對傅君平一人以外，不准妄用，並在雪恥復仇之後，立即回轉南海小潮音覆命！順便可約那位「鐵膽書生」慕容剛閒中來此一遊，看看人品究竟怎樣？

「天香玉鳳」嚴凝素知道恩師已在話中聽出自己垂青鐵膽書生，含羞領命，正欲叩辭，妙法神尼又給了她一小瓶丹藥，說是四靈寨無恥已極，正式對敵動手不怕，但那些下流手段，卻不可不防！這瓶丹藥，專解各種迷香媚藥之類，到了四靈寨以後，必須時刻含在口中，即可無慮。

嚴凝素一朝被蛇咬，十年怕井繩，自從重返翠竹山莊，香舌以下，便始終含有靈藥，所以見「勾魂彩鳳」鮑三春所發之彈色作粉紅，知道果是迷香暗器，銀牙一咬，殺念已生！

鮑三春迷香毒彈出手，見「天香玉鳳」嚴凝素居然不躲，心中正在得意，波波連聲，五粒毒彈，業已連珠爆散！

登時擂台之上，彌漫一片粉紅的氤氳煙光，她這種毒彈不但迷神，更兼亂性，端的毒辣已極，所以那片粉紅氤氳煙光一起，不但鮑三春得意地不住格格蕩笑，連在西看台口的

「毒心玉麟」傅君平，也以為「天香玉鳳」嚴凝素這回插翅難逃，自己只要設法說服鮑三春，便可恣意顛狂，一親上次到口又被逃去的玉人香澤！

哪知鮑三春蕩笑聲猶未了，突然微做驚呼，雙足一點擂台邊沿，倒縱而起！

「天香玉鳳」嚴凝素白衣飄飄，連人帶劍，化作一道銀虹，從那片粉紅煙光之中，凌空飛起，直向鮑三春撲去！

「毒心玉麟」傅君平知道不好，不顧一切地縱身往援，他這裏心懸鮑三春，「鐵膽書生」慕容剛何嘗不是關切「天香玉鳳」？兩人同自東、西看台往中一合，凌空對了一掌，疾風勁氣怒捲之下，鐵膽書生含笑飄然落地，毒心玉麟卻被人家震得斜出六、七尺遠，臟腑之間，一陣翻動！

就在這刹那之間，「天香玉鳳」嚴凝素痛惡鮑三春下流無恥，半空中劍演師門絕學「楊枝度厄」，轉化「鐵鎖沉江」，鮑三春是倒縱而出，正好被嚴凝素一劍刺進丹田小腹，半空中一聲慘哼，血花四散，已然飛魂斃命！

玄龜羽士「唉」的一聲，「毒心玉麟」傅君平卻目眥俱裂，向嚴凝素咬牙道：「嚴凝素！妳好狠心腸，我收殮四妹以後，再和妳一搏生死！」

嚴凝素眉籠殺氣，面罩寒霜，冷冷答道：「這種邪娃蕩婦，人人得而誅之，少時你的下場，必然比她更慘！」

傅君平目射兇光，彎腰抱起鮑三春遺屍，走出場外，吩咐手下妥爲埋葬。

慕容剛湊前一步，在嚴凝素耳邊低低說道：「少時傅君平必然拚命來鬥，素妹且回東台，歇息片刻！」

嚴凝素被他這低低一聲「素妹」，也叫了個素面通紅，抬手微掠雲鬢，似羞似喜的嫣然一笑。

慕容剛乘著近處無人，鼓足勇氣，叫了一聲「素妹」，正在提心吊膽，生怕唐突玉人，見她這副神情，分明不以爲忤，不由心花大放。

兩人回到東台。呂崇文笑道：「嚴姑姑！妳方才凌空發劍，由『楊枝度厄』轉化成『鐵鎖沉江』，威力之大，還在其次，身法簡直美妙無倫，有暇之時，姑姑教我幾手南海劍法好麼？」

嚴凝素失笑說道：「你小小年紀，便身兼宇內雙奇，無憂、靜寧兩位老前輩的秘傳絕學，我這幾手靈蛇劍法，算得了什麼？到是少時我鬥那『毒心玉麟』傅君平之時，可能會施展一套我恩師新近研創的『伽羅十三劍』，你如看得愛好，他年我轉懇恩師，獲允之後，傳你便是。」

呂崇文雖然不知這「伽羅十三劍」威力如何？但聽嚴凝素要在拚鬥傅君平之時才肯施展，可見必然精妙，大喜過望，連連稱謝。

西看台上的「玄龜羽士」宋三清，這時心情沉重已極！歐陽智身受掌傷，鮑三春業已殞命，看這情形，平日武林之中，不是沒有好手，大概彼此聲勢難通，無人領頭號召，以致力量單薄，不敢與四靈寨正面相對。如今「鐵膽書生」慕容剛及呂崇文同來的七、八人之中，尙有幾個武當道士未曾動手，善者不來，衡量方才少林道惠僧人，與離垢大師一場秋色平分的狠鬥水準，可能個個非凡，自己手下這些自以爲狠天狠地的香主們，連尙有幾分真實本領的關中雙鳥李氏兄弟算在一起，倘一登台恐怕全是白搭！

然則自己這面，能拚命過手的，只剩下「毒心玉麟」傅君平、「鐵爪金龍」胡震武與自己三人，情勢的確不妙。倘萬一到了最後關頭，自己卻以何計穩住群俠，好往璇璣竹陣之中的秘室以內，點放預先設置該處的地雷火藥引線，把這幫對頭一齊叫他們在連聲巨響之下，骨化飛灰，肉成血醬！

想到此處，「毒心玉麟」傅君平長衫已脫，一身勁裝，手中提著那柄天南至寶「淬毒魚腸」，滿面悲憤之色，目射兇光，眉騰殺氣地大踏步回到西台，向玄龜羽士說道：

「四妹業已收殮，小弟要憑著一身藝業，與師門三寶鬥殺嚴凝素，爲四妹泉下雪恨！總之，小弟與這賤婢，有他無我，有我無他，大哥費神掠陣，不准對方任何人上台換手！」

說完走向台口，對著東邊台上群俠叫道：

「嚴凝素！妳這狠心賤婢，可敢與傅君平上台一決生死？中途並不准有人換手接應，任何一方有違，均應當著天下群雄，橫劍自絕！」

自從傅君平二度入場，慕容剛就想對嚴凝素說明對方身邊所懷天南三寶的厲害所在，但他方才在台下獨自接應心上人之時，鼓足勇氣叫了一聲「素妹」，如今當著群俠，卻無論如何不好意思再做這樣親暱稱呼，遂用目示意呂崇文。

呂崇文絕頂聰明，領會了自己這位世叔之意，向「天香玉鳳」含笑說道：

「嚴姑姑，傅君平手中那柄短劍，是他師門至寶，名為『淬毒魚腸』，不但能削金鐵，劍脊並還中空，內藏毒液，按動劍柄機鈕之時，可以噴出數尺遠近，沾人即死，厲害非常！另外還有什麼『毒龍子母梭』、『風雷塹』，與這『淬毒魚腸』，合稱『天南三寶』！毒龍子母梭是母梭之中藏有子梭，子梭之中，更藏有大量餵毒金針，一經爆散，梭雨針海，為數甚多，頗不易躲！依文兒對敵經驗，最好乘他毒龍子母梭剛剛出手，子梭未離母體，或初離母體之時，以真氣護身閉穴，凌空逆襲，即可減去此物一半以上威力，至於那飛雷塹……」

嚴凝素接口笑道：「我與傅君平等未絕金蘭之義以前，曾聽他誇說過這飛雷塹等天南三寶的厲害，早就想出了剋制之法！文侄一番好意，姑姑甚為感激，你看傅君平已在向我叫陣，我一撲殺此獠，便須先返南海，你報卻親仇以後，可隨你慕容叔叔來我小潮音一遊便了！」

三九 生死關頭

慕容剛聽說自己這八載相思，好不容易才略親數語的心上人兒又將遠別，頓時滿臉離愁，方自凝視，嚴凝素業已聽完傅君平挑戰之言，回頭看了慕容剛一眼，說道：

「慕容兄，傅君平約我決一生死，雙方不准換人，違者便須當眾橫劍自絕，小妹胸中已有制敵之策，慕容兄不管見何凶險，千萬不可援手，免貽敵笑，你與文侄為我遙遙掠陣好了！」

說至此處，見傅君平業已騰身，不願讓他先到，纖手雙揮，香風起處，白色衣裾飄舞，真像一隻玉鳳一般，凌空虛渡四、五丈遠，與傅君平同時落足擂台之上。

傅君平一聲不響，微退兩步，淬毒魚腸在當胸一橫，一對兇睛炯炯覷定嚴凝素，左手握劍，斜指眉尖，巍然不動！

嚴凝素知道傅君平也曉得自己劍術極精，絕不輕敵，自己不動，他必不動，自己欲動，他必先動，並可能一上來就用淬毒魚腸的中藏毒液暗算。

自己雖因前是結義兄妹，傅君平更心懷邪念，曲意逢迎，日常言語之中，時時賣弄他們天南一派武學，故而今日動手，稍知對方底細，占了便宜，貼身業已穿了一套南海特產一種刀劍不入的鐵鱗劍魚魚皮所製軟甲，不畏淬毒魚腸的中藏毒液，但生性好潔，平素一塵不染，倘弄上些腥惡不堪的毒液之屬，也是惹厭。遂神色悠閒地把靈龍軟劍拔在手中，向傅君平冷冷說道：

「傅君平！你裝出這副兇相，唬得了誰？我來時，恩師特賜刀劍不入的南海鐵鱗劍魚魚皮所製軟甲，專門剋制你的所謂天南三寶。不必轉甚詭惡念頭，企圖僥倖，還是各憑藝業上下，劍術高低，彼此一決生死，來得比較光明正大！」

且說傅君平向來生性多疑，聽完這幾句話，竟然認爲嚴凝素因爲略知自己底細，懼怕天南三寶威力，才故作此言，不然她若真有鐵鱗劍魚魚皮軟甲防身，怎肯說出？

所以只自鼻孔之中「哼」了一聲，乘著嚴凝素靈龍軟劍剛剛掣出，門戶猶未立穩之時，搶佔先機，左手一招「掌震泰山」，半吐即收，右手淬毒魚腸「專諸刺僚」，業已疾如石火電光，飛刺而出，並果如「天香玉鳳」嚴凝素所料，見面之下的第一招，就在對方舉劍相架以下，一陣桀桀獰笑，按動劍柄機鈕，自淬毒魚腸劍尖之中，噴射出一絲奇腥水線！

嚴凝素與他義結金蘭，將及十年，傅君乎習性如何，早已瞭若指掌，見他發招之時，臉上冷漠得不帶任何喜怒之色，目光陰沉已極，知道這第一招便是殺手，想制自己死命。但雙方無論武功劍術，均相去無多，縱分生死，也得在個兩三百招以外，一掌「掌震泰山」，一劍「專諸刺僚」，絕不是他真意所在，可能還是倚仗他那天南三寶！

所以上將交兵，鬥智且在鬥力以上，嚴凝素把傅君平的陰謀所在，料了個正確異常的透而又透！

「掌震泰山」一招，根本不理，「專諸刺僚」，則以計還計，用靈龍軟劍虛僞一擋，就在傅君平得意狂笑，猛運真力，去按淬毒魚腸劍柄機鈕的刹那之間，一個「龍跳天門」，從傅君平頭上翻過，半空中扭轉嬌軀，反手一劍，帶著無比勁風，向傅君平攔頭橫削！

傅君平毒液方發，嚴凝素人影已杳，腦後突起金刃劈風之聲，知道不妙，這時上縱下伏，左旋右轉，均已不及！

人到急中，每有奇智，傅君平把全身真力貫注雙足，瞋目開聲，「嘿」的一聲狂叫，就像裴叔儻與歐陽智比賽輕功之時，踏那足印一般，但他這時便以全力施爲，踏得更深，整個人身驟低三寸，頭頂一縷寒風貼著頭皮掠過，削斷十來莖短髮，飛揚眼前。

那淬毒魚腸所噴毒液水線，灑落台板之上，也頓時起了一陣青煙和極其難聞的焦臭之味。

嚴凝素、傅君平，以及東、西兩台有關各人，一齊大吃一驚，嚴凝素驚的是傅君平劍中毒液如此厲害，躲自己這突如其來的攔頭一劍，也足見巧思。

傅君平驚的是，對方心思如此敏捷，身法如此靈妙，自己倘若得計稍遲，此時豈不成了她靈龍軟劍之下的無頭之鬼？

「鐵膽書生」慕容剛、呂崇文與「玄龜羽士」宋三清、「單掌開碑」胡震武，則因各

自心懸本陣之人，驚的是，怎的第一招就如此奇險，幾乎雙方立判生死！

奇險已過，東、西看台群雄，十來顆懸到嗓口的心往下一落，但擂台之上，業已打得好看煞人！

「天香玉鳳」嚴凝素人凝鳳舞，身似龍遊，一套靈蛇劍法專走輕靈，吞吐封閉，點挑劈刺，身隨劍走，心與神凝，蕩起一圈精虹，威勢無匹！

傅君平此刻頭皮猶在隱隱作痛，自然更加警惕，一上手就是天南秘傳「飛燐劍法」，人似魔蹤，劍如鬼火，極具飄忽詭異能事！

兩人一樣銜恨甚切，誰也不肯輕饒對方！狠攻狠擋，狠接狠架，一場狠鬥，鬥得人眼花撩亂！鬥得人膽戰心驚！劍氣森森，劍花朵朵，一個淡妝俠女，一個好色兇徒，各自狠咬牙關，狠下辣手，狠天狠地地狠拚了百來回合！

「天香玉鳳」嚴凝素見不施展新近學成的「伽羅十三劍」，還真未必勝得了傅君平這無恥狂徒，遂在疾逾狂風暴雨的「天孫織錦」、「漢高斬蛇」兩招迴環進擊之後，倏然抽身後縱，靈龍軟劍，在胸前斜挑，左掌一立，酷似方外人的單手問訊姿態。

她先前所用的那套「靈蛇劍」法，專以輕靈迅捷見長，而且劍劍成雙，每一發招，必是兩劍，快速無比，逼得「毒心玉麟」傅君平以天南秘傳「飛燐劍」法，緊張拒敵，根本騰不出手來，施展其餘的天南雙寶，「毒龍子母梭」與「飛雷鏨」等狠毒霸道之物！

如今在末落敗勢之下，倏然變式，傅君平未明敵意，不由一驚，但也心中暗喜，覺得嚴凝素有點找死，倘像先前一樣強攻，使自己緩不開手，勝負誰屬，尚自難料！如今這麼一來，就算妳有甚殺著，但恐在自己天南雙寶一發之下，即已斃命，我就不信，還像上次用「飛雷鑿」打那「鐵膽書生」慕容剛一般，會再出來個鐵木賊禿，橫加干擾？

轉念之間，毒龍子母梭業已藏了一支在手，但暫時不發，仍先挺劍試招「笑指天南」，以淬毒魚腸向「天香玉鳳」胸前點去！

哪知眼看「淬毒魚腸」已然快到對方胸前，嚴凝素只以妙目凝光注定傅君平握在劍柄上的右手五指，似是若不見他擠按機鈕噴毒，人絕不躲！

傅君平也是心高氣傲之人，暗想妳那幾手南海劍術，並不見得高過我的「飛燐劍法」？難道一變門戶，威勢就能增大多少？且自就勢，真刺妳一劍試試！

他這「笑指天南」本是虛招，此時由虛化實，右臂突注真力，劍尖加速點到！

嚴凝素劍光如練，緩緩一開，傅君平在兩劍相距尚有尺許之時，便覺得有一種柔和潛力，蕩開右腕，心中方自一驚。

嚴凝素神凝色重地業已連發三劍，這三劍全是「伽羅十三劍」中絕學，出手看來極慢，但其實快捷得無法形容！「慧劍降魔」、「頑石點頭」、「優曇飛缽」三式，在一剎那間同時出手，一柄靈龍軟劍，幻起千重劍影，簡直成了西方如來世尊普渡眾生的常轉法

輪一般，電旋星飛，把傅君平籠罩在內！

傅君平與嚴凝素，十年結盟兄妹，彼此身上有多少武學，自然大致都有瞭解，如今見她這三劍回環並發，威勢之強，為自己向所未見，幾與「鐵膽書生」慕容剛在雲夢澤中逼得自己仗著「飛雷錾」、「毒龍子母梭」這師門雙寶才脫身而去的精奇劍術，有異曲同工之妙！這才相信師兄玄龜羽士所料不差，嚴凝素果然是新得秘傳，有恃而至！

武功練到他們這般地步，在危急之中，心手均能分用！傅君平心中想事，手下卻絲毫不慢，施展飛燐劍法之中的護身絕學「霧鎖雲封」，舞成一片劍幕，往外一擋。

但突然覺得嚴凝素這三劍連攻，潛力不但極大，並還綿綿不絕，自己的一招「霧鎖雲封」，竟然有點封鎖不住！

他不知道自己適才因為情人慘死，急怒太過，在這種精弱氣散的情形之下，與「天香玉鳳」嚴凝素那種神定氣足，胸中一無渣滓，真元充沛的比較起來，自然要有遜色，卻以為嚴凝素這次居留南海數月，不知得了妙法神尼多少秘傳？大為吃驚，仗著輕功極好，遂藉著雙劍交觸，嚴凝素運力震劍，就勢飄身「風颺輕燕」，退出丈許以外！

並因警覺嚴凝素變招以後的一柄靈龍軟劍，威勢太強，生怕她趁勢進擊，自己不能緩手，永落下風，遂縱退空中未落地前，便把左手暗藏備而未發的一支「毒龍子母梭」向後倒甩而出！

一溜金線，銳嘯生風，東台上的呂崇文領教過此物厲害，急得忙提真氣傳音叫道：

「嚴……」

「嚴」字才出，便被慕容剛以手禁聲說道：「你看你嚴姑姑那等氣定神閒，她又說過不畏天南三寶，必然無礙，你嚴姑姑生性高傲，雙方說好不准換手助陣，倘若從旁指點，弱她名聲，可能從此不再理你！」

呂崇文知道自己關心過切，有點失態，注目台上，果然嚴凝素因初試「伽羅十三劍」便生奇效，威力極強，心中甚喜，準備好好拿傅君平這無恥兇徒練練這套神妙劍法，故而任他退身，只是按劍卓立，並未乘勝追襲。

傅君平以己度人，認爲嚴凝素必然隨勢飛身，綴定自己，凌空撲擊！所以這支「毒龍子母梭」打得甚爲歹毒，是用陰力反甩，平平打出。

這樣打法，角度自然較高，「天香玉鳳」本來業已有備而來，貼身穿著一件鐵鱗劍魚魚皮所製軟甲，不畏淬毒魚腸所噴毒液！

至於那「毒龍子母梭」與「飛雷墾」，前者梭雨針海雖甚霸道，既有魚皮軟甲護身，一樣難傷自己！後者因係火藥爆炸，不能硬搪，須倚仗囊中七枚南海獨門暗器「伏魔金環」去破！

但如今既見得傅君平這一「毒龍子母梭」，打得略高，雖然傷不了人，衣履未免損

壞，何況也不欲過早顯示出貼身這一件魚皮軟甲妙用，遂不欲等它爆散，脫手一枚「伏魔環」，沖天飛起一圈金光，便往「毒龍子母梭」所化的那溜金線撞去。

她這「伏魔環」，中心只空寸許，但外圈頗厚，份量極沉，打的又正是「毒龍子母梭」中腰，「錚」的一聲，金線金光，同時向上激起。

嚴凝素「伏魔環」出手，左掌就勢一揮，「南海朝香」打出一股劈空掌力，「毒龍子母梭」的母梭也正好恰巧此時自爆，子梭方離母體，就被嚴凝素劈空掌力的疾風勁氣，捲得向上倒飛，腹內所藏毒藥再一出現，真像是半空中突飛起了一朵絕大金花，金芒四射，端的好看煞人！

這回卻不再容傅君平把那天南三寶之中最霸道的「飛雷鏨」從容發出，飄身趕過，劍推千重寒影，身遊八卦九宮，步下更暗踩著西方絕學「七寶金蓮迷蹤步」法，把傅君平圈在其內。

外行人眼中，只看出嚴凝素身轉外圍發劍，翩如玉鳳，矯如神龍，身形劍式，俏生生地美妙迅疾已極！傅君平卻身在裏圈肅立，神色凝重地見招拆式，以爲雙方，一個取攻，一個取守，眼前不過嚴凝素稍占上風而已。

但「玄龜羽士」卻知道嚴凝素這套劍法前所未見，定是新得妙法神尼秘傳，看她招中藏招，式中套式，穩重輕靈，交相爲用，配合得巧妙無倫，時間一長，恐怕傅君平的「飛

燐劍法」難以自保。

雖然雙方事先講定，不許換手赴援，但「玄龜羽士」此時看出情勢不對，哪裏還肯講甚麼江湖禮節？準備在傅君平把「飛雷塹」覓機出手，再若無功之下，便立即上台相救，索性連七陣賭輸贏的約法也毀，一聲號令，四靈寨內的數十名香主一擁齊上，來個仗勢欺人，群打群毆，把對方諸人宰一個算一個，縱然引起當世武林公憤，也是後事，眼前先保住這一片基業再說！

呂崇文卻看得向慕容剛笑道：

「叔叔你看！這大概就是嚴姑姑所說的『伽羅十三劍』，果然極具神妙！等嚴姑姑教我以後，我要把『太乙奇門劍』、『卍字多羅劍』和『伽羅十三劍』，宇內三奇的三門絕學融會貫通，另行創造一種蓋世無雙的天下第一劍法！」

慕容剛見呂崇文有此志向心胸，方待嘉勉幾句，但目光一瞬擂台，臉上神色驟變！

呂崇文隨著望去，也「哦」的一聲，緊張得站了起來，東台群俠，也一齊肅然無聲，注視台上。

原來傅君平被「天香玉鳳」嚴凝素施展「伽羅十三劍」及「七寶金蓮迷蹤步」法，圈在一片人影劍光以內，時間一長，自己也感覺到所受壓力極大，一柄「淬毒魚腸」和天南「飛燐劍法」，幾乎封閉不住門戶，自己平素恃技驕人，目無餘子，如今一上擂台，便敗

在嚴凝素手下，情何以堪？兇心一起，毒念遂生，竟在千重劍影之內，按動淬毒魚腸劍柄機鈕，把中藏毒液照準嚴凝素，並略為偏左，掃數發出！

逼得嚴凝素向右閃避，傅君平滿面兇獰，猛提一口真氣，把全身功力一齊貫注右臂，不顧一切的一個「鳳凰入巢」之勢，搶到嚴凝素身前，挺劍向她左臂要害搠去！

就在擂台以上，極度緊張之時，那「單掌開碑」胡震武再三衡量，終於覺得歐陽智看清大勢已去，人已離開翠竹山莊，回轉仙霞嶺一元谷之事，不應瞞著玄龜羽士，方一張口，忽然臉上現出詫異之色，起身離座走到台邊，原來看見那位「璇璣居士」歐陽智，竟又從璇璣竹陣之中匆匆走出！

胡震武迎著歐陽智，低低說道：「大局果然不出歐陽護法所料，天鳳令主已在嚴凝素的劍下身亡，傅令主動手情形，亦不甚妙，胡震武正在覓機如何脫身，歐陽護法你自己為何卻又去而復返？」

「璇璣居士」歐陽智臉上一片湛然神光，正色說道：「我已行出十里，想起大丈夫應全始全終，我還要為四靈寨一盡最後之力，才對得起幾位朋友，我且向宋令主一獻妙策，胡兄進退，看我眼色便了！」

「單掌開碑」胡震武因強仇在側，小俠呂崇文那一雙充滿復仇怒焰的炯炯神目，老是隔台對著自己虎視眈眈！偶然眼光一碰，心頭便是機伶伶一個寒顫，周身毛骨悚然，極為不安！

他平素最欽服的就是這位歐陽護法，如今見他回來，好似添了一層安全之感，臉上神色，也為之開朗不少。

歐陽智走到玄龜羽士身側，宋三清一見是他，側身讓座問道：

「歐陽護法傷勢，無礙了麼？」

歐陽智笑道：「多謝令主賜我靈藥，已然無妨，但歐陽智默察情勢，今日兆頭似不甚好？」

宋三清皺眉接口問道：「我正為此憂心，歐陽護法可有甚麼回天妙策？」

歐陽智道：「敵人個個均是精中選精的頂尖好手，倘若一對一個，歐陽智敢出斷言，除令主一人以外，其餘無法能勝，事到如今，還要講甚麼江湖規戒，武林禮節？本寨得地利，占人多，何不集數十家香主之力，先把這一群敵人毀在翠竹山莊再說？」

「玄龜羽士」宋三清一陣悶聲獰笑，緊握歐陽智雙手說道：

「歐陽護法，你與宋三清，真叫英雄之見處處略同！我方才獨自思忖，也是這個主意。傅三弟情形不好，既然打算倚眾群毆，還讓他在台上涉險做甚？我且去將他換回，並即覓機往秘室之中，點放東台以下的地雷火藥！歐陽護法的口才極好，你須設法穩住對方，不令有人離卻東台，才好一網打盡，縱或有幾個僥倖之人，我把玄龜旗令交你，調動

眾家香主一擁齊上，還怕他們飛上天去？」

剛自懷中取出一面小小黃旗，上面繡著一隻玄龜，還未來得及交與歐陽智之時，擂台之上，業已到了傅君平拚命進撲，挺劍飛刺嚴凝素的當兒。

「玄龜羽士」宋三清皺眉說道：「三弟想是急怒瘋心，哪有如此兩敗俱傷的打法？犯得上和嚴凝素這丫頭併骨拚命麼？」

一言未了，面色驟變，把那面玄龜旗令往歐陽智懷中一甩，雙足點處，人已凌空縱起。

原來傅君平淬毒魚腸之內，毒液狂噴，嚴凝素果如所料，旋身右避，恰好迎向他飛身直刺的一劍！

嚴凝素一聲冷笑，靈龍軟劍「丹鳳撩陽」斜削傅君平持劍右腕！

傅君平本因「飛燐劍法」已受克制，「淬毒魚腸」與「毒龍子母梭」雙雙無功，除了還有一樣「飛雷蜇」未曾施展以外，自己的黔驢之技已將窮絕，才用這樣拚命打法！

如今見嚴凝素以「丹鳳撩陽」一式，斜削自己右腕，不由鋼牙一挫，得意非凡。暗想：慢說自己此時，全身功力貫注右臂，宛如鐵鑄銅澆，妳那靈龍軟劍又非寶刃，根本傷我不得！就算妳內力極強，頂多也不過略爲傷損一點皮肉筋骨而已！而我淬毒魚腸卻見血封喉，右脅以下，也是致命之處，一劍換一劍，豈非便宜業已占定？

傅君平這種打算，自己以爲得計，其實也正合了嚴凝素的心意。

嚴凝素因爲自己「伽羅十三劍」與「七寶金蓮迷蹤步」法，兩般南海絕學業已使出，傅君平不過落在下風，要想立時除卻此獠，仍自不易，正在芳心暗轉，思計之時，見他拚命進擊，觸動靈機，故意迎合傅君平意旨，不避敵招，翻劍削腕。

兩人均是同一用意，自然湊巧；傅君平淬毒魚腸揕中嚴凝素脅下，嚴凝素不過銀牙微咬，低低一哼，他自己卻狂吼震天，飛灑一台血雨，一隻右腕也自應劍而落！

原來嚴凝素貼身所著那種鐵鱗劍魚魚皮所製軟甲，乃妙法神尼特賜，寶刀寶劍均所難傷，但挨了傅君平這樣盡力一揕，也未免奇疼徹骨，哼出聲來。

她心思靈巧，知道傅君平必然真氣內力齊注右臂，硬砍難傷，所以在劍臨敵腕之際，突然內勁一卸，把百鍊鋼化爲繞指柔，使靈龍軟劍在傅君平右腕之上纏了一圈，輕輕一拖一勒，立時皮破血流，然後猛運真力，往回一抖一奪。

傅君平這種運氣御劍，只能硬斫硬砍，卻禁不起那一拖一勒，見血以後，真氣大散，嚴凝素再一就勢貫注真力，靈龍軟劍又復由軟而硬，一隻右腕自然應劍而落。

傅君平生怕嚴凝素乘勢追擊，強忍無倫劇痛，甩著半條右臂，鮮血淋漓地咬牙縱退兩丈，雙目盡赤，髮若飛蓬，左手一揚，「飛雷鏨」化成一道烏光，電射而出。

嚴凝素一招手，事事從容，早就料定他除這撒手一記「飛雷鏨」之外，再無別技！左手預先扣定三枚「伏魔環」，在他那道烏光剛剛出手之際，三圈金光業已聯翩飛起。

她這種破敵之法，想得巧不可言，所用手法，也妙到毫顛，三枚「伏魔環」，恰好一齊套在傅君平所發的烏光之上，替那根「飛雷鏨」憑空加上三道金圈，硬行阻住來勢，不得前進，自己本人，卻在「伏魔環」發出以後，立即向後倒縱，落在台下。

那「飛雷鏨」，製作得本極精巧，機簧設在鏨尾，可隨發鏨人心意及臨陣所需，控制爆炸時限。

傅君平斷折一臂，怒發如狂，與嚴凝素相距又不甚遠，自然是令「飛雷鏨」極快爆炸！這一突被「伏魔環」阻住前進，知道要糟，有任何打算，均不及實施之際，一聲驚天動地的巨震，「飛雷鏨」連同外面所箍的三枚「伏魔環」一齊，就在傅君平的眼前炸裂，饒你怎樣兇狠無倫的蓋世魔頭，一身內家絕藝還不是血肉橫飛，腦漿塗地，立時斃命於他自己的師門重寶之下！

四十 主將對決

這些動作，均是石火電光的一刹那間！就在傅君平與嚴凝素一劍互換一劍，斷臂退身之際，「玄龜羽士」宋三清已自西台赴援，但人到半空，「飛雷蟚」業已自爆，無法靠近擂台，只得疾打千斤墜，落下身形，眼看著傅君平身遭慘死。

慕容剛也自東台趕過，他眼看嚴凝素脅下中了傅君平一劍，自然擔心不小。

嚴凝素見他滿面焦急關切之色，含情一笑說道：

「慕容兄放心，小妹有恩師所賜魚皮軟甲護身，未受傷損，我除與傅君平誓不兩立之外，對這四靈寨畢竟有十載淵源，不便相助，你我南海再見！」

轉身對東台呂崇文等人略一揮手，便翩若驚鴻地縱身而去！

慕容剛正在目送心上人倩影，突然腦後風生，來勢極強！知道定是「玄龜羽士」宋三清，因傅君平慘死，蓄怒來襲，不願硬接，剛一往左飄身，「呼」的一陣強烈掌風，把方才所站之處，生生擊出一個大坑，滿空盡是砂石飛舞！

慕容剛連讓三次，「玄龜羽士」宋三清則連擊三掌，掌掌均是帶著無比威勢，狂飆怒捲，石破天驚，不由逼得這位鐵膽書生劍眉雙剔，俊目閃光，暗想你這兩手「七煞陰掌」，究竟厲害到了什麼程度？就敢如此逞兇！雙臂一張，全身骨節格格的一陣山響，也自運足無憂頭陀的秘傳絕學「般若神功」，施展般禪掌力，拆架玄龜羽士七煞陰掌的瘋狂狠辣進擊！

這一場無殊雙方的主力決鬥，所有人一齊各爲己方提心吊膽，但那位「璇璣居士」歐陽智，卻向「單掌開碑」胡震武低聲說道：

「傳令主又告身亡，翠竹山莊的大勢已去！我現用玄龜旗令調度各家香主，爲玄龜羽士做最後效勞，胡兄可乘呂崇文注意戰場之際，差人把我那封毒信送去，試他一下，你自己則趕緊照我所傳，從那秘道之中，避到安全地區，再行探聽此戰結果如何吧！」

胡震武自懷中取出歐陽智在璇璣竹陣之中交給自己的那封毒信，招手叫過一名寨徒，命他送與對台的呂崇文，自己卻滿面感激地向歐陽智低低問道：

「胡震武遵命先走，歐陽護法你自己……」

歐陽智微微一笑說道：「我既請胡兄先走，自己當然另有脫身之計，時機稍縱即逝，你且趕快離開這是非危急之地吧！」

「單掌開碑」胡震武突然覺出歐陽智話音甚冷，並似略帶譏諷，但矚目場中，「玄龜羽士」狠拚「鐵膽書生」，雙方功力相若，誰也難占上風！對頭呂崇文則全神貫注二人動手之上，此時不走，更待何時，還計較什麼歐陽智神色有變？遂把手一拱，悄悄離去。

歐陽智看胡震武進入璇璣竹陣之中以後，馬上取出那面玄龜旗令，向在台下四外觀戰的四靈寨眾家香主一擺，說了一聲：

「四靈寨玄龜、金龍、玉麟、天鳳，各堂香主，一齊上台聽令！」

這面玄龜旗令乃是四靈寨的無上權威，持這令旗之人，就如同「玄龜羽士」宋三清親到一般。歐陽智這一展旗令，霎時數十名香主齊集西台，恭身待命！

歐陽智面色一整，朗聲說道：

「各位香主，四靈寨如今已到存亡危急之秋，玉麟、天鳳兩位令主均告喪命，玄龜令主也與『鐵膽書生』拚得難分難解，常言道『養兵千日，用在一時』，各位平素仰承寨恩，現在正是報答之際；但敵人個個好手，實力極強，我等雖占人多，傷亡難免，事關生死，歐陽智絕不相強，各位如不願去，則目下即請全身而退，遠走高飛，永除四靈寨籍！願留者，則請聽歐陽智號令，到時一拚，爲玄龜令主及本寨略盡心力！」

這數十名香主以內，原本不少高瞻遠矚之士，平時就覺得宋三清、傅君平等狂妄驕肆，倒行逆施，必有覆亡之日，不過身受人家多年供奉，一旦驟現危機，未便不辭而去。至於另一部份平日狐假虎威、企圖安樂之輩，亦均看出翠竹山莊岌岌難保，正在互相竊議，萬一巢破，如何苟全之時，聽得歐陽智這一番話，有了台階，立時紛紛散去大半，只留下關中雙鳥李氏弟兄等十來個兇惡死黨卓立台上，爲這覆滅在即的翠竹山莊略撐場面。

歐陽智一數人數，共計一十三人，遂回身斟了十四杯酒，親手奉與每人一杯，然後正色說道：

「四靈寨中居然還有諸位這樣不避艱危，矢效忠誠的人物，大事不見得定無可為，歐陽智且代宋令主奉敬各位一杯，請各自準備兵刃，聽我號令行動。」說完，首先把自己杯中之酒一傾而盡！

關中雙鳥李氏弟兄等人，此時倒也意氣飛揚，一齊乾杯叫道：

「我等誓死為本寨宋令主效力，謹遵歐陽護法旗令行動！」

歐陽智臉上現出一片寬慰神色，但此時擂台之上，「玄龜羽士」宋三清與「鐵膽書生」慕容剛二人，卻打得天驚石破，鬼哭神號的慘烈已極！

宋三清一來心痛師弟「毒心玉麟」傅君平慘死在自己師門重寶飛雷鏨之下，二來眼看著多年心血締造的翠竹山莊，極有即將毀於一旦的趨勢，哪能不急痛攻心，目眥皆裂？

事不關心，關心則亂！饒你玄龜羽士平素何等陰狠深沉，此時也不禁舉止失措，亂了章法步驟，靈智全為圖給傅君平復仇的怒火所蔽，發狂似地狠搏「鐵膽書生」，一套威勢絕倫的七煞陰掌，完全放棄防守，專事進攻，什麼叫輕靈機變、蹈暇乘隙？又什麼叫做封攔架隔、閃展騰挪？宋三清是一概不管，掌掌運足十成十的內家真力，狂飆怒捲，走石飛沙，一味地照準「鐵膽書生」慕容剛的致命要害下手。

對付他這一種打法，因雙方功力相若，無從閃避，慕容剛除非這樣硬拚，再無別計，這時，正好宋三清「鬼王撥扇」、「駭浪排山」兩掌強攻以後，跟手又是一招威勢無比的

「單掌索魂」，照準慕容剛頂門，疾劈而下！

「鐵膽書生」被他逼得俊目閃光，當年豪氣又發，一聲響遏行雲的長嘯起處，「天王托塔」，運足般禪掌力，硬往外開，雙掌交接，「砰」然巨震，兩人各自震出幾步，足下砂石盡陷，深深地出現幾個腳印。

玄龜羽士藉著一連串的獰聲大笑，提足真氣，二度揮掌進擊！鐵膽書生鋼牙暗咬，凝聚般若神功與般禪掌力，急架相還，從此開始，兩人一連硬接二十八掌。

像他們這樣的內家高手，如此捨命硬拚，豈同小可？玄龜羽士肺腑翻騰，血氣浮動，「鐵膽書生」也是眼前金星亂轉，髮若飛蓬，誰也不肯先行示弱，改變方式，但勢子卻已緩了下來，雙方均是喘息如雷，五指箕張，嘴角帶血地互相虎視眈眈，待機再動！

裴伯羽等東台群俠，早就緊張得肅立台口，屏息靜觀！呂崇文何嘗不想換手接應？但他深知自己這位慕容叔叔，外和內剛，秉性極強！與方才那位「天香玉鳳」嚴姑姑一樣，若不由他自行克敵，妄加插手，反會弄巧成拙，鬧出別的事來。

正在躊躇無計之時，「玄龜羽士」宋三清竟與「鐵膽書生」慕容剛同時發動，兩人身形齊往中間湊了幾步，眼看他們是要各竭餘力，企圖在這一掌上，判出勝負生死之際。

恰好歐陽智對那十三名香主敬酒方畢，回頭一看宋三清與慕容剛這種情形，雙方均是一步一個腳印地往中直湊，生死危機，已繫一髮！趕緊高聲叫道：

「宋令主且慢動手！你難道忘掉璇璣竹陣以內的物件了麼？」

宋三清被他一言提醒，不由暗怪自己，難道今日真箇運數當終？不然怎會如此糊塗，放著一舉可制敵人全數死命的地雷火藥不去點燃，卻在此和這鐵膽書生拚命則甚？

神智一朗，停步手指慕容剛道：「鐵膽書生，你在此稍候，宋三清在璇璣竹陣之中，尚藏有一件奇絕之物，我去取來會你，倘再不勝，這翠竹山莊便從此解散！」

慕容剛低哼了一聲，尚未答言，呂崇文卻看出雙方內傷均重，再拚下去，定然玉石俱焚，心疼他慕容叔叔，巴不得二人從此罷手，忙自東台飛落慕容剛身旁，揚聲答道：

「宋三清！有何能爲？快點施展，我們定讓你把那些黔驢之技，一齊用盡，死得心服口服就是。」

宋三清獰笑一聲，轉身方待縱向璇璣竹陣，突然嗓眼一甜，趕緊強納怒氣，自行服下一粒百轉金丹，向歐陽智望了一眼，歐陽智頷首示意，宋三清便自緩緩步入璇璣竹陣！

呂崇文餵慕容剛服下兩粒靈丹，要攙他回轉東台歇息，慕容剛微笑搖頭，自行舉步，正在此時，那位「璇璣居士」歐陽智，突將手中玄龜旗令一展，關中雙鳥李氏弟兄率領其餘十一名四靈寨死黨，一齊呼號跳擲地喊殺而至！

這時裴伯羽、裴叔儻兄弟，因不知慕容剛狠拚玄龜羽士究竟有無傷損，一齊縱落採視，呂崇文見有人來，大喜叫道：

「兩位裴老前輩，且請陪我慕容叔叔回轉東台，這干倚眾食言，無恥已極的賊子們，交給呂崇文一人打發！」

人隨聲起，劍化龍騰！他見敵方人數過多，哪敢怠慢，一開始便是恩師靜寧真人秘傳「太乙奇門劍」中一招「分光掠影」，和無憂頭陀獨門絕學「卍字多羅劍」中一招「千手降魔」綜合運用！

這釋、道兩門劍術絕學的威力，已非小可，再加上那柄青虹龜甲劍，精虹騰彩，耀眼生輝，真宛如半環青色精虹，當中裹著數千百枚劍尖，銳嘯劃空，懾人心魂，直向關中雙鳥李氏兄弟等十三名四靈寨死黨，疾捲而至！

哪知這干賊黨，看去來勢洶洶，卻真被呂崇文一劍所阻！青虹電掣，劍花錯落之中，關中雙鳥李氏兄弟首當其衝，厲聲狂吼，各自揮舞慣用兵刃「鑌鐵狼牙穿」硬行接架！

呂崇文此時因群賊不講信義，殺心已動，怒火中燒，哪裏管它什麼「鑌鐵狼牙穿」是屬於重兵刃一類，應該避免硬斫硬接，青虹龜甲劍依舊潑風狂掃，嗆啷啷的一陣震天金鐵交鳴，關中雙鳥兵刃被削，斷首亡身，但那道青虹，卻連停都不停地旋空三匝，貼地如流，十三名窮兇極惡的江洋巨寇，居然一齊倒在地上，動也不動！

這一來，倒把個小俠呂崇文愕然怔住！暗想自己方才旋空三匝的那招「亂撒天花」，雖是卍字多羅劍中精粹絕學，但充其量不過能連斬三、四人而已，怎會令這十好幾人全數

倒地？

仔細一數，連起始所斬的關中雙鳥李氏兄弟，共是一十三人，除五個人血污狼藉、斷頭折肢以外，其餘八人卻是毫無所傷地暈絕在地！

呂崇文正在百思不解其故之時，那位「雙首神龍」裴伯羽，已把慕容剛送回東台，又復趕到，手中拿了一個大信封，向呂崇文笑道：

「宋三清、傅君平一逃一死，他們幾個窮兇極惡死黨，又均為呂小俠所懲治，大功業已告成；除那『單掌開碑』胡震武以外，老夫要向呂小俠討點人情，翠竹山莊的脅從諸人，不究了吧！」

四一 高人潛匿

呂崇文這才想起今日的主要大敵，殺母深仇「單掌開碑」胡震武怎的未見？趕緊矚目西台，業已空蕩蕩的，連方才以玄龜旗令指揮十三家香主進攻的「璇璣居士」歐陽智，也不知何往？不由惶聲說道：

「裴老前輩，胡震武業已逃竄，我們應該立即搜索，還有那四靈寨護法歐陽智，此人刁滑已極，也不要讓他走脫，免留後患才好！」

裴伯羽接口笑道：「呂小俠且回東台，我料那胡震武必走不脫，至於那個歐陽智……我們回台再說！」

呂崇文聽裴伯羽語意，似有弦外之音，疑團莫釋地隨裴伯羽回到東台，裴伯羽把手中那個大信封，交與「九現雲龍」裴叔儻道：

「二弟，你把歐陽智之事，對慕容大俠及呂小俠詳談，翠竹山莊此時業已群龍無首，我要把他們安撫一番，免得再生其他禍變！」

群俠均覺得安撫四靈寨眾，是當前善後第一要務，而由這位昔日的金龍令主出面，更是極其適當之人，「九現雲龍」裴叔儻接過那個大信封，滿面讚譽欽佩之色的說出一番話來，更聽得群俠個個點頭嘆息，尤其是慕容剛、呂崇文，簡直到了目瞪口呆的程度！

原來那位「千毒人魔」西門豹，在楓嶺山積翠峰石室之中，飲了那杯斷腸毒酒，勉強藉著預服靈藥及本身真氣護住中元，對慕容剛叔侄做那一番披肝瀝膽的長談以後，所服靈

藥已抵制不了毒酒之力，真氣也漸漸提聚不住，等呂崇文把那一粒無憂頭陀特賜他防身保命的「萬妙靈丹」替他餵入口中，精、氣、神業已一齊渙散，知覺全失！

但過了好久以後，恍恍惚惚地覺得自己並未死去，不由大詫！身下所臥，雖然軟綿柔滑，眼前卻一片漆黑，並頓覺氣悶！

西門豹又復靜心體會，以為自己只是雙眼已瞎，人並未死，遂挺身坐起，誰知離頭不遠，就有物阻礙，「砰」然一聲，碰得頭皮生疼，再伸手往四外一摸，不禁啞然失笑，知道慕容剛叔侄誤認自己已死，致把自己收殮在棺木以內！尚幸自己平素就以棺為床，可以自內啟蓋，又留有氣口，不然豈不生葬其內？

出棺以後，西門豹善用百毒，知道自己所飲毒酒，因死志已決，特別加藥，一滴入口，即有死無生，何況喝了一杯之多，自己這次能不死之故，必然是呂崇文所餵的那一粒靈丹之力，他不但盡釋前仇，並以這等稀世靈藥解救自己，這份恩情，山高水深，卻教自己如何答報？

試一提運真氣，竟比先前更覺靈妙！但困在這石室之中，總不是事，因當時適值深夜，西門豹百般設法，一直弄到紅日將中，才算是勉強把慕容剛、呂崇文合力移來，替他封閉石室門戶的那塊巨石，略微弄開一絲隙縫，再以鎖骨神功，巧從石縫之中脫身而去！

但慕容剛、呂崇文此時因隨著那匹玉獅子白馬，業已去往福建洞宮山天琴谷，搭救

「天香玉鳳」嚴凝素，西門豹如何得知？自然無法隨後前往會面！

轉念一想，此時雖然無法相尋，明年三月三日翠竹山莊之會，他叔侄卻勢所必去，自己到時在暗中相助，酬恩報德，豈不是好？

主意雖然打定，但目前離明年三月三日，還有好長的一段時光，如何打發？西門豹想來想去，竟想起他一位就住在近處的多年老友，仙霞嶺一元谷的「璇璣居士」歐陽智來！自己不如就到他一元谷內且作盤桓，等到翠竹山莊會期屆臨之時，再行前往王屋。

行蹤既決，遂奔向一元谷中，「璇璣居士」歐陽智延見之下，聞悉這位老友，居然洗心革面，痛悟前非，也不禁替他大為高興，勸他正可藉此做為西門豹真正死去，永謝江湖，而在一元谷這洞天福地之中，樂享逍遙歲月！

西門豹聽完歐陽智一番勸說，微笑答道：

「我既然痛悟前非，便需把所有前非，完全用自己心力予以彌補，才算得上徹底悔過，不然若只以一個空空洞洞的『悟』字，為自己推卸罪惡，豈不是惡加一等？這七、八年來，我所有咎心往惡，均已一一用事實懺悔，就剩下呂懷民一事，意欲以一命償他一命，求得安心解脫之時，偏偏又受了呂崇文那樣大恩惠！

「他在我揭明本相，飲下毒酒以後，說得極好，似這等自求解脫，價值毫無，倘能以我為鏡，現身說法，盡度天下惡人，功德才算無量，所以西門豹最低限度，也要在明春三

月，暗助鐵膽書生叔侄，瓦解爲害天下的四靈寨以後，才會來與你終老於此！

「歐陽老友，方今世道淪喪，狐鼠橫行，江湖之上，何處才是乾淨樂土？你不要以爲你這仙霞嶺一元谷設有璇璣迷徑，無殊世外桃源，說不定那些魑魅魍魎，一樣放你不過呢？」

「璇璣居士」歐陽智笑道：「你自己塵心未淨，卻不要扯到我的頭上，十餘年不出仙霞，歐陽智三字，久已爲世人淡忘，哪裏有這等不開眼人物，找起我來？」

兩位多年老友，互相謔笑，哪知居然被西門豹一語料中，「玄龜羽士」宋三清竟修書命那「單掌開碑」胡震武，尋到一元谷口，邀約歐陽智加盟翠竹山莊！

西門豹聽得來了四靈寨中人物，要請歐陽智出山，不由觸動靈機，向歐陽智笑道：「歐陽老友，我說如何？四靈寨之首『玄龜羽士』宋三清，命他玄龜堂下首席香主『單掌開碑』胡震武遠道來邀，你是去也不去？」

歐陽智微笑曼聲吟道：「螢火敢期天上月？鳳凰豈落犬羊群！」

西門豹大喜說道：「你既無出岫之想，卻可助成我一場莫大功德！你與宋三清、傅君平及四靈寨中任何人物，見過面麼？」

歐陽智看他一眼笑道：「十五年來，我只與這一元谷中的煙雲鳥獸爲伍，除你這老怪物以外，從未有人擾我清修，怎會與四靈寨中人見面？聽你口氣，莫非想冒名頂替，借我

這『璇璣居士』四字一用麼？」

西門豹笑道：「你猜得一絲不錯，趕緊借我一襲舊衣，並迴避一下，讓我去迎接這位呂崇文的殺母仇人，並深入四靈寨腹地之中，從根本上毀它一個乾乾淨淨！」

歐陽智合掌說道：「阿彌陀佛！你那一身血腥氣才脫去幾天，這一去又不知要造出多少殺孽？」

西門豹哈哈笑道：「歐陽老友你儘管放心，西門豹雖然要把四靈寨的翠竹山莊攪它一個瓦解冰消，但絕不在我手上殺害一人，不然也算不了通天手段！」

歐陽智一笑避出，西門豹便頂著老友「璇璣居士」之名，去往一元谷口，迎接那位不辭千里，來請煞神的「單掌開碑」胡震武。

憑著他那蓮花妙舌，再加上一元谷中原來的奇妙佈置，還不把胡震武那蠢賊騙了個心悅誠服、五體投地！

一到翠竹山莊，西門豹立即覓機潛入九宮竹陣，放出「九現雲龍」裴叔儻父女，告明自己身分來意，並互相計議，藉此使「雙首神龍」裴伯羽洞悉傅君平等奸謀，好與四靈寨就此決裂，及早全身而退。

西門豹智慮超人，知道「玄龜羽士」宋三清狡詐陰沉，又為全寨之首，若不在他面前設法取得信任，自己在這四靈寨中即難隨意行事。所以乘著裴伯羽怒劈三雄及掌震胡震武

之時，悄悄掩至前途密林之中相待，打算也和裴伯羽說明本相，互相計議一下，怎樣可不致大動刀兵，而使宋三清、傅君平等人瓦解冰消之策。

哪知無巧不巧地，恰好撞著「玄龜羽士」宋三清也在此時回山，西門豹靈機又動，略變原計，反在林中，打了「雙首神龍」裴伯羽三根無毒金針，叫他去往九華絕頂尋藥醫治。但等裴伯羽走後，卻又向玄龜羽士說那九華絕頂是隻獨臂兇猩巢穴，是自己特意騙他前往送死，以免宋三清落個背盟殺弟之名，然後再加上一番不著痕跡、極度高明的諛詞捧拍，直拍得個玄龜羽士栩栩羽化，飄飄登仙，立時便覺得自己眼力高明，特地修書派胡震武去請來的這位璇璣居士，真是生平第一知己！

「雙首神龍」裴伯羽因聽假歐陽智、西門豹說是打中自己的是什麼「九絕神針」，心理上不由頗受影響，總覺得傷處有點異乎尋常感覺，遂當真趕到九華絕頂，遇到一位在山洞之中苦修的獨臂僧人，就是西門豹之侄西門泰。

西門泰替裴伯羽取出所中金針，一看便認出是自己叔叔晚年歸正以後常用之物，也自驚詫叔叔居然未死，遂與裴伯羽研商好久，決定暫時且在九華居留，等到明春會期之前的十天半月之間，再去往翠竹山莊與西門豹互相聯絡，免得過早見面，容易洩漏機密，反而壞了他的全盤大計。

在這一段時間以內，西門豹費盡苦心，不著絲毫痕跡地勸使玄龜羽士整頓掉了十幾名

惡跡昭彰的寨中人物，並逐漸改訂法規，慢慢變化寨眾氣質，期在翠竹山莊一旦崩潰，這些綠林豪強驟然一散之下，不致化整爲零地又成了江湖禍患。

快到會期之前，西門豹故意在玄龜堂的匾額以上，貼了三張拜帖，惑亂玄龜羽士心神，這時，「九現雲龍」裴叔儻父女及裴伯羽、西門泰，均已到了王屋，與西門豹取得聯絡。

西門豹暗察雙方實力，認爲群俠已佔優勢，心中正覺寬慰，但突然在會期前日，來了那位西域僧人離垢大師，並說還有十六名西域好手，爲了那柄青虹龜甲劍及大漠神尼當年劍劈魔僧法元之仇，隨後就到。

這一來，四靈寨方面驟添十七名好手，形勢無疑立刻逆轉，西門豹好不憂心，藉著敬酒爲名，一試離垢大師功力已頗驚人，約與自己伯仲之間，非同小可；倘若他那極力推崇的西域病、醉、笑、癡四佛，與其餘「離」字十二僧再到，豈非一番心血盡成泡影？而來此赴會群俠，也將遭受莫大不利！

一再籌思，只有「釜底抽薪」，先把四靈寨解決，使呂崇文報了母仇再說，遂在村店酒菜之中，暗下益元醉藥，盜得呂崇文的青虹龜甲劍，交給自己侄兒西門泰，叫他迎著西域四佛十二僧來路，故意略爲顯示此劍，使他們見劍生疑，轉途追探，引得越遠越好；同時再請功力較高的「雙首神龍」裴伯羽暗中策應，並在四佛十三僧轉途決心追劍之後，用

極妙手法將劍換回，以備翠竹山莊大會之中，呂崇文萬一拚鬥強敵，需劍應用！

諸事安排就緒，翠竹山莊的論武大會已開！

西門豹在與「九現雲龍」裴叔儻一場虛應故事的，較量那「九節歸元，憑虛躡步」的輕功以後，裴伯羽腰懸青虹龜甲劍一到，便知正是自己脫身良機，遂又唱了一場旁人看不出的假戲，挨裴伯羽一掌下台，與胡震武二人同入璇璣竹陣。

裴叔儻說至此處，群俠業已聽得嗟嘆不止，滌凡道長笑道：

「如此說來，這位西門豹去而復返之故，貧道猜出幾分，他大概是怕宋三清在失敗以後，指揮屬下，倚眾群毆，雙方混戰之下，多造無數殺孽！才回來騙得宋三清一面玄龜旗令，遣散大半香主，並在敬這倒在場中十餘人的一杯酒中，做了些手腳，直等徹底功成，才乘著一亂之間，飄然而隱。貧道浪跡風塵，也有三數十春，眼中所見人物，絕藝神功，當然要推慕容大俠賢叔侄，但心計之工，卻真無人能出這位西門豹之右呢！」

慕容剛見滌凡道長誇讚自己，正在遜謝，呂崇文卻自叫道：

「誰說是徹底成功？『玄龜羽士』宋三清首惡在途，我那殺母仇人，『單掌開碑』胡震武也已不見……」

慕容剛不等他話完，沉聲叱道：「文侄怎的這等浮躁？宋三清是故意放走，要藉他引出天南雙怪，一併除去，才好永靖江湖！至於胡震武，我料他定在你西門老前輩的算計之中，插翅難脫。」

呂崇文仍在懷疑，「九現雲龍」裴叔儻把手中那個大信封遞過，笑道：「這是對台胡震武適才派人送來，其中或有玄妙，呂小俠何妨拆開一看？」

四二 陰影幢幢

呂崇文聽說是胡震武令人所送，起初真不敢擅自莽撞拆開，但見那封面「呂崇文小俠親啓」七個大字，是西門豹筆跡，知道無妨，拆開看時，只見上面寫著：

「楓嶺山積翠峰石室之中，蒙呂小俠慨釋前仇，並以稀世靈丹相救，高義雲情，西門豹感恩沒世，銜環結草，均難圖報於萬一！因知四靈寨爲害江湖，而呂小俠又與『單掌開碑』胡震武有不共戴天之八年積恨，遂借老友『璇璣居士』歐陽智之名，掩飾本來面目，投入四靈寨內，此事詳情，裴大俠昆仲均所細知，不再贅述！倘據西門豹預算，呂小俠拆開此信之際，亦即四靈寨覆亡敗滅之時，可請『雙首神龍』裴大俠駕輕就熟，處理善後，慕容大俠與呂小俠等人，則速至璇璣竹陣中心的秘室以內，將一圓形石椅先行左旋三轉，再右旋一轉，然後復行左旋三轉，即有西門豹奉獻呂小俠之一件極佳禮物在內。但在全勝之餘，因西域離垢僧人已離此欲以天星旗火嘯聚同黨，必須小心防範四佛十三僧突然來襲；再者，『玄龜羽士』宋三清一走，必然去往高黎貢山，搬請『天南雙怪』爲傅君平復仇，並圖再振十年心血之翠竹山莊基業，慕容大俠亦須即謁無憂、靜寧及妙法等前輩稟告此事，早定對策！總之，西門豹矚目當世，一干魑魅狐鼠之氣焰雖殺，但元兇未滅，劫亂方殷，吾輩既以安良除暴爲懷，尙需仗一腔熱血與三尺青鋒，蕩盡天下邪魔，我肩始卸！是故江湖道上，後會方長，臨別匆匆，書不盡意！」

慕容剛把信看完，向呂崇文笑道：「文侄，我道如何？你西門老前輩贈給你的極佳禮物，不定然就是那『單掌開碑』胡震武麼？」

呂崇文笑道：「西門老前輩雖然妙算神機，令人心服，但怎在最後還要考考我們？他那璇璣竹陣，外人未明究竟，不是極難通行麼？」

慕容剛笑道：「他如今與我們是道義之交，不會再弄玄虛相戲，趁裴大俠安撫寨眾之時，諸位有興，一同走趟璇璣竹陣，看場甕中捉鱉的好戲如何？」

群俠含笑一同起身，但才一走進璇璣竹陣門戶，果然覺得路徑錯綜複雜已極，不知哪條才是通往陣眼中心秘室的正確路徑？

呂崇文仔細一看，欽佩得跳起來道：「慕容叔叔，這位西門老前輩，心思靈巧得簡直可愛！你看這些錯綜複雜的路徑，不全是些八卦圖形，與我們在括蒼山仙人洞，明初海盜丘騰蛟的墓穴之中所遇所經完全一樣麼？我們仍照上次走法，專闖離宮，試它一試！」

慕容剛也已看出，便如呂崇文之言，照著上次仙人洞走法，每逢八卦即闖離宮，果然十來次折轉過後，陣眼秘室，已然在望。

一進室門，首先入眼的，便是石桌上面被人砸得粉碎的一個極大花瓶，瓶中一束濕透潮透的火藥引線，地上還有一張揉得皺爛了的信紙。

慕容剛拾起一看，勉強還可辨出，是西門豹留給「玄龜羽士」宋三清揭破自己本來面目的一封書信，信中並說明東看台下所埋的地雷火藥，早被自己予以破壞，勸他斷了再逞

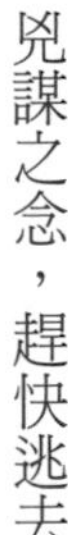

兇謀之念，趕快逃去。

群俠真還不曾料到自己所坐的看台之下，竟有這等危機！倘若不是有這位西門豹搖身變爲四靈寨護法，取得宋三清高度信任，事事參與機密，而先機予以破壞，則方才大家興高彩烈、互慶功成之際，極可能便是地雷火藥轟然爆發，全數血肉橫飛、肝腦塗地，比那「毒心玉麟」傅君平死得更慘之時，故而一齊目注那束潮濕不堪的火藥引線，出神嘆息。

滌凡道長竟念起一聲「無量佛」，道：「狼子野心，江湖鬼蜮，委實令人防不勝防，我等均不啻再世爲人，西門老先生的這場功德，上達天心，他今後修爲，必獲極大善果。」

呂崇文黑夜毀家、慈母飛頭的八年錐心慘痛，今日好不容易才得快意復仇之際，哪有心情聽群俠這些讚嘆之語？雙手搬著那張圓形石椅，照西門豹所傳旋轉之法，左右旋轉幾次以後，果然石地之上，現出了一個三、四尺方圓大洞，一條黑影自洞中電射而出！

原來那「單掌開碑」胡震武見傅君平死在他自己所發的飛雷鑿之下，知道局勢確已無可挽回，西門豹化身的歐陽智再一催他快走，遂心慌意亂的跑到這璇璣竹陣的秘室之中，照歐陽智所傳，旋轉石椅，現出地洞，一頭便自鑽入洞內！

人一入洞，石洞便即砰然自閉，眼前頓時一片漆黑，胡震武閉目調氣，靜坐多時，再行睜眼看時，前方果然有幾絲極爲微弱光線。心中大喜，以爲那就是通往王屋山密林之內出口，遂摸索捫壁前行。

但走到發光之處，不禁驚詫欲絕！原來此洞居然無路可通，盡頭是用石壁封死，壁上鑿了幾個核桃大小孔穴，略透氣息！

他到此時，仍未想出遠赴仙霞，請來這位與自己交好極厚的歐陽護法，竟會是自己的要命凶星，把自己騙到這個死洞之中，坐待強仇呂崇文甕中捉鱉，仍然以為歐陽智今日也因形勢緊張，心神慌亂，忘了告訴自己開啓這石壁之策。遂運足功力，向那石壁連擊兩掌。

他雖有「單掌開碑」之稱，卻怎樣也震不開這又厚又大的整座石壁！萬般無奈，回到來時地洞入口，更連一絲光亮全看不見，遂只得把希望寄託在歐陽智少時也從此洞脫身，便可相偕而出。

靜待多時，洞中那種悶濕氣息，胡震武幾乎無法忍受！好不容易聽得來路洞口，起了隆隆轉動機關之聲，精神不由一振，洞口一開，立即穿洞而出！

但出洞以後，不由更覺心膽皆裂！強仇慕容剛、呂崇文臉罩寒霜，卓立虎視，身後各派群俠也面容嚴肅地四散包圍，看情形，自己縱然脅生雙翅也難逃脫。

胡震武本是兇人，知道八年以前自己率眾逞兇，殺死呂崇文之母，及那義僕呂誠的獨生孫兒，今日天道好還，冤冤相報，所受無疑極慘。目前情勢既然絕難再活，何必落入人

手，受那意料得到的無邊毒楚？遂把濃眉一剔，厲聲說道：

「你們不必倚眾逞兇，好漢做事好漢當，胡震武就以這一顆大好頭顱，了斷八年舊恨！」

說完，蹤腳飛身，一頭便往石壁之上撞去！

哪知足才離地，便被呂崇文一把拖回，滿面神光，正色叱道：「呂崇文雖然與你殺母仇深，八年茹恨，但在這仇讎了斷之時，絕不讓你有任何藉口遁詞，眾位叔伯人數固多，但呂崇文卻一人鬥你，並不用青虹龜甲劍，只以先父所遺梅花劍取你首級，慰我慈母在天之靈，叫你死得心服口服！」

說完，轉身向身後群俠，一躬到地，悲聲說道：

「諸位叔伯，呂崇文八年茹恨，一旦清償，但為人子者，必須親手報此深仇，現已約定與他單打獨鬥，倘胡震武功力藝業能勝過我時，則請諸位叔伯勿加留難，任他自去，俟呂崇文再習絕藝，海角天涯，尋他便了！」

群俠聞言，不由暗讚呂崇文光明磊落，含笑一齊走出室外。

胡震武隨身兵刃是一對判官雙筆，此時業已撤在手中，呂崇文果然解下青虹龜甲劍交與慕容剛，自己手持梅花劍，氣吞河嶽地岸然卓立，平胸端劍，挽訣齊眉，靜待胡震武發招進手。

胡震武在自忖必然身遭慘死之下，忽然現出一絲生望曙光，自然心頭狂喜，知道休看眼前群俠四散分立，把自己圍在中央，但若果能拚命鬥敗這呂崇文，多半絕不食言，真可能放自己逃走。

老賊眼珠一轉，業已在不動聲色之下，看清西南方站的是裴玉霜姑娘和「展翅金鵬」顧清，似爲群俠之中的較弱一環，少時萬一能有機緣，最好由此方向逃遁！

退路看好，胡震武一身功力也非等閒，抱元守一，納氣凝神，把一切思慮暫置度外，腳下步眼一動，判官雙筆施展出自己最得意的「魁星三十六式」，並因呂崇文武功絕世，一變通常手法，把他這路「魁星筆法」移後作前，一開始就用的是這路筆法中的撒手絕招，後十二式之中的「追魂九絕」，雙臂一揮，居然幻起滿天筆光，「金雞奪粟」、「亂點鴛鴦」、「萬峰尋穴」，三式迴環，招中藏招，式內套式，在刹那之間，分點呂崇文前胸九處大穴。

呂崇文厲聲長笑，翻腕震劍，劍化一道精虹，叮噹幾聲，不但化開胡震武來招，並竟就勢攻敵，單足點地，梅花劍「倦鳥投林」，直向胡震武丹田刺到！

胡震武撒手絕學「追魂九絕」之中的連環三招，被呂崇文一劍擋開，便知道自己除了一手開碑掌力，似還略可與對方頡頏之外，其他武學實在差得太遠，遲早這顆人頭總是強仇的囊中之物。

胡震武人極兇橫，合手一招，便知勝望已絕，遂起了一個玉石俱焚之念，明見呂崇文這一劍刺的是丹田要害，居然不閃不躲，只把身軀微微一偏，就勢以判官雙筆疾點呂崇文右乳以下。

呂崇文真未想到他如此兇橫？劍尖已然挑破胡震武中衣，但對方雙筆也離自己的「期門」要穴，不及一寸！這種情勢，極其凶危。連慕容剛都爲之心神一震，裴玉霜則更是心繫呂崇文，幾乎叫出聲來！

倘幸呂崇文一身功力，已到收放自如的極高境界，沉肘收勢，吸胸避筆，手中劍往下一劃，身軀居然在這樣情形之下，來了一個單足作軸的貼地盤旋，使胡震武判官雙筆從頭上點空，梅花劍奮力橫掄，一片劍光，飛削對方雙腿！

胡震武躍身避劍，中衣以上，現出一線血痕，但這只是被呂崇文收劍之時順勢劃破的皮肉之傷，無甚大礙！正待揮筆遞招，呂崇文業已看出對方意圖拚命，怎會讓他如意？俊眉雙剔，一聲懾人心魂的怒嘯起處，悲聲叫道：

「胡震武！你還我的慈母命來！」

梅花劍化成一縷青光，脫手飛起三、四丈高，人也以七禽身法中的「鷹隼入雲」同樣縱起，半空中伸手接劍，掉頭下撲，手中劍一旋一抖，不知用的什麼手法？

胡震武只覺得一片耀眼青光之中，竟有千百柄梅花劍當頭斫落！知道對方已下殺手，

再不立即遁逃，恐怕連這虛無飄渺的一線生機也將斷絕。

對方凌空倒撲，劍光如幕，自己根本不識刀路，無法招架，索性把心一橫，呼呼兩道勁風起處，竟把一對判官筆照準呂崇文即將撲到的身形打去，自己卻乘這雙筆出手之時頓足飛身，向那事先看好的西南方退路縱去！

哪知身才縱起，便知不妙！西南方站的哪裏是裴玉霜女俠與「展翅金鵬」顧清？卻正是比呂崇文還可怕、更難鬥的「鐵膽書生」慕容剛，巍然而立！

原來女孩兒家心思終較細密，裴玉霜見胡震武眼珠向自己這邊一轉，便已猜到他想從此處逃脫，因知此人功力不弱，身後又是路徑錯雜的竹林，恐怕自己萬一阻攔不住，呂崇文可能抱憾終身，所以悄悄通知「鐵膽書生」慕容剛，兩人互相換了一個位置。

呂崇文方才凌空倒撲的一招劍法，本是「卍字多羅劍」中一手絕學，名叫「天河洗劫」，隨心所欲，變化萬端，加上師門七禽身法，以為胡震武必難逃出這一招之下！但哪會想到，對方居然竟把兵刃當做暗器使用？判官筆份量本就不輕，加上胡震武奮力飛擲，威勢自然極強，呂崇文不得不暫收劍招，右劍左掌，把那破空飛打而來的兩枝判官筆一齊震落！

七禽身法，神化無比，呂崇文就在這震落兩枝判官筆上，借力疊腰，「細胸翻雲」，凌空又起，見胡震武逃往西南，雙足一屈一伸，再度追撲！

並因怕他萬一又用什麼鬼蜮伎倆，竄入竹林，不易擒捉，也自照方抓藥，把兵刃脫手，猛推梅花劍柄，一道寒光，便如電疾一般，直向胡震武後心射去！

胡震武八年以前皋蘭對掌，心中就懼怯這位「鐵膽書生」慕容剛再出江湖，聲威更盛，所以一見是他阻住去路，心中未戰先寒，正在進退無措，略一遲疑之間，呂崇文梅花劍所化的一縷寒光，業已直貫後心，透胸而出！

胡震武五官一擠，慘嚎半聲，屍身栽落塵埃，呂崇文遙空向皋蘭拜倒，俯首慟哭！幾經慕容剛、裴叔儻、裴玉霜等人好言勸慰，呂崇文才收淚起身，割下胡震武頭顱，用油布包好。

慕容剛見諸事俱了，這翠竹山莊的善後各節，已無需自己叔侄，遂向群俠抱拳含笑說道：「四靈寨雖然暫時瓦解，但『玄龜羽士』宋三清此去，必把天南雙怪搬請得重現江湖，而西域一派，亦已磨礪多年，意欲再與中原武學一較長短！恩仇未了，世劫方多。慕容剛與我這世侄祭奠他父母之後，便立即西上北天山冷梅峪及北嶽紫芝峰，拜謁靜寧、無憂二位老人家，請示怎樣殲滅『天南雙怪』暨化解西域、中原昔日的一段嫌隙。然後再與諸位同以堂堂劍氣，盡掃群魔，爲這黑暗齷齪已久的江湖之中，整頓出一片清平世界！」說完便告辭。

那裴玉霜俠女襟懷，毫無羞澀地與呂崇文殷殷話別，堅定後約。

慕容剛、裴叔儻看在眼中，互作會心微笑！一干俠義群雄，除裴叔儻父女留此相助裴伯羽處理善後之外，也均風流雲散！

四三 望穿秋水

卻說「小潮音」是南海之中的一個小小孤島，距離廣東神泉港約莫帆船半日之程，島上石怪峰奇，泉清樹茂，景色絕佳！尤其向北靠海一面，劈石奔巒，絕峰竦立，並有飛瀑穿雲，淩空倒瀉，半天雨雹，千尺珠璣，瀑旁不遠的一片青松翠竹掩映之內，依山建有一座小小茅庵，四周清靜已極，鎮日只有些松濤鳥語，與峰下岸邊潮漲潮落的所作繁音，伴著庵內早晚間的鐸鈴梵唄，暮鼓晨鐘，令人俗慮齊蠲，心神盡寂！

時中五月，盛夏方炎！在一個清朗淩晨，峰下岸邊的一塊大石之上，坐著一個縞衣如雪，風致高華，美擬天人的三十上下女子，但眉凝幽怨，目蘊情愁，不時手掠雲鬟，望著那海雲深處的一髮青痕，若有所憶！

這位白衣美女，正是「天香玉鳳」嚴凝素。

嚴凝素爲人外冷內熱，極富感情，翠竹山莊一會，除了「毒心玉麟」傅君平曾以下流手段對自己欲加淩辱，喪心無恥，誓不相容，用伏魔金環巧破飛雷鑿，使其自食惡報以外，因翠竹山莊之中，或人或事，均與自己有十載淵源，實在不忍見那種瓦解冰消、分崩離析慘狀，何況恩師妙法神尼嚴囑一經雪恨，即行回報，所以才在得手之後，毫未停留地與意中人「鐵膽書生」慕容剛匆定後約，立即回轉南海。

但翠竹山莊大會迄今業已兩月有餘，自己與慕容剛雖無海誓山盟的嚙臂之約，但就憑那玄龜堂內四目一對，眼波眉語，脈脈相通的綿綿情意看來，分明這八載之間，彼此一

樣，均已相思刻骨！自己約他到南海一會，無疑四靈寨事了，與呂崇文祭奠呂懷民夫婦以後，必然立即趕來，怎會歷時這久，還未見到？

嚴凝素這類風華絕代、自視極高的女子，方寸心扉，決不輕啓，但一旦有所屬意，則天荒地老，石爛海枯，此情亦難再變，所以這一塊大石之上，不知使她望斷多少清晨？立盡多少黃昏？但「過盡千帆皆不是」，幽懷鬱鬱，流水悠悠，鐵膽書生，因何薄倖？

海波浩蕩，一望無涯，捲雪翻瀾，飛清激素，嚴凝素相思無那，別緒難排，竟自略改李清照的《鳳凰台上憶吹簫》詞句，低聲宛約唱道：

唯有連天海水
應笑我終日凝眸
凝眸處
從今又添一段離愁

歌聲猶在飄蕩，峰腰茅庵之內，突然「叮叮」連響，傳來幾聲玉磬之音，嚴凝素知道恩師妙法神尼傳喚自己，趕緊略寧心神，暫時驅散遐思綺念，縱身上躍，縞袂飄風，身法輕靈已極，真如同一隻玉鳳一般，散著淡淡天香，飛登絕壁！

茅庵之內，貝葉青燈，藥爐經卷，陳設得古樸無華，中室西側的禪榻之上，坐著一位相貌清奇、目光冷峻、不怒而威的高年比丘尼，見嚴凝素進門，看她一眼問道：

「素兒，妳自王屋復仇雪恨歸來，差不多每日清晨黃昏均要去到海邊眺望，我真不知道那慕容剛究竟是怎樣一個絕代英雄，值得妳如此屬意？須知為師昔日，便因為一件情天恨事，才剃去三千煩惱，遁跡空門，並立誓不入中原一步！妳是我門下唯一弟子，能有良好歸宿，為師當然欣慰，但必須等我見過慕容剛，看看他是否配得上妳，再作決定，妳已約他南海一會，時隔這久不來，莫非有心輕視？我門下不許過分遷就別人，只准妳等他三月，倘此期一過，便一步一拜，他休想上我這潮音峰頭半步！」

妙法神尼說到後來，語氣之中，業已滿含怒意。

嚴凝素慧目識人，知道鐵膽書生絕非薄倖一流，見恩師蘊怒，生怕把事鬧僵，低頭稟道：「慕容剛人頗老成，徒兒除掉傅君平，即行離開翠竹山莊，不知是否結局有變？」

妙法神尼哂然說道：「妳既說他藝兼無憂、靜寧兩家之長，難道只剩下一個『天南雙怪』孽徒玄龜羽士和什麼西域僧人，就應付不了麼？」

這一句話，把嚴凝素頓時提醒，芳心之內，立為慕容剛、呂崇文莫大擔憂！暗想：倘若西域四佛十三僧一齊趕到，他叔侄縱然功力再高，以二對十七，如何能敵？而自己回到南海，只把西域離垢大師來到翠竹山莊，為四靈寨助陣之事稟告恩師，怎的忘了把青虹龜

甲劍的一重恩怨說出?遂向妙法神尼說道：

「恩師可知道那些西域僧人與慕容剛、呂崇文作對之因，竟與我們南海一派，也頗有關聯麼？」

妙法神尼詫然問故，嚴凝素遂將西域僧人苦練絕藝，現由該派好手四佛十三僧連袂同進中原，尋找與大漠神尼有關之人及那柄青虹龜甲劍的下落，企圖洗雪當年北天山絕頂劍劈西域魔僧之恥一事，詳細稟告。

妙法神尼聽完，「哦」了一聲說道：

「大漠神尼雖然是我師姊，但舉世之上，卻極少人知，真若西域僧人過分不知進退之時，倒不能使呂崇文為了一柄青虹龜甲劍獨擔艱巨！到時妳持我昔年信物『度厄金鈴』，邀那四佛十三僧來這南海小潮音一會便了！」

嚴凝素見恩師肯管此事，心內略寬，整日除了參究精研內外行功，就在峰下海邊的巨石之上，北望鯨波，想從那一碧極天以內望到一片白帆，而這片白帆之下，站的就是「鐵膽書生」慕容剛、呂崇文叔侄兩個。

望來望去，果然被她望出端倪！

這日也是清晨，嚴凝素卓立石上，遙望遠遠的許多帆影，飄蕩碧波，突然覺得其中一片白帆與眾不同，似是直對這小潮音方向移動。注目良久，證明自己所看確實不差，那片

白帆業已越現越大，但等到辨清船頭所立，是一灰衣僧人之時，卻又不禁大大失望。

朝朝渴盼，日日成空，心中自然微覺悽楚！方把螓首一低，眼角垂下兩點珠淚，忽然想起這僧人的身形好熟，抬頭細看，來帆因是順風，速度頗快，已然離島僅有三、五十丈，果然正是心中所猜，對自己有莫大恩惠，化名「鐵木」的澄空和尚。

澄空乃是無憂頭陀弟子，突然來到南海，必與意中人慕容剛大有關聯，嚴凝素竟自莫名其妙地起了一種不祥預兆，心中不住騰騰亂跳！

縱身躍上一塊更高大石，向著來船不住揮手，霎時船便抵岸，澄空囑咐舟人就在沙灘相候，便即縱上大石，與嚴凝素互相禮見。

嚴凝素見澄空一臉嚴肅莊重神色，越發知道自己所料不差，顫聲問道：

「澄空師……師兄！慕……」

澄空不等她話完，接口莊容說道：「嚴女俠不必過分擔憂，慕容師弟雖受重傷，尚無大礙！呂崇文卻連人帶劍，被四佛十三僧擄回西域，急待營救，妳先引我參謁妙法前輩，我還有事稟告。」

嚴凝素一聽，事情居然嚴重到這般地步，不禁柔腸寸斷，猛使絕頂功力「一鶴沖霄」，宛如凌空虛渡一般，竄向峰腰茅庵。

澄空僧袍一展，也自飄飄隨起，直把個駕舟人看得驚疑萬狀，目瞪口呆，不知這一僧一女，究竟是仙是佛？

二人身形離庵門還有丈許，妙法神尼即已傳音問道：

「素兒妳帶何人同來？我這潮音庵中，誰敢不得准許，妄自闖入？」

澄空聞言，急停身形，合掌恭身稟道：

「恆山紫芝峰無憂上人門下弟子澄空，奉師命渡海遠來，有急事拜謁潮音庵主！」

妙法神尼方自「哼」了一聲，嚴凝素業已忍不住地搶步走進庵內，顫聲說道：

「澄空師兄在南雁蕩山，有保全弟子清白的極大恩德，又是無憂師伯弟子，請恩師不要對他為難，如今不但『鐵膽書生』慕容剛身受重傷，呂崇文與青虹龜甲劍，也被四佛十三僧擄到西域去了。」

妙法神尼聞有如此巨變，也未免長眉微皺，神色一震！

這時澄空業已走入庵門，拜倒在地。

妙法神尼命起說道：「我與令師昔日知交，絕非有意對你為難，唯因曾為一事，立有誓言，不但不履中原，我這潮音庵左近，也不准任何男子妄自來此，但如今為了我這孽徒，可能兩般誓言均須毀棄。你渡海遠來，不必拘禮，且再坐談。」

澄空知道對於這種出世奇人，不必拘泥虛偽，告坐以後，肅容說道：

「弟子此來，共有三事，奉師命必須稟告庵主。第一件是我師弟慕容剛率世侄呂崇文

在掃蕩翠竹山莊以後，帶著呂崇文殺母仇人胡震武人頭回轉皐蘭，祭奠呂懷民夫婦之時，西域一派的頂尖好手四佛十三僧，突然現身，硬奪『青虹龜甲劍』，並欲把呂崇文帶回西域，慕容師弟叔侄自然不服，惡戰遂起。以二對十七，再高功力亦均難敵！慕容師弟因需趕赴南北天山靜寧師叔之處報信求救，拚命力戰，在身負重傷之下，一連掌震三僧，殺出重圍。呂崇文則連人帶劍，全被擄走！西域僧人臨行之時並出狂言，說是九九重陽節前，保證人劍無傷，凡屬與此事有關之人，儘量各憑藝業，去往藏邊金龍寺救人奪劍。但一到九九重陽，即將舉行祭奠魔僧大典，火化呂崇文，並將『青虹龜甲劍』折成寸段，回爐鑄成一柄魔僧法元昔日所用兵刃『日月金幢』，以示西域武學重振！」

妙法神尼聽到此處，兩道長眉微微聳起，目光一轉說道：「現在不過五月中旬，離九九重陽尚早！第二件事，又是什麼？你且說來！」

澄空說道：「天南雙怪韋氏兄弟的白骨箭及骷髏令兩般信物，業已重現江湖，並有帖送到恆山，邀約宇內三奇來歲歲朝，仍在泰山絕頂一會！」

妙法神尼點頭說道：「韋氏兄弟當日泰山一敗，因靜寧道友劍下施仁，倖免誅戮，遁逃海外，匿跡穹邊，已有不少年頭，這次既敢捲土重來，約鬥我們三人，總有幾分自信，令師對此可有什麼安排麼？」

澄空答道：「家師令弟子傳言，全請庵主做主！」

妙法神尼笑道：「無憂道友未免太已謙光，明歲歲朝，時日更長，等我與令師及靜寧真人見面以後再為決定。你方才曾說有三事相告，那最後一件，卻是何事？」

澄空神色恭謹，肅容答道：

「天南雙怪韋氏兄弟投帖恆山之時，曾附有三般信物，除去他們本身的白骨箭、骷髏令以外，尚有一面半紅半白、上繡一朵桃花和一枝風竹的六寸小幡，但並未說明小幡來歷，家師略一審視，特命弟子稟報庵主，說庵主可能知曉此幡底細！」

澄空連報兩樁大事，妙法神尼均未動容，但一聽這面小幡，卻突然在眉宇之間騰起一片又奇又怨，說不出來的神色，雙目凝光盯住澄空問道：

「那面半紅半白、上繡桃花風竹小幡，你可曾帶來？」

澄空起身，自袖內取出一面小幡，雙手恭敬捧上。

妙法神尼展開一看，小幡果然長六寸，是用極好絲綢所製，半紅半白，紅處繡出一朵桃花，白處繡出一枝風竹，不由無窮往事，電幻心頭，自言自語說道：

「真想不到當日祁連山朝笏峰頭，中了我『度厄金鈴』，墜入無底幽壑之中的凌風竹和畢桃花一雙狗男狗女，居然還在人世！他們這面『桃竹陰陽幡』一現，我再履中原，便不算違背誓言，正好與無憂、靜寧二位道友小試昔年故技，令這干不知天高地厚的狂妄魔頭，嘗嘗宇內三奇到底有些什麼樣的降魔手段？賢侄來時，你師父可有吩咐，約我在何處

相見？」

澄空忙答道：「家師因恐西域僧人背言失信，業已先下藏邊，暗中維護呂崇文，防他在九九重陽期前，被西域一派預加謀害！靜寧師伯則正為慕容師弟調治傷勢，此時或已北行入藏，故而家師命弟子傳言，西域四佛十三僧雖然不可輕視，但有家師與靜寧師伯和慕容師弟暗中維護，呂崇文決可無恙，只等庵主一到，彼此商量一條良策，以圖化解中原、西域這點意氣之爭，免得仇怨循環，何時罷了？」

妙法神尼微笑說道：「無憂道友，實在慈悲太重，怕只怕西域僧人夜郎自大，嗔念難消，不易如他所願！既然如此，我與素兒，三兩日內，便即起行，你是與我同走，還是先行稟報令師？」

澄空合掌莊容答道：「在庵主面前，晚輩不敢妄打誑語，我恩師言道，庵主只要一見那面『桃竹陰陽幡』，定然重蒞中原，他老人家先在藏邊相候，命弟子不必回報，卻需趕往翠竹山莊通知『雙首神龍』裴伯羽，告以『玄龜羽士』宋三清即將捲土重來，叫他小心防範，此事亦甚急要，弟子不敢偷閒，敬向庵主告別！」

妙法神尼搖頭笑道：「我昔年那件恨事頗為隱秘，令師居然知曉得這般詳盡，不然他怎會猜出我一見此幡便即解誓，足見故人一別多年，神通精進不少！素兒，妳澄空師兄尚有急事在身，不必留他，代我送客！」

澄空合掌拜別，妙法神尼含笑答禮，那位「天香玉鳳」嚴凝素，因聽得意中人「鐵膽書生」慕容剛身負重傷，早已柔腸百結，但一來欲聽澄空敘述詳情，二來在恩師面前不便插口，此時出得庵門，一面往峰下飛身，一面便自急急問道：

「澄空師兄！你可曾見過慕容……大俠……他……他的傷勢究竟嚴重到什麼程度？」

澄空見嚴凝素雖然忍淚不流，但一對大眼眶中，卻已含珠欲滴，不由點頭道：

「四佛十三僧皋蘭擄人奪劍一事原委，是靜寧師伯特煩新疆大俠『金沙掌』狄雲馳赴恆山，才得知曉！據狄大俠所說，慕容師弟是求救心切，猛闖重圍，以般禪重掌力震三僧，卻挨了四佛之中『笑佛』白雲的夾背一掌，若非功力湛深，心脈當時可能便即震斷！勉聚一口中元之氣，跑到星星峽時，無法再支，暈死道中，幸而天不絕人，『金沙掌』狄大俠正陪他一位醫道極精的好友杜一峰自南疆倦遊歸來。杜一峰雖有妙手華陀之稱，對慕容師弟所受重傷，亦感無能爲力，但因久欽『鐵膽書生』俠名，又有『金沙掌』狄大俠這層淵源，拚捨藥囊之中自己珍逾性命的一支成形何首烏，護住慕容師弟的心頭一息，飛送北天山，由靜寧師伯運用道家起死回生的太清玄功，爲他慢慢化散內臟淤血，然後再以神功靈藥，導氣益元，虧損自然極大，性命卻已無妨。嚴女俠不必過分擔憂，西藏途中，必可相見，我慕容師弟有妳這樣一位紅顏知己，實在是他莫大幸事。」

「天香玉鳳」嚴凝素聽慕容剛傷得那等重法，淚珠兒業已忍不住撲簌簌地滾下腮邊，

芳心之內，並把那「笑佛」白雲四字，牢牢緊記！

但聽到澄空末後數語，卻不由嬌靨飛紅，此時已到峰下，澄空一躍登舟，向嚴凝素揮手笑道：「嚴女俠隨侍潮音庵主，入藏之時，尚望隨時婉勸庵主劍下留情，免得使西域、中原這段武林嫌隙，生生不了！」

嚴凝素點頭示意，目送澄空所乘的那一片白帆隱入海去，才回轉潮音庵內。

這時妙法神尼仍在手執那面半紅半白、上繡桃花、風竹的六寸小幡，皺眉凝視！

嚴凝素見狀問道：「恩師，這面小幡……」

妙法神尼一聲長嘆說道：「這面小幡，就是我昔年的傷心恨事，妳且一旁坐下，聽我說將出來，也好對這茫茫濁世的險惡人心，隨時深加警惕！」

嚴凝素如命坐下，妙法神尼又看了那面小幡一眼，悵惘無窮往事的，說出一番話來：

原來妙法神尼原名韋傲霜，武林人稱冰心女俠，與另一位少年俠士凌風竹，乃是一對竹馬青梅的純潔情侶。兩人月夕花晨，山盟海誓，神仙不羨，只羨鴛鴦！均是一樣的綺年玉貌，江湖行俠，儷影雙雙，也不知妒煞多少武林兒女？

但想是夙孽使然，就在二人即將定期婚嫁以前，韋傲霜突然一病經年，凌風竹單騎闖蕩之時，竟自結識一個名叫畢桃花的婦人！

這婦人媚骨天生，凌風竹一朝失足，銷魂蝕志，竟在慾海沉淪，難於自拔！韋傲霜病

中就覺有異，凌風竹怎的這久不來探望，等病癒以後，才知他這半年以來音訊沉沉，根本不知人在何處？

這一來，韋傲霜以爲凌風竹在江湖之中出了什麼差錯，不禁柔腸寸斷，顧不得剛剛病癒之身，是否禁得起長途勞頓？竟自單騎一劍，遍覓江湖。

無巧不巧地找到廣東省內，居然遇見凌風竹與畢桃花並肩攜手，漫步海濱，形狀親暱已極！韋傲霜驟見之下，幾乎氣得暈倒，但她爲人剛強性傲，忍淚不流，只是寒著臉兒，遠遠地叫了一聲：

「凌風竹！」

凌風竹抬頭一看，不由大出意料，趕緊微使眼色，支開畢桃花，自己卻向韋傲霜面前編造了一套極其好聽的花言巧語，說是自己在嶺南行俠，被一群惡寇設計相害，身歷奇險，並受重傷，多虧那位畢桃花拚命相救，一心調護，才得告癒！但病癒以來，畢桃花卻吐露愛意，癡纏不捨，自己受人深恩，不好強行拒絕，只得委婉說明，早有愛侶，並且已定迎娶佳期，勸她息去此念！霜妹來得恰是時候，正好可爲自己解脫這層綺障！

凌風竹說話之時，神情誠懇已極，韋傲霜不由信以爲真，剛想叫他不可辜負畢桃花深恩，自己又非世俗女子，枕席之邊，不容他人酣睡，只要彼此情愛不渝，互敬互重，互傳箕帚，又待何妨？

哪知畢桃花已從後面悄悄掩至，而凌風竹此時也已心若豺狼，二人居然合力動手，乘著韋傲霜夢想不到而毫無防範之際，把她推落茫茫大海，葬身百尺鯨波之內。

但蒼天不會如此絕人，韋傲霜知覺恢復，睜眼看時，此身已在南海小潮音的潮庵內。庵主靜緣大師，率領一個弟子，正在擊磬誦經，幾篇貝葉，一盞青燈，嫋嫋香煙，喃喃佛號，韋傲霜突然頓悟，看透世情，往蒲團之上，跪求靜緣大師收留門下，加以剃度。從此轉入佛門，更名妙法。

等到把一身南海絕藝練成，師姊萬法早在西北行道，人稱大漠神尼！靜緣大師也已圓寂，想來想去，覺得當年那一件惡氣未消，終日牽腸，難證上乘功果，遂攜劍渡海。

此時凌風竹、畢桃花業已正式結成夫婦，並欲以那面桃竹陰陽幡做爲標記，創立桃竹陰陽邪教。妙法神尼聞風趕到，就在他們這桃竹陰陽邪教的開壇正日，仗一柄靈龍軟劍，連斬十六名蕩子淫娃，凌風竹、畢桃花認出韋傲霜居然未死，武功並精進到出神入化地步，不禁嚇得魄魂俱散，捨教飛逃！

妙法神尼自然隨後窮追，所到之處，凡屬奸邪，一概誅戮！江湖宵小之流，簡直聞名喪膽，見影飛魂，從此列名宇內三奇，「妙法神尼」四字，威震天下！

追到第三年上，才把詭譎萬端、喪心病狂的凌風竹、畢桃花二人，一直追到祁連山朝笏峰絕頂，逼得他們無路可遁，細細數明罪狀以後，才一人奉贈一枚「度厄金鈴」，打下

無底幽壑，雪卻胸中積恨！

妙法神尼恩仇既了，一意潛修，當眾立誓從此不履中原，並因恨透薄情負義的凌風竹，也不許任何男子妄窺她南海小潮音庵前半步！

而「天香玉鳳」嚴凝素卻不知是何人棄嬰？襁褓之中，只放著她送與慕容剛的那方雕鳳玉珮，爲妙法神尼歸途發現，因見是女身，又生得極其玉雪可愛，遂一念慈悲，帶回南海撫養。

妙法神尼說完前事，又道：

「如今這面桃竹陰陽幡，居然會與天南雙怪的白骨箭、骷髏令一同送到恆山，難道凌風竹、畢桃花撒手百丈高崖，仍未死去？但不管如何，此幡既出，我昔日心願便非真了，西藏路遙，妳且收拾行囊，我們明晨就走。」

嚴凝素雖然覺得恩師爲了一個凌風竹負義變情，就盡恨世間男子，未免太過偏頗！但自己哪敢多言？她本來心中就巴不得越早與意中人見面，慰問一番越好，忽聽明晨就可隨恩師同往西藏，不由面露喜色，去往後室，收拾行囊。

妙法神尼看她後影一眼，搖頭微笑自語說道：

「這孩子活脫就是我當年化身，雖然性傲情深，但福緣尙厚，歸宿不至太差！她那念念難忘的鐵膽書生，我可真要好好觀察試探一番，免得令她重蹈我當年覆轍，弄得恨海難

塡，情天莫補才好！」

一宵無話，次日清晨，妙法神尼率領嚴凝素師徒二人，飄然離卻小潮音，渡海前往西藏！

停舟登岸，妙法神尼縱目四矚，不禁嘆道：

「三十年不履斯土，青山依舊，人事全非，不知我那些舊日相識，能有幾人無恙健在？我們且由桂黔、雲南，穿越西康，趕赴藏邊金龍寺便了！」

嚴凝素自然唯師命是從，師徒二人遂即如言就道。

暫時按下妙法神尼師徒不提，先行略表藏邊金龍寺。

西藏在元、明之時稱烏斯藏，亦即古之三危，清置前、後藏，民國以來，始分建西康省，劃川邊特區，並分西藏爲前藏、後藏及阿里三部。

金龍寺爲藏派武術總樞，地在藏西著名靈蹟，阿里東南的阿耨達池之側，依山傍水，形勝絕佳！

方今金龍寺中，輩分最高、武功最強的，當推「病佛」孤雲、「醉佛」飄雲、「笑佛」白雲、「癡佛」紅雲四人爲最！其次才數得到比他們矮上一輩的離字十三僧。

四佛以內，「病佛」孤雲武功最高，也年事最長，這日正與其他三佛在禪房閒談，突

然金龍寺外，一騎如飛，一名灰衣僧人入寺走進禪房，合掌報道：

「弟子頃獲西康飛訊，說是南海妙法神尼率領『天香玉鳳』嚴凝素，已到西康，似有入藏之狀！」

「笑佛」白雲揮手令去，向「病佛」孤雲哈哈笑道：

「我們奪青虹劍、擄呂崇文，爲的是要報昔年北天山頂大漠妖尼一劍逞兇，逼得我們把這金龍寺自南疆遷來此地之恨！呂崇文是靜寧弟子，被我一掌震傷的『鐵膽書生』慕容剛，是無憂師侄，這兩個老鬼入藏攪擾，猶有可說，南海妙法干她何事？居然也自率徒萬里趕來！難道他們以爲『宇內三奇』之名，真能鎭懾天下，就無人敢動他們一動不成？」

「病佛」孤雲枯黃如蠟的臉上，兩條極細長眉，微微一聳說道：

「金龍寨四佛，雖然不畏宇內三奇，但這三個老鬼久負盛名，必有幾分驚人實學，千萬不可起了輕敵之念！南海妙法既來，無憂、靜寧怎會不到？我們必須妥加防範，謹防他們不來明攻，卻在暗中救人盜劍，就從今日開始，飄雲、白雲二位師弟，請常住慧光塔中，防範禁在塔頂的呂崇文被人救走，青虹龜甲劍由我隨身佩帶，料可無妨！紅雲師弟，則請勿露本來面目，迎向西康，暗中摸摸妙法神尼的南海武學究竟如何，以便有備無患！」

「笑佛」白雲哈哈笑說道：「大師兄如此安排甚妙，我與二師兄索性就在慧光塔頂，

與呂崇文隔室而居，就算是那三個老鬼親來，在二師兄的『醉拳六十四式』，與我『大金剛掌』之下，要全身而退，恐怕也非易事！」

「病佛」孤雲微微一笑道：「這阿耨達池之畔，將是多事之秋，我們以逸待勞，已佔便宜，但望三位師弟勿驕勿餒，好好率領師侄，與中原武林之內這幾個出類拔萃的老怪物，一較長短！」

「笑佛」白雲點頭笑道：「那鐵膽書生慕容剛在皋蘭呂家莊上，掌震三個師侄，並挨了我那重重一招『五丁開山』，依然能夠逃出重圍，由徒度師，這三個老怪物定然不弱！小弟絕不會恃強妄逞意氣，大師兄儘管放心！強仇蹤跡既現西陲，我們就遵大師兄之言，分頭行事吧！」

阿耨達池旁的金龍寺內，正在重重佈置，而妙法神尼、嚴凝素師徒一路，也已警兆頻傳！

她們萬里長途，安然無事，但一入西康境內，妙法神尼何等人物，雖然久辭塵俗，也自立即覺出無論是旅店、茶樓，或隨緣瞻仰的寺庵之中，總似有人在暗處察看自己，甚至行路之時，也會有人暗暗追蹤，知道金龍四佛的實力，業已到達此處！

對方這類行徑，慢說妙法神尼，連「天香玉鳳」嚴凝素，也只付諸一笑！

就在她們行抵藏康交境，日正中天之下，看見一所寺院金碧輝煌，建築得極其瑰麗！但寺門緊閉，鐘鼓梵音，一概寂然，竟似廟內無人模樣！

妙法神尼師徒行過寺門，已有十來丈遠，嚴凝素忽然駐足向妙法神尼笑道：「恩師！弟子覺得這座廟宇，靜寂得有點蹊蹺！我們敲門入內，看看好麼？」

妙法神尼笑道：「我昔年仗妳腰間的那一柄靈龍軟劍，不知誅戮過多少奸邪？如今既然再出南海，還怕些甚事？妳想看就去看看，反正據我所料，金龍寺的四佛十三僧，絕不會這樣容容易易的就讓我們到達他的阿耨達池畔！彼此終免不了兵戎相見，早點找件事情，挑開戰火也好。」

「天香玉鳳」嚴凝素聽妙法神尼口氣，自己要看的這座寺院，竟似定與四佛十三僧有關，不由覺得恩師太已多慮，嫣然一笑，回頭步上石階，輕叩門環！

連叩好久，寂無人應，嚴凝素好奇心起，輕輕縱上牆頭，向裏間望了一眼，回頭笑道：「好大一座廟宇，廟門又是從裏面插死，我就不相信會闃無一人，恩師和弟子搜它一遍好麼？」

妙法神尼飄身也到，見這廟宇約有三、四進之多，各處均打掃得潔淨無塵，絕不像是無人廢寺，遂把頭一點，師徒輕輕縱下牆頭，撲奔離得最近的一座大殿。

一進殿門，妙法神尼不由心神一肅，因爲殿中無論何種雕塑，均極爲精美，尤其是正

面一座如來金像，和身後的十八羅漢，姿態衣褶，莫不栩栩若生。

嚴凝素雖然未曾削髮剃度，但也隨著妙法神尼經常禮佛！師徒二人，剛向如來座前合掌低眉，突然殿中有人「哼」的一聲冷笑，用極低語音說道：

「肉身真佛不拜，卻去拜那泥塑如來，有目如盲，有耳如聵，妳這南海老尼，妙在何處？神在哪裏？」

休說三十年來，妙法神尼潛修南海，不染紅塵！就是三十年前，仗一柄靈龍軟劍，掃蕩群邪，成名宇內三奇之際，江湖宵小，也無不聞風喪膽，而在妙法神尼之上，還給加了「伏魔煞星」四字！

如今在這西陲寺院的佛殿之中，居然有人敢於出言諷刺，妙法神尼眉頭一挑，嗔心已起！但她畢竟江湖經驗老到，聽出此人極爲膽大，說話之後，人並未走！

自己立處，距離殿門不過丈許，諒他無法逃脫，遂慢慢回頭，沉聲問道：「何人斗膽？敢對南海妙法神尼無禮！」

但那人語音早停，不再答話，佛殿之中，一片死寂！

「天香玉鳳」嚴凝素方才聽得語音發自如來金像左側那九尊羅漢之處，猜出可能有人假扮佛像，但矚目看時，因塑工太妙，每尊均是神態欲生，一時竟難分出真假！

妙法神尼一聲冷笑說道：「素兒，妳以伏魔金環打那由左數起第三尊羅漢的雙目！」

話音才落，一陣震天的呵呵大笑，左起第三尊羅漢果然走下位來，是個身著紅色袈裟的矮胖和尚，一言不發，只向妙法神尼師徒合掌低頭，唸了一聲「阿彌陀佛」！

「天香玉鳳」嚴凝素首先問道：「和尚不在寺中誦經禮佛，卻故弄這種玄虛做甚，莫非是阿耨達池畔金龍寺中人物？」

紅衣矮胖僧人驀地抬頭，雙眼神光迸射，岸然發話說道：「中原武林各派同道，未獲金龍四佛法諭允許，任何人不得踏入阿里禁區，否則定遭奇禍！貧僧念女施主遠來不易，特為指點迷津，妳們就此回頭，尚不算晚！」

嚴凝素冷笑一聲說道：「天下路自有天下人行，環宇之內所有名山奧區，還未曾聽見過禁人涉足！慢說藏邊阿里，就是阿耨達池畔的金龍寺，只要你家嚴女俠有興，誰能攔得住我隨緣遊覽？和尚口出狂言，你憑些甚麼？」

紅衣矮胖僧人面容一冷說道：「慈悲法旨，難度癡迷！妳不要倚仗『宇內三奇』名震中原，須知在金龍寺中，這等人物不過是螢光爝火！妳問我憑的甚麼，出家人不打誑語，憑的是一顆佛心，和一雙佛掌！倘若不信，妳就接我一掌試試！」右臂一圈，強風起處，一掌當胸推出！

妙法神尼此時退立一旁，哂然不動，嚴凝素則嫌這紅衣僧人，語氣神情過分狂妄，默運九成真力，縞袖微揚，迎著對方掌風拂去！

紅衣僧人以為嚴凝素一個女流之輩，雖然名列四靈，得號「天香玉鳳」，頂多不過在輕功及劍術之上造詣稍高，內家真力方面，怎樣也比不了自己的沉雄威猛！哪知所料大謬不然，昔日呂梁山兩劍相交，暗試內力，連「鐵膽書生」慕容剛也曾稍遜這位「天香玉鳳」一籌！所以還在面含輕視，舒掌前推之際，對方縞袖一揮，便自覺得不但勁道奇大，並隱隱含有潛綿反震之力！

事出意外，這一驚非同小可，趕緊撤掌收勢，但已稍遲，身形被嚴凝素震得蹌踉幾步。

四四 層層設伏

嚴凝素試出對方功力，不過爾爾，冷笑一聲說道：「金龍寺中武術，原來也不過就是如……」

一言未了，身後又是「哼」的一聲森然冷笑！

這佛殿之中，居然除了那紅衣僧人以外，還有人潛伏在內，連妙法神尼不禁也自心驚，回頭看時，又是一尊假扮羅漢，自佛位之上慢慢走落！

此人生得更覺離奇，頸項頗細，一顆光頭卻碩大無比，粗看上去，那條細頸，幾乎不勝負荷！目光癡癡楞楞，臉上也直眉瞪眼地不帶絲毫喜怒神色！唯一異狀，就是皮膚紅潤得起了一種細緻寶光，所披袈裟卻作黃色！

妙法神尼一看便知，這個宛如白癡似的大頭僧人，比起先前紅衣和尚高明不少！冷然發話說道：「和尚們這些玄虛，弄得太無意義！要想阻我師徒，儘可光明正大地出手招呼，這樣褻瀆佛像，豈不罪過？」

黃衣大頭僧人咧開大嘴，呵呵一笑說道：「我即是佛，佛即是我，老尼姑連這點禪機都參不透，實在枉列三寶門中！好好好，主隨客便，妳既認為佛殿尊嚴，我們外廂一會！」

雙肩略晃，人已如輕燕騰空，並且不走殿門，竟從牆上一個與他那顆大頭差不多大小的圓洞之中疾穿而出，而那紅衣僧人，也乘妙法神尼師徒一愕之間，掩至殿外。

嚴凝素眉頭一皺，向妙法神尼說道：「恩師，這黃衣大頭和尚穿洞而出的那身縮骨神功，頗爲驚人！不知他是金龍寺中何等人物？怪不得慕容剛身受重傷，呂崇文連人帶劍被擄，這些窮邊野僧真還輕視不得呢。」

妙法神尼面容嚴肅地說道：「早年西域一派，縱橫新疆南部之時，所有僧徒，出外均是一色黃衣，但在派中，卻以色分級，大概以灰色最次，紅色較高，黃色卻是至尊無上！後現身的大頭和尚，身披黃色袈裟，縮骨穿洞，也極見功力，莫非就是金龍寺四佛之一？總之，他們既敢主動挑釁，向中原武林叫陣，必有幾分自恃，先前紅衣僧人，武功已算不俗，但據我觀察，妳已足可勝他，但那黃衣大頭和尚若動手時，可不許輕易妄動，我自己對付！」

嚴凝素聽恩師猜測大頭和尚就是金龍寺四佛之一，那傷害意中人鐵膽書生的「笑佛」白雲四字，不由頓上心頭，眉梢微挑，手籠靈龍劍柄，竟自一縱而出！

妙法神尼見嚴凝素突然臉罩殺氣，微一尋思，不禁啞然，怕她萬一有失，緊步隨出，那黃衣、紅衣二僧，果然均在院中，神態悠閒，好似根本未把妙法神尼師徒看在眼內。

嚴凝素柳眉聚煞，妙目含嗔，走到離二僧六、七步之處，一指大頭黃衣和尚問道：「你是不是『笑佛』白雲？」

大頭黃衣和尚依舊癡笑不答，紅衣僧人卻滿臉冷然不屑之色說道：「佛在靈山，雲在

靈空，女施主無人指引，輕輕易易地便妄圖見佛，豈非笑話！方才殿內承教一掌，貧僧如今還想領教女施主幾招南海劍法，妳只要勝得了我手中伏虎雙圈，定然引妳靈山拜佛就是。」

嚴凝素知道對方蓄意考較功力，不願多言，嗆啷微響，靈龍軟劍業已掣在手中，也不取甚架式，就在當胸一橫，凝神待敵。

紅衣僧人見對方神色比自己更傲，哈哈一笑，探手僧袍以內，取出一對徑約尺許，略呈橢圓，外周除了握手之處以外，全是鋸齒的鋼圈，分執雙手，然後往裏一合，一陣龍吟虎嘯般的金鐵交鳴，震人心魄。

嚴凝素由他賣弄張狂，只是既不輕敵，也不怯敵的依舊神凝氣穩，漠然冷視！

這紅衣僧人，法名離塵，是離字十三僧中之一，名位、功力僅次病、醉、笑、癡四佛，在金龍寺內，也算得一流好手！因嚴凝素雖然年已三十，但因天資國色，加上內力深厚，望去頂不過花信年華，心中不由暗詫，四靈寨中的天鳳令主，原來竟是這般一個年輕貌美女子！

年輕貌美不說，方才殿內拂袖迎掌，內勁居然那好？現在卻又如此穩重地像一座山嶽似的，巍立面前，自己伏虎雙圈雖具極大威力，恐怕仍須特別小心，此女名不虛傳，千萬不可驕敵。

離塵在未交手前，就先爲嚴凝素的風華氣宇所奪，伏虎雙圈當胸一分，左圈在前，右圈在後，矮身滑步，連繞三轉，嚴凝素卻不理不睬，依舊巍然凝立！

離塵見她冷峻異常的這份神情，不禁火往上冒，欺身進步，虛踏中宮，雙圈上舉，帶著無比勁風，斜肩下砸！

嚴凝素不閃不避，手中靈龍軟劍「織女穿梭」，竟往離塵伏虎雙圈中心直刺而進！

這一來，卻把離塵和尚嚇了一跳！因爲自己伏虎雙圈最拿手的就是「鎖拿」二字，尤其對方兵刃，若是刀劍之屬，被雙圈連環鎖住，一錯一震，即或刀劍不折，兵刃也得出手，甚至虎口震裂！但如今大出意外的是，自己第一招雙圈手落，對方居然自投羅網，一劍刺向雙圈中心，真是從來未見的奇妙打法！

敵意難明，離塵和尚伏虎雙圈竟然不敢冒失鎖拿嚴凝素的靈龍軟劍！好在自己方才存心試敵，虛點中宮，步眼未曾踏實，趕緊挫腰收勢，撤回伏虎雙圈。嚴凝素劍光打閃，業已如影隨形，點到脅下！

離塵知道像與這樣對手過招，只要一著落後，可能永失先機，處處被動，遂不肯閃身避劍，伏虎雙圈自上往下，悠然折轉，硬向嚴凝素劍身之上崩去。

嚴凝素微微一哂，劍走輕靈，只把手腕一翻，便令離塵和尚的伏虎雙圈崩空，靈龍軟劍趁機反削對方持圈雙臂！

這一手變化得迅疾巧妙絕倫，眼見得離塵無法閃避，雙臂即將廢在劍下，連他身後的大頭和尙，臉上神色也爲之一變！

但離塵功力確實不俗，在自知招勢用老無法避劍之時，索性左臂凝勁，迎向靈龍軟劍劍鋒，卻以右手伏虎圈上，明晃晃的鋸齒尖鋒，橫往嚴凝素柳腰疾掃而至！

這一招攻敵必救，用得聰明，嚴凝素哪肯以一圈一劍做如此交換？沉肘收劍，滑步飄身，離塵卻乘著這冒險一招，奪回先機，立時雙圈並舉，又向嚴凝素頭頂，力劈而下。嚴凝素哂然一笑，又向離塵伏虎雙圈中心，挺劍直刺而上！

這回離塵未免太已不服，暗想對方簡直太過欺人，妳這柄劍，光華不見特異，絕非前古神物，我就偏用這伏虎雙圈，鎖它一鎖！

心意才定，雙方兵刃業已接觸，離塵伏虎雙圈套住劍鋒以後，突然吐氣開聲，雙臂猛蓄真力，左右一擋，以爲對方劍薄而脆，無論如何，也必被自己這種錯震之力，斷成三截不可！

哪知論力，嚴凝素已然比他高出一籌，論智，他更比不上「天香玉鳳」的玲瓏剔透！伏虎雙圈雖然力貫雙臂，卻似當中添了一層束縛，竟未能左右分開，而就在這門戶洞開的剎那之間，對方一隻左手的纖纖五指，業已沾上自己的胸前僧衣！

原來嚴凝素在雙圈鎖劍以下，右腕微抖，靈龍軟劍化剛爲柔，在離塵和尙的伏虎雙圈

之間，宛如電光石火一般快地纏了兩匝，這一來以圈鎖劍，突然變成了以劍纏圈，並乘對方驚愕失神之下，左掌輕舒，貼在他胸前僧衣以上。

離塵和尚知道對方指已沾身，自己無可逃死，正在廢然長嘆，雙目一瞑，突然嚴凝素收掌冷冷說道：「念你是三寶弟子，嚴凝素留力不發，免你一劫，前途再若相擾，卻休想再有今日！」

離塵和尚羞得滿面通紅，真恨不得有個地洞鑽了下去，他身後的大頭黃衣和尚，眼看離塵落敗，也不上前接應，此時見嚴凝素掌下留情，才往前走了半步，呵呵大笑兩聲，單掌問訊說道：「女施主不傷我金龍寺內之人，貧僧這廂謝過！」

嚴凝素這時方把靈龍軟劍收回，突然覺得這大頭黃衣和尚，輕輕單掌一立，自己隔有七、八尺外就感受到勁氣襲人，趕緊足下拿樁，使用「金鋼拄地身法」，但對方勁氣過強，硬抗難免受傷，不得不換樁兩步，才算站穩。

大頭黃衣和尚又是呵呵一陣大笑說道：「南海門下，果然不凡！我們今日小結因緣，前途再行相會！」僧袍一展，帶著離塵和尚，便往寺後縱去。

嚴凝素一聲清叱，正待追截，妙法神尼把手一擺說道：「素兒且由他們自去，妳還怕從此開始，直到阿耨達池的一段途中，少得了事麼？」

嚴凝素笑道：「那用伏虎雙圈與弟子過手的紅衣僧人，藝業雖然不俗，頂多也不過與

那去到四靈寨助陣，和少林道惠禪師打成平手的離垢大師不相上下，但那旁立的大頭黃衣和尚，卻似身懷絕世武功，恩師猜得出他是誰麼？」

妙法神尼長眉微剔說道：「阿耨達池金龍寺內，最狠的不過是『病、醉、笑、癡』四佛，此僧每逢開口說話以前，總是癡笑連連，我猜他不是『笑佛』定是『癡佛』。我雖不願輕易出手，但看出此僧功力確實不凡，妳須把我爲妳特製的南海鐵鱗劍魚魚皮軟甲貼身穿好，以防不測！」

嚴凝素笑道：「這副鐵鱗劍魚魚皮軟甲，在翠竹山莊會上，已替弟子擋了一次淬毒魚腸的刺脅之災，靈效極好，自下山來，時時都在貼身穿著。」

妙法神尼點頭說道：「害人之心不可有，防人之心不可無！我們萬里遠來，人地均生，時時都應防備對方突作無恥鬼蜮行徑，現在入藏未深，已有人現身加以攔阻，所以斷定前途必然多事；不過這一路之上，居然未曾發現妳無憂、靜寧兩位師伯的絲毫蹤跡，究竟他們已否入藏，及是否已與金龍寺四佛朝相過手，均不得知，我們只好逕赴阿耨達池金龍寺內說明身分，把當年大漠神尼之事攬在身上，向他們主持之人要人索劍便了。」

嚴凝素不見無憂頭陀倒無所謂，但不見靜寧真人，卻心中忐忑不安，老是猜疑到慕容剛傷勢有所變化，巴不得趕緊與金龍寺四佛作一了斷，救出呂崇文，奪回青虹龜甲劍，去往北天山冷梅峪，一探鐵膽書生才好。

師徒二人離開這所寺院，再往前行，走到天近夜時，恰好是在一座山腳之下的小鎮之上。但鎮上所有旅店客滿，拒不留宿。

妙法神尼知道像這種邊荒小鎮，哪裏會有許多旅客？可能又是金龍寺僧事先搗鬼！好在自己師徒隨處禪坐，均可休息，並不一定需要睡眠，微微一哂，率領嚴凝素順著路途，逕往山中走去。

此夜氣候甚好，蟾魄雖然未到圓時，但半鏡懸天，山林之間，已是一片清影。

這條道路兩側，全是些巨大古木，方向亦頗曲折迂迴，妙法神尼因對方阻止自己在鎮內投宿之意，可能是在這山中有所佈置，方用眼一看嚴凝素，示意她隨處小心，嚴凝素已微笑點頭，表示早已注意。

前路便是一角山環，在那山石遮蔽之處，突然響起一片木魚篤篤及梵唄之聲，妙法神尼師徒對眼一看，依舊含笑緩步前行，絲毫未加理會。

轉過山角，便見道旁兩側樹下，每邊坐著兩個紅衣僧人，對於妙法神尼師徒來到，宛如不見一般，只是自顧自的輕敲木魚，神色莊嚴，目不旁視，口中喃喃不絕。

妙法神尼師徒均已聽出這四個紅衣僧人口中所唸的是《往生咒文》，意含諷刺，但他們既然裝出那種模樣，不以行動攔阻，則何必與其人一般見識？也自飄然而過。

但前途曲折望斷之處，竟然又有木魚傳來，不過這次卻是「噹噹」之聲，既悶且洪，聽出不僅木魚是鋼鐵所製，體積亦必異於尋常，極爲巨大。

妙法神尼與嚴凝素二人依舊置若罔聞，山路三彎以後，看見路中端坐著日間所見的黃衣大頭和尙，身前一個高幾半人的巨大鐵鑄木魚，看去足有千斤以上。

嚴凝素一見是他攔路，心中不由得自然而然地提高警覺，妙法神尼卻依然面含冷笑，緩緩前行。

在雙方距約丈許之時，黃衣大頭和尙把身前鐵木魚「噹」的一敲，口中呵呵一陣癡笑，並宣了聲佛號道：「貧僧不忍見妳們癡迷不悟，迢迢萬里遠來，卻葬身在阿耨達池的聖水之內，特再奉勸及早回頭！南海老尼也是數十年修爲之人，怎的如此不知進退！」

妙法神尼見他直接提到自己，才「哼」了一聲，冷然不屑地說道：

「你們以四佛十三僧，共計十七人之力，去欺負『鐵膽書生』慕容剛、呂崇文兩人，業已足令武林齒冷，如今貧尼師徒應約西來，又不光明正大地了斷兩家之事，卻鬼鬼祟祟的弄這些無聊玄虛，難道你們頗爲自詡的西域武術，就沒有一點真才實學，全是這種鼠竊狗偷的下流伎倆麼？」

妙法神尼這一番話，挖苦得著實不輕，雖然月光之下還有樹影掩映，也可看出黃衣大頭僧人的臉上微微一紅，氣發丹田，又是一聲極其宏亮的「阿彌陀佛」，說道：

「南海老尼，休要過分猖狂，妳不要把四佛十三僧看得太不足道，我們雖然十七對二，但呂崇文連人帶劍，均好好在我金龍寺內，不到九九重陽的祭典以後，保證毫髮無傷。鐵膽書生當日是因拚命力闖重圍，並出手連傷三僧，才挨了一掌，略示警戒……」

話猶未了，嚴凝素嗔目叱道：「那一掌可就是你所爲？」

大頭黃衣和尚看她一眼，呵呵笑道：「休看妳『天香玉鳳』四字名震中原，若與貧僧過手，恐怕尙不夠格！病、醉、笑、癡四佛，無分彼此，那一掌不論是我非我，均敢承擔，妳如欲與慕容剛報仇，等我與妳師父話完再說。」

轉面又對妙法神尼說道：「本來凡屬與此事有關之人，儘可直赴阿耨達池金龍寺內，憑藉手下功夫救人奪劍。本派正立意重會中原武學，豈會中途屢加留難？故而北天山靜寧及恆山無憂，與慕容剛、呂崇文關係密切，來此自在意中，但妳們南海師徒，卻與此事風馬牛不相及，居然萬里遠來，不由人疑心妳們妄自倚仗虛名，橫加插手……」

妙法神尼聽至此處，冷然一笑，截斷黃衣大頭和尙話頭問道：「你們遠下中原，擄呂崇文，奪青虹龜甲劍，所爲何故？」

黃衣大頭和尚忿然答道：「妳豈不是明知故問？當年大漠妖尼在北天山絕頂劍傷本門法元前輩的一段宿仇，焉能不報？」

妙法神尼冷冷問道：「既然如此，靜寧、無憂才真是事外之人，你們有多少宿仇，都應該向老尼一人結算。」

黃衣大頭和尙聞言似出意外，微微一怔問道：「大漠妖尼，與妳有何關聯？」

嚴凝素不耐與他多肆口舌，應聲答道：「大漠神尼是我師伯，你既已明白我們萬里遠來不是師出無名，嚴凝素卻要爲掌傷鐵膽書生之事向你要點公道，你究竟是『笑佛』白雲，還是癡佛紅雲？」

黃衣大頭和尙聞言，一陣呵呵大笑說道：「這才叫『踏破鐵鞋無覓處，得來全不費工夫』，貧僧紅雲，我三師兄真還不知道大漠、南海原是一派，西域門下，恩怨分明，既有妳師徒出面，則呂崇文該放，青虹龜甲劍該留，我須立時趕返阿耨達池，告知這層因果，今夜無法奉陪，這個鐵木魚權當接風之物如何？」

嚴凝素聽他要走，方待發話，癡佛紅雲呵呵一笑，雙手揚處，那只千餘斤重的巨大鐵木魚，帶著一股強烈勁風，業已淩空飛到。

鐵木魚本身奇重，再加上癡佛紅雲雙手一拋的內家真力，自然威勢無倫！

嚴凝素估量自己未必硬接得住，正想以巧力卸勁撥出，妙法神尼已自喝道：「素兒後退，待我……」

一言未了，道旁樹後突然有人接口笑道：「這麼一只千把斤重的鐵木魚，哪裏値得潮音庵主出手，貧僧代勞吧！」

話音之中，一條寬袍博袖人影，掠空飛出，半空中單臂一伸，把鐵木魚撥出數尺，人也飄然落地。

「癡佛」紅雲看見來人是個鬚眉奇古的披髮頭陀，再加上那種驚人功力，不用猜度，便知來人身分，呵呵一笑說道：「恆山無憂既來，北天山靜寧想必也到，四佛鬥三奇，倒真是一段武林佳話。紅雲今夜少陪，歸報三位師兄，在阿耨達池恭迎大駕！」

無憂頭陀向著「癡佛」紅雲背影叫道：「請煩勞轉告金龍寺主持人孤雲大師，宇內三奇雖下藏邊，但目的只在請貴派放人還劍，絕無爭勝之念；武林各派本是一源，大可不必強分中原、西域之別！」

「癡佛」紅雲說走便走，身法極快，無憂說完，只聽得一片夜風撼樹的簌簌之聲，哪有絲毫回話？

妙法神尼向無憂頭陀問訊道：「三十年未見，大師居然變得如此慈悲？但據貧尼之見，這般夜郎自大的狂妄之徒，若不受些真實教訓，絕難便化干戈爲玉帛呢！」

無憂合掌爲禮，搖頭說道：

「昔日北天山絕頂，大漠神尼與魔僧法元的一劍之仇，西域派中，銜怨至今，倘金龍寺四佛再在庵主劍下有所傷損，豈非循環報復，無時能了？靜寧道友因侯慕容剛傷勢完全復原，以致到得稍晚。但他們業已先行趕往阿耨達池，暗探呂崇文被禁何處？及那柄青虹

龜甲劍下落？前途相見，合我們三人之力，應可使金龍寺四佛知難憬悟，不走極端，尚希庵主不必和他們過分認真，成就這一場功德！」

妙法神尼笑道：「大師何必對我竟下說詞？三十年南海潛修，昔年火性，確實減去了一多半以上！就拿這『癡佛』紅雲來說，今日兩度弄鬼，我僅命素兒應付，自己並未出手，若換昔年，他至少身上要帶些記號回去！令徒南海相邀，說是大師早下藏邊，怎的今日還在此地呢？」

無憂頭陀笑道：「世劫方多，群魔亂舞！這裏金龍寺四佛，妄起釁端，而『天南雙怪』韋氏兄弟，也即將由高黎貢山再出中原，逞兇肆虐，我偶然得悉『玄龜羽士』宋三清對西門豹之恨毒，尤甚於慕容剛、呂崇文，認爲他十年心血締造的翠竹山莊，一大半是毀在此人之手，故而蠱惑韋氏兄弟，一到中原，第一步便往仙霞嶺一元谷中，向西門豹下手報復！

「西門豹此人，能自無邊孽海之中頓悟回頭，並居然能以虔心毅力，解得夙怨深仇，對其一致讚佩，求諸當世，委實難得！他智慧再高，也不是天南雙怪之敵，我不忍見他遭受毒手，故而又復分身找到澄空，命他去往仙霞嶺一元谷先行報信，因此耽擱，遂到得稍晚！

我們在此禪坐一宵，明日即行逕赴金龍寺，這段恩怨，越早解決越好，還要留出一段

相當時間，才可從容佈置對付韋氏弟兄之策！」

妙法神尼隨意在一塊山石上，盤坐笑道：「韋氏兄弟自泰山會上，在靜寧道友太乙奇門劍下僥倖逃生，這些年間，不知練了什麼左道旁門功夫，居然又敢出世鬼鬧！但他們確實有點神通，怎的竟與我昔日兩個對頭，打成一片？大師既對韋氏弟兄行動有所預知，那面『桃竹陰陽幡』主人，如今蹤跡何在，可知道麼？」

無憂頭陀見妙法神尼提起「桃竹陰陽幡」主人，面上所帶笑容，業已掩不住眉間殺氣！不由暗嘆這位群邪喪膽的「伏魔煞星」，三十載南海潛修，空門學佛，卻連那昔年一段因果，仍無法自心頭淡卻！可見得塵世俗人，冤怨相報，殺孽循環，委實度無可度！

聽她問完，搖頭答道：「我只在恆山收到『天南雙怪』韋氏兄弟的白骨箭和骷髏令之時，附有那面桃竹陰陽幡，卻不知幡主人現在何處？好在此間事了，中原盡可相逢，庵主難道一時都放他們不過麼？」

妙法神尼微喟一聲，閉目不言，三人就在道旁山石之上靜坐行功，準備明日便與金龍寺四佛作正面相對，要人索劍！

無憂、妙法二老禪坐入定，寶相外宣，神儀內瑩，不多時便到人我兩忘境界，但這位「天香玉鳳」嚴凝素卻一時難得定神，思如潮湧！

她自無憂頭陀口中，得悉慕容剛業已傷勢復原，隨靜寧真人先行趕往阿耨達池以後，

相思之念雖滅，但對呂崇文卻又掛起心來！

嚴凝素本身心高氣傲，自然也就喜愛呂崇文那等心高氣傲之人，她曾經想過，假使易地而處，自己被四佛十三僧恃眾擄劫，監禁金龍寺內甚久，一旦再由對方主動釋放，情何以堪？最好是連夜趕去，在「癡佛」紅雲把大漠神尼是自己師伯這段因果說明，釋放呂崇文，扣押青虹龜甲劍之前將人救出，將劍奪回，才能算是挽回臉面！

不提無憂、妙法，宇內雙奇在此靜坐，及「天香玉鳳」嚴凝素思潮伏起，且說阿耨達池旁的金龍寺之中，業已發生奇事！

金龍寺四佛之首「病佛」孤雲，命四師弟「癡佛」紅雲迎向康藏邊境，測探妙法神尼師徒武功深淺，並由「醉佛」飄雲、「笑佛」白雲二人，同在慧光塔頂監視呂崇文。那柄青虹龜甲劍，卻由自己佩帶身旁，以示慎重。

但宇內三奇畢竟名頭高大，自己總覺敵人越是這樣音訊沉沉，自己越是放心不下，故而每日晨昏，「病佛」孤雲均親自檢視全寺，並往慧光塔上探望。

這日天黑以後，「病佛」孤雲獨坐禪床之上，心神微覺不寧，遂起身巡視寺內一遍，但並未見有任何動靜，正想去往慧光塔上，忽然瞥見自己居室方面，似有條快捷得目力幾難辨出的黑影，一閃即逝！

「病佛」孤雲是何等人物，一看便知怪不得自己心靈以上，忽生警覺，果有極高的武林好手侵入金龍寺中！以對方身法之快，此時追已不及，不如且回自己居室看看，可曾被人做了什麼手腳？

念定身起，接連三、四縱躍，業已回到自己的方丈室中，桌上放著一張字條，墨蹟淋漓，顯係新近所寫！

「病佛」孤雲還未看那紙上所書，眉頭先已緊皺！因爲自己這金龍寺內，無論上下大小僧徒，均是一身不俗武學，來人一直侵入方丈室重地，並在桌上留書，從容退去，居然一無警覺，豈不令人驚訝？

紙上面，卻寫著十六個大字！

臯蘭一掌　天山一劍　冤孽相消　禎祥自現

「病佛」孤雲細一參詳語意，似是「鐵膽書生」慕容剛願意不記臯蘭一掌之仇，而欲藉此化解昔日大漠神尼在北天山絕頂劍劈魔僧法元之事，不由心中暗笑，對方枉費心機，自己師兄弟四人，費了多年苦心，練成絕藝，並調教出離字十三僧等第二代好手，爲的就是重會中原武學！這樣輕描淡寫的十六個大字，就想彼此化解深仇，豈非夢想？

想至此處，不禁悚然一驚，暗罵自己怎的忽然智珠不朗？來人既能到這方丈室內留書，難道就不會去往慧光塔頂，把呂崇文救走？

雖然「醉佛」飄雲、「笑佛」白雲二位師弟功力超凡，就是宇內三奇親來，也未必能得手，但一暗一明，師弟們倘若再自驕狂大意，卻極爲可慮！

「病佛」孤雲越想越覺憂心，遂把離字十三僧之首離垢喚來，告以寺內已現敵蹤，叫他率領僧眾小心防範，自己卻往寺後七、八里處的慧光塔上趕去。

這慧光塔高有七層，建築得頗爲壯麗，呂崇文是被監禁在塔頂一間四面堅壁，只有二尺方圓一扇小窗的密室之內。

那扇小窗窗櫺，全是寸許粗細的純鋼所鑄，呂崇文青虹龜甲劍已失，再好的武功，因不易著力，也弄不斷這種純鋼窗櫺，房門是用鐵柵閘住，外面再加鐵鎖，而且鐵鎖之外，就是「醉佛」飄雲、「笑佛」白雲二人居室。

像這樣防護以下，呂崇文確實插翅難逃，但「病佛」孤雲到得慧光塔上之時，卻見「笑佛」白雲滿臉怒容，「醉佛」飄雲卻似在旁勸慰。

「病佛」孤雲一看便知情形不對，微定心神，問道：「四師弟尚未返來，適才寺內卻已現敵蹤，三師弟怎的神色不快？莫非對方業已找到這慧光塔上了麼？」

「醉佛」孤雲笑道：「適才我與三師弟正在飲酒，突似聽得塔頂微有聲息，分由前後

縱上一看，一條黑影已向塔下飛落，三師弟距離稍近，首先撲過，但那黑影身法快捷已極，幾乎追他不上。三師弟一怒之下，施展天龍身法，趕到那叢竹林邊際，黑影居然回身，與三師弟硬接一掌，並說了一句：『莫存嗔念，上體天心。』才又復竄入林內！」

「病佛」孤雲一看「笑佛」白雲那種神色，便知道這一掌硬對，來人竟然占了便宜，不由皺眉問道：「三師弟既然曾與來人對掌，難道連對方形貌也未看出麼？」

「笑佛」白雲乾笑幾聲答道：「來人身法實在過於快捷，我是在兩丈以外，與他劈空對掌，因林中黑暗，面貌並未看清，但衣袖寬大異常，非僧即道，總是一個方外之士，任憑他武功再好，這樣偷偷摸摸，形同鼠竊……」

一言未了，颼的一聲，一點小小黑影，業已貫窗直入！

「病佛」孤雲大袖微拂，那點黑影便被震得嵌入壁中，他趕到窗邊向下看時，只見慧光塔下的十丈以內，哪裏有絲毫人跡？

三人都是疑惑萬分，暗想茲世之上，難道竟有如此腿快人物？起出嵌在壁中的那點黑影看時，卻是一顆圓形堅硬黑石。

「病佛」孤雲眼珠一轉，瞿然問道：「二位師弟，你們方才一同追那黑影，不要中了人家調虎離山之計，呂崇文是否還在室內？」

「笑佛」白雲一陣狂笑說道：「大師兄你也慮得太過，我與二師兄追出能有多遠？塔

頂再若來人，斷無不曾發覺之理！何況鋼窗難毀，鐵鎖未開，難道呂崇文能化一陣清風，突然消失？」

「病佛」孤雲搖頭說道，「話雖如此，因大敵已臨，正式對陣之時，彼此各憑武功爭勝，我們自然不怕，目前卻須慎防他們先在暗中救人奪劍，所以寧可多加慎重！三師弟把門鎖打開，我要看呂崇文在內光景。」

「醉佛」飄雲如言啓鎖開門，三人隔著鐵柵，往內一看，呂崇文和衣躺在榻上，見有人開門也不起身，只是滿面哂薄之色地向外看了一眼！

「笑佛」白雲此時倒覺得有點不對起來，因爲每次見這呂崇文之時，無論是誰，都非挨一頓臭罵不可，今天怎的這等和平，不聲不響？

而且往日所送飲食，呂崇文大半不吃，非到餓得難以忍受之時，才吃上一些，但近數日來，卻似心情大有轉變，每次所送飲食，均自吃得半點不剩！

他雖然懷疑，卻參詳不透其中緣故，仔細打量呂崇文室內的鋼窗牆壁及屋頂等處，均未發現絲毫痕跡，遂狂笑一聲，向呂崇文說道：

「小鬼就這樣老老實實的好，你那幾個身後之人，大概已入藏境，三數日間，便可徹底了斷這樁公案！你如想暗中搗鬼，可是自尋苦吃！」

呂崇文今天確實火氣毫無，靜聽「笑佛」白雲話完，只是冷冷說道：「你不要痰迷心

竅，這麼一間斗室，呂崇文真叫要來便來，要走便走，你如不信，我索性賣句狂語，三日之內，你們便會主動請我出屋！」

「笑佛」白雲冷笑連聲，還待說話，「病佛」孤雲因已親見呂崇文在室中，不願多和小輩鬥口，遂命「醉佛」飄雲仍將室門鎖好，小心監視，便自回轉方丈室內。

請續看《一劍光寒十四州》下冊

國家圖書館出版品預行編目資料

一劍光寒十四州／諸葛青雲作.　--初版.　-- 臺北市：
風雲時代，　2013.02
冊；　公分. --　（諸葛青雲精品集；04-06）
ISBN: 978-986-146-960-7（上冊：平裝）
ISBN: 978-986-146-961-4（中冊：平裝）
ISBN: 978-986-146-962-1（下冊：平裝）

857.9　　　　　　　　　101025954

諸葛青雲精品集 05

書名　一劍光寒十四州（中）

作　者　諸葛青雲
封面原圖　明人入蹕圖（原圖爲國立故宮博物館典藏）

發行人　陳曉林
出版所　風雲時代出版股份有限公司
地　址　105 台北市民生東路五段 178 號 7 樓之 3
風雲書網　http://www.eastbooks.com.tw
官方部落格　http://eastbooks.pixnet.net/blog
Facebook　http://www.facebook.com/h7560949
E-mail　h7560949@ms15.hinet.net
服務專線　(02)27560949
傳　真　(02)27653799
郵撥帳號　12043291

執行主編　朱墨菲
封面設計　許惠芳

法律顧問　永然法律事務所　李永然律師
北辰著作權事務所　蕭雄淋律師

版權授權　張文慧

出版日期　2013年4月

訂價　240 元

總經銷　成信文化事業股份有限公司
地　址　新北市新店區中正路四維巷二弄2號4樓
電　話　(02)22192080

ISBN　978-986-146-961-4

行政院新聞局局版台業字第 3595 號
營利事業統一編號 22759935